当代中国最具实力中青年作家作品选

吕魁中短篇小说选

莫 塔

吕 魁 著

中国言实出版社

图书在版编目（CIP）数据

莫塔：吕魁中短篇小说选 / 吕魁著 . -- 北京：中国言实出版社，2016.4

ISBN 978-7-5171-1868-8

Ⅰ. ①莫… Ⅱ . ①吕… Ⅲ . ①中篇小说—小说集—中国—当代②短篇小说—小说集—中国—当代 Ⅳ. ① I247.7

中国版本图书馆 CIP 数据核字（2016）第 090950 号

出 版 人：王昕朋
责任编辑：胡　明
文字编辑：张凯琳
封面设计：水岸风创意文化

出版发行　　中国言实出版社
　　地　　址：北京市朝阳区北苑路 180 号加利大厦 5 号楼 105 室
　　邮　　编：100101
　　编辑部：北京市海淀区北太平庄路甲 1 号
　　邮　　编：100088
　　电　　话：64924853（总编室）　64924716（发行部）
　　网　　址：www.zgyscbs.cn
　　E-mail：zgyscbs@263.net
经　　销　　新华书店
印　　刷　　北京温林源印刷有限公司
版　　次　　2016 年 6 月第 1 版　　2016 年 6 月第 1 次印刷
规　　格　　710 毫米 × 1000 毫米　1/16　12.5 印张
字　　数　　194 千字
定　　价　　40.00 元　　ISBN 978-7-5171-1868-8

目录

我们的女神

1

身为一个土生土长的北方人，十八岁之前我没去过南方，也不认得几个南方人。讲粤语的广东姑娘夏奈，是我认识的第一个南方姑娘。

初次遇见夏奈我并没和她搭上话。那天傍晚，我和舍友老李在食堂填饱肚子后，百无聊赖，绕着校园散步消食。快走到主教学楼前，老李忽然收住脚步，落日余晖中，他如同世界末日逃离至孤岛的难民望到大海中的诺亚方舟般，喜悦又不失虔诚地眺望远方。我抽着烟，顺着他的目光看去，不远处的林荫道上，四五个穿着清凉的姑娘，嬉笑打闹，一字排开，朝我们款款走来。

嘿，快看，女神，广东妹。

什么？我不解地问，眼睛却看向越走越近的姑娘。

广东妹啊，女神，广东妹。老李像个追星的小粉丝似的兴奋强调，喏，左起第二个就是我和老刘常跟你说的，我们共同的梦中女神，广东妹。

广东妹是我认识夏奈前她的代号。大学四年，我们宿舍除我之外五个南方人。他们五个人同一专业，同一饮食习惯，就连喜欢的姑娘也是同一个。差不多从大一下学期开始，每晚洗漱熄灯后，无论当天卧谈的主题是什么，末了那五个南方人都会绕到那个被他们称为广东妹的同系女生。我对他们的谈话向来不感兴趣，尤其看不惯他们谈论广东妹时那一个个猥琐下流的眼神。那场景像极了一帮靠走私家电，贩卖皮鞋发家的沿海土豪，聚在一起交换买春心得。就这样，久而久之南方佬们编造意淫出来的有关广东妹的种种细节强制性灌入我的脑海，想不记住都难。可是很长一段时间内我都不知道也不想知道他们口中的广东妹到底是谁。直到那天，老李指着一个穿得像在海边度假的姑娘说她就是广东妹时，我才第一次看到夏奈的模样。

当时夏奈离我至少有五十米，近视又逞强不戴眼镜的我自然无法看清传说中的广东妹究竟有多美。一旁的老李很好地诠释了什么叫作皇帝不急太监急，他上蹿下跳，拼命给我补充解释，生怕我错过。

就那个啊，绑个马尾辫，白T恤，黑热裤，穿夹角拖鞋，大长腿的那个就是广东妹。不是那个，那他妈是我们班熊嫂，小腿比我大腿还粗。你往边上看，熊嫂右手数第三个，看到没，那才是女神广东妹。老李话音未落，那群女生已走至我面前。我手做单筒望远镜状逐一扫描，久闻大名，不见真身的广东妹走进我的视线。

我对夏奈的第一印象可以说是没有印象。她"清汤挂面"，素面朝天，脸上还有几个勉强能称得上是可爱的小雀斑。说真的，她也就是个高腿长人显瘦，五官只能算是标志，称不上惊艳。当然，上妆另算。

夏奈与我行至平行，擦肩而过时，一股好闻的香气犹如盛夏绽放的荷花，清风自来。我瞟了眼夏奈的背影，回过头对老李说，行了，我算知道你们这帮南方佬的口味，不是，品味了。

怎么样，极品吧，一见钟情，深陷不能自拔了吧？老李梦呓般喃喃自语，说着自己内心深处的潜台词。姑娘们似乎察觉出我们这俩流氓在议论她们，步伐明显加快，影子被夕阳拉得斜长。

想听真话假话？

半真不假的话。

条儿七，盘儿六，腿不错加一分，总的来说也就七分，不能再多了。我灭掉烟蒂，低头又续上一支，眯着眼总结道，这样的妹子搁隔壁理工大学没准会是万人迷，千人追的校花，而在咱们这出过亚洲小姐，以频出漂亮姑娘为招生亮点的学校来说，她也就是一稍有几分姿色的长腿妹，充其量也就是一系花，还得是在你们那种狼多肉少的法学院才排得上。

你大爷的，你丫看到的是广东妹吗？老李急得学起北京话为他心目中的女神辩护。

不开玩笑，真心一般，远没外语学院的大胸妹 Jenny 迷人。我装模作样，像选秀节目中的毒舌评委一样点评道，这姑娘除了肤色不黑外，典型的瘦高岭南渔家小妹。哎，我拍了拍仍在目送广东妹，脖子都快扭断的老李问，她有真名吗？

普通话不标准的老李带着浓重的浙江口音说，她叫夏奈。我错听成小奶，一时没忍住，笑出声说，挺货真价实，人如其名的。

后来，夏奈成了我为数不多交心不换命的异性好友，有次在工体某酒吧，微醺的我借着酒劲，腆个脸对已是高级白领的夏奈说，老夏，这些年来我特想知道，你说你长这么漂亮，多才多艺，会赚钱又有生活情趣，活得这么完美，你累不累啊？

夏奈早对我的贫嘴免疫。她喝了口不加冰的 Mojito（莫吉托，一种传统的古巴鸡尾酒），斜我一眼，操着我特别爱听的广普说，得了吧，鬼才信，你的好兄弟老李早就揭发过你，说你第一次见到我时对我的外表大肆抨击，恶意诋毁，说我没外院的 Jenny 漂亮，还说我是小奶。我要是小奶，说着夏奈下意识挺了挺胸，那些 A、B 罩杯的女生该多自卑。

不是，老李的话你哪能信啊，他明摆的是在你那儿造谣中伤我，好让你对我反感讨厌，继而少我这么一个强劲有力的竞争对手。我要无赖诡辩，你想啊，外院的 Jenny 哪有你高端、洋气、上档次。就她那胸大无脑，要气质没气质，要内涵零内涵，弯腰能把自个肚子戳个洞的锥子脸，哪儿能和时而温柔婉约，时而活力动感，古典美与现代感融合的你相提并论呢。她也就只配嫁给那山西煤老板。

夏奈只手撑着下巴，用吸管搅着杯子中的酒，短发自然垂落，遮住半张侧脸。看得出她被我夸得挺开心，刻意紧绷的嘴角不经意间微微上翘，露出一抹浅笑。

看到她笑了，我更加来劲，压低嗓门，煞有介事地对她说，既然说到初次相遇，你知道我第一次见到你时看到了什么？

看到什么？夏奈很配合地接过话，歪着头似笑非笑，等着瞧我还能有什么新花招。

我看见了光，万丈光芒。当老李把你指给我看的那一秒，时间静止，我仿佛置身于静谧深海，整个世界安静至极。你别笑，我认真的，当时你身边的人及万物如同气球升空、冰雪融化，那一瞬间，我的眼里有且只有你一人。你在一道道金色光线的簇拥下冲我徐徐走来，当你经过我身旁，我顿时有在佛门圣地才能体会到的如沐春风之感。可惜我是个无神论者，你说那些有宗教信仰的人，虔诚修行数年，有朝一日善行感化诸神，有幸见到上帝显灵，菩萨下凡，大概也就和我当初遇见你的场景差不多吧。

不贫能死吗？夏奈彻底绷不住了，她不顾形象放肆大笑，香奈儿耳环随着颤抖的双肩摇摆。

真没有贫，句句肺腑。我故作深沉，一脸真诚，现在回想起来我眼前都能浮现出那一天你闪闪发光的女神范儿。那歌怎么唱来着？只是因为在人群中多看了你一眼，再也没能忘掉你容颜……

夏奈被我逗得爽到爆，她正要开口，我抢先一步说，容我再多问一句，难道一直以来就没人说你很像港片《伊莎贝拉》里的梁洛施吗？这部电影我看过好几遍，每次看到穿热裤，趿拉着夹脚拖，眼睛雾蒙蒙的梁洛施穿行在澳门炎炎夏日的葡式建筑风格的里弄中，我就会下意识地想起你……

收，收，收，赶紧收。夏奈比画着停止的手势，就此打住，贫的差不多得了，你好意思往下说，我都不好意思继续听了。你这些花言巧语小伎俩在我这不管用，你省省，留着骗那些涉世未深的九零后小女生吧。

我欲辩解，夏奈完全不给我机会，她喝了一口酒，笑盈盈地说，不过你说我像梁洛施我倒是挺开心的，我要真能像她那么漂亮好命，嫁给李泽楷就好了。我也不用为了赚钱，每天拼死拼活，夜夜加班失眠到天明。嗯，你这么一说，仔细看，你也有点像《伊莎贝拉》里的港星杜汶泽。

你看你，又美化我不是？说完，我与夏奈碰杯，一起笑。

2

初遇夏奈是夏末秋初，真正和她搭上话，也就是她知道我是谁已是瑟瑟深冬。在此期间，说不清为什么，三不五时我就能在偌大的校园里碰见她。

每次见到夏奈，她的造型都不尽相同。印象深刻的是秋天的一个午后，她穿着一身 OL 范儿十足的黑色职业套装，自信、干练的向来往的同学们发送辩论队招新的宣传单。我碰巧下课路过，一时闲得没事，于是叼着根烟，混迹在人群中，一边心不在焉地听着至少有我两个那么壮的男生激情澎湃地介绍着棒球社的历史荣誉，一边真有心却装作无意地偷瞄不远处光彩熠熠的夏奈。

很快，我就被眼前的场景惊呆了。同时也算见识到了夏奈的超强魅力。那与其说是发，不如说是抢，五分钟不到，夏奈手上厚厚一沓宣传单就被头发蓬乱的眼镜宅男们哄抢一空。更夸张的是，竟然有几个笑容淫邪的男生，直接掏出手机，像拍车模似的从各个角度疯狂拍摄夏奈。而夏奈不但不生气躲避，反而大方的摆着 pose，时而卖萌时而耍酷，像是早已习惯且乐在其中。

渐渐我发现，原来是我一开始审美出现了偏差，全校奉夏奈为女神的远不只我们宿舍那五个南方人。她的粉丝团规模极其庞大，上至研三，下至大一，囊括各个院系。就连外校都有男生慕名而来只为了亲眼见到她。和多数"奶粉"（夏奈粉丝昵称）相比，老李无疑是幸运的，只要他不翘课，基本上每天都能见到夏奈女神。运气好时，甚至能坐到女神旁边。尽管这样，自诩为夏奈头号粉丝的老李仍不满足，他每天以三餐的频率刷新夏奈的新浪博客、人人网页面，盼望着她能时时更新，最好多上传几张或清纯或性感的自拍照片。可惜夏奈并不像多数漂亮姑娘那样，善于经营自己的社交网络。她不热衷上传名牌包、奢侈大餐、星级酒店之类的炫富照，很少在线，偶尔更新也无非是在状态栏内公告辩论队的近况或她所在乐队的演出信息。即便如此，夏奈相册里仅有的几张演出及辩论赛现场抓拍的照片，每一张点击率都破万，近千条留言一水均为男生们的夸奖赞美，嘘寒问暖。

舍友老刘二十一岁生日恰逢那一年的平安夜，老爸是房地产商的富二代老刘请他们全班吃饭。我虽然和他不同专业，但身为他舍友兼下铺自然也在邀请之列。那晚我先是去机场送别一赴美深造的高中同学，等赶回市内得知生日宴结束，大队人马已转战雍和宫旁边的钱柜 KTV 唱歌。当我匆匆忙忙跑进包间时，一伙人已喝得七荤八素，云山雾罩。看我推门进来，以老李为首的南方帮像磕了药似的兴奋起哄，怂恿我这个迟到者自罚一瓶。我扫了眼满坑满谷的酒瓶问老李，你们喝多少了？脸泛红光的老李并没回答我，而是 cosplay 古装电视剧中姿态扭捏的楼女子，细声细气，醉眼迷离地用手指戳了下我胸口，欲拒还迎地说，死鬼，你怎么才来啊，想死人家了。

所有人的情绪都被老李这惟妙惟肖的反串调动起来，尖叫声、口哨声不绝于耳。

你他妈喝多了吧。我尴尬笑着，试图推开趴在我肩上一身酒气的老李，但根本推不动。受到鼓舞的老李反而抱我抱得更加起劲变态了。寿星老刘也上前凑热闹，非逼我把刚开瓶还冒冷气的啤酒喝掉，否则就是折他面子。主人开口，我实在没了退路，只好一手举起酒瓶，一手甩开眼看就要吐了的老李，深吸一口气，仰脖对瓶吹。

在节奏劲爆的舞曲伴奏下，我像二人转杂耍演员般略显吃力地表演完"空口吹瓶"这个江湖上失传许久的余兴节目。当看到我把瓶口朝下，一滴未洒时，老刘龙颜大悦，鼓掌叫好。我打着急促的酒嗝，顺势一脚踢开要求我再来一瓶的老李，拿手背擦抹嘴角啤酒沫。这时，穿过人群缝隙，我看到坐在沙发中央，一袭黑衣的夏奈。她手捂着嘴，与我对视，笑的矜持。

唱至凌晨，已有个别不胜酒力的人倒头睡去。我边喝饮料边忍受着南方帮成员的鬼哭狼嚎。那帮孙子净挑县城洗头房才会播放的口水歌唱。歌曲恶俗不说，歌声比歌曲更恶俗，要不是兄弟一场，碍于情面，我真想夺门而出，躲个清静。

不喝酒也不唱歌的我越坐越无聊，我催促身旁一我认识的女生别再玩手机了，赶紧唱歌，好洗洗我那已被老李他们唱脏了的耳朵。那女生无奈，说她们点了近一百首歌，但碍于老刘过生日不好意思切他的歌，只好坐在一旁强忍着等他咆哮完。我没有姑娘们的忍耐力，勉强撑了两首，还是受不住魔音穿脑，推门出去走了趟肾，在走廊里抽了根烟，磨蹭给一个女网友了几条调情短信，再折回包房时，谢天谢地，唱歌的终于换成女生。

由于男的人均六瓶，再加上女生唱的都是慢板哀怨苦情歌，催眠效果奇佳，几曲唱下来，刚才闹得最欢的那几个都沉沉睡去。轮到夏奈唱时，睁眼的人含我在内不超过六个。

夏奈似乎并不在乎有没有听众，她坐在舞池中央的旋转椅上，一束亮光不偏不倚照射在她身上，温暖柔和。夏奈安静且很用情的一首接一首唱着，她唱得多是我从未听过的粤语歌，不认真看字幕根本不知道她唱的什么意思。坦白说，也就是从那时起我喜欢上唱粤语歌的夏奈。她那略带沙哑的嗓音，韵味十足的咬字一度让我恍惚究竟身在北京朝阳还是香港尖沙咀。更奇怪的是，微醺的我闭上眼聆听夏奈的美妙歌声，年少时在录像厅看过的经典港片一直在我脑海中交替上演：一会儿是《甜蜜蜜》中的阿豹对李翘说："傻丫头，回去泡个热水澡，睡个好觉，明天早上起来，满街都是男人，个个都比豹哥好。"一会儿又是《无间道》里刘德华和梁朝伟并排坐在一起，"是谁，在敲打我窗？是谁，在撩动琴弦？那一段，被遗忘的时光……"夏奈的歌声如同一位剪辑大师，将这些片段剪辑成一部全新的电影在我眼前静静上演。

　　那天晚上，夏奈唱的最后一首歌是林忆莲的《失踪》。这歌我听过国语版，而她却是用粤语演唱，直到副歌部分才换成国语。第一个音符响起，我就彻底陶醉在夏奈的歌声中，尾音落下时，我感动得鸡皮疙瘩落了一地。这对自誉为流行歌曲活字典的我来说是件不可思议的事情。这么多年过去，现在回头想想，《失踪》这首歌的歌词简直就是这些年夏奈的写照。这更像是一种宿命，夏奈唱着别人的歌演绎着自己的故事。

　　"她说她找不到能爱的人，所以宁愿居无定所的过一生，从这个安静的镇到下一个热闹的城来去自由从来不等红绿灯。"

　　一曲唱毕，夏奈幽幽地用粤语说，多谢大家。怎么说我也看过刘德华、梅艳芳等港星在红磡的演唱会实况视频，所以"多谢大家"这句粤语我还是听得懂的。也就是这句"多谢大家"让我对夏奈的好感瞬间倍增。心想，这么多人唱歌，唱完说谢谢的有且只有她一人，这姑娘挺有礼貌。如果夏奈能再多说几句，比如说，"多谢大家来听我的演唱会，我很开心，也很激动，谢谢你们，我爱你们，Thank you ……"要是同时她眼眶能泛着泪光，说着说着最好再哽咽语塞，那真会让我产生身处红磡看某港星告别演唱会的错觉。

　　夏奈当然没这样说，不过这也不重要，只凭她唱的那几首粤语歌，仅在我个人心中，她已是天后级别。我由衷地拍手叫好，真情的过于流露惊着了已回座喝热茶的夏奈，她在沙发的另一端冲我含笑点头算是回应。靠在我身上熟睡的老李也被我这一嗓子惊醒，他睡眼迷蒙地问我，夏奈唱歌没？我说，刚唱完，这不正鼓掌呢。妈的，又白来一趟，老李懊悔地撇了撇嘴，喝酒真他妈误事。说完翻身睡去，很快呼声震天。

折腾到后半夜，环视四周，我才发现醒着的男生有且只有我一个。反观女生反而越唱越起劲，估计是前半段太压抑了，她们或相拥合唱，或两两PK，甚至不乏载歌载舞。我在接连听了五首王菲、四首张惠妹、三首孙燕姿的流行金曲后，阵阵饿意袭来，起身去大厅取夜宵，略显空荡的等候区内，我一眼就看到正在排队等煲仔饭的夏奈。她碰巧回头，也看到了我。她仍是那么客气地朝我微笑点头。我还她笑容，抱着歌迷的心态主动上前搭讪。

你歌唱得真不错。我说，催人泪下。

这是夸我吗？夏奈仰起头笑，这也是她和我说的第一句话。你的歌唱的，她本该是想出于礼貌客套回敬我，可是一晚上我压根就没开过口。夏奈改口说，你还没唱歌吧？你怎么不唱歌呢？

你都唱成天籁了我怎么好意思献丑呢，我往盘子里夹了勺牛肉炒粉，早就听老李他们都说你歌唱得特别好，还说你来年会报名参加快乐女生。今天我是以来给老刘庆生为幌子，特地慕名而来听你唱歌的，果然名不虚传。

夏奈依旧笑得矜持，看来是不讨厌我，于是我更加胆大不要脸了。

那什么，我能提个不算非分的要求吗？

夏奈用眼神问我什么要求。我假正经地说，可以麻烦你签名留念吗？改明你要参加选秀真火了，成张靓颖第二了，我好拿着和你的合照与签名去跟人四处显摆。

好啊，签哪里，笔呢？夏奈伸手做索笔状，这始料未及的大方反而搞得我一时语塞，干笑挠头。

喏，可不是我要大牌不签啊。夏奈摊手耸肩，浓密的睫毛一闪一闪，无辜又不失调皮。

我正想词接她的话接荐贫下去，夏奈的煲仔饭做好了，我和她各端一托盘吃的往回走。

你们晚饭没少喝吧。我边走边问。

嗯，他们男生喝了很多，有几个都吐了。

活他妈该，喝死那帮孙子最好。我像是有阶级仇、民族恨般咬牙切齿说，这只不过是我们兄弟间的一种开玩笑的方式，而夏奈却被我这么一说惊着了。她不再说话，刻意和我保持了几步距离，我意识到我还没有和她熟到可以粗鲁，于是清了清嗓子，迅速恢复先前那十分做作的男低音，关切地问，你喝了几瓶，看样子你没什么事，酒量一定不小。

你说我吗？夏奈摇头，我没喝，我不喝酒，我只喝茶。

哦，怪不得你嗓子保护得这么好，黄莺出谷似的。我随口说的话却逗得夏奈把托盘里的茶水都洒了出来。

你是刘流的朋友吧？不再笑的夏奈问我。

你说老刘？我睡他下铺。

哦，夏奈若有所思地点头，然后又不作声。

我们沉默，并肩前行，还没等我想好新的话题，就走到了包间门口。进屋后我和夏奈又恢复先前的状态，各自坐在沙发一端，她吃她的煲仔饭，我吃我的炒河粉，共同受着至少有两百斤的熊嫂演唱的《马德里不思议》。

之后夏奈就抱着靠垫陷在沙发里不停地发短信，间或接过话筒唱上几句。我很好奇这么晚了她在跟谁聊。好奇的同时我借着忽明忽暗的灯光远观她。嗯，长的是还行，或许因为光线太暧昧，或许是我喝了点酒，总之此时的夏奈比我初见时要好看得多。她的五官小巧精致，组合在一起就是张标致的岭南美人的脸庞。我不确定她有没有化妆，但我确定即使她化了妆也很清新淡雅。尤其是她唱粤语歌时陶醉其中的神情，那孤独的气场强大到另我黯然神伤。我上一次有这样的感受还是20世纪末在工体听王菲的世界巡演，当菲姐清唱"相聚离开都有时候，没有什么会永垂不朽"时，不光是我，是人都在菲姐的歌声中崩溃，个个痛哭流涕，集体黯然神伤。

天光微亮，大伙逐一睡醒，意兴阑珊收拾东西准备撤退。我在走廊抽烟碰到刚从洗手间出来的夏奈。

抽烟吗？我递烟盒给她，夏奈摆手，我以为她不抽，谁知她从大衣兜里掏出一盒七星，接过我的打火机点着，熟练地吞吐烟雾。

其实相对喝酒来说，抽烟更伤嗓子。我说得小心翼翼。

我知道啊，陆陆续续也戒过几次，可我就是戒不了。她无所谓地笑了笑，你有什么好办法吗？

没有，要有我自个早戒了。我晃了晃指缝中夹的烟。

那就不要戒了，夏奈勉励似的说，他们都说吸烟有害健康，有害就有害吧，大不了死得早呗。说完她轻轻一笑。

还不知道你名字呢。我明知故问。

夏奈，夏天的夏，奈何天的奈。

好名字，真好听，够诗情画意的。我一脸真诚，夏奈，后面再跟一"儿"字，你就是世界知名奢侈品香奈儿。

我认为我这句话还算好笑，可夏奈只勉强挤出一丝笑意，你是第一千八百三十四个用香奈儿调侃我名字的人。

我一愣，继而讪笑，夏奈就这样轻易地把我归纳到她那集团军般的追求者队伍中。没准老李、老刘这俩南方小处男都这样不要脸地说过。

那一千多位都是和我一样心怀不轨找你套磁的好色之徒吗？

陶瓷？

套磁，就是主动勾搭你，没话找话。

夏奈似懂非懂，她灭掉烟蒂，披上大衣，对着墙上的镜面整理头发。

你呢，怎么称呼？

我告诉夏奈我的名字，她哦了一声，那你也是知名奢侈品，夏奈用戴着戒圈的手指指向我，路易·威登。

那一刻我身上除了鞋是耐克，其余都是动物园淘的地摊货，更别说路易·威登了。不等我追问，夏奈主动解释，你看，你姓吕，吕的拼音LV，不就是路易·威登嘛。

她古灵精怪的解释超出了我的智力范围。我不知是该赞美她的聪明还是欣赏她的幽默感。

你可是第一个知道我这个小秘密的，也希望你是最后一个。我冲着她离去的背影喊到。

怎么，一只脚已踏进电梯的夏奈忽然转过身，难道你要杀人灭口啊。电梯门合住的那一瞬间，我记住了夏奈吐舌眨眼、得意扬扬的样子。

我就这样认识并喜欢上了她。

3

老李说，女神之所以是女神，就因为她和我等凡夫俗子间有马里亚纳海沟般深邃的距离。凭借这遥不可及的距离，女神所营造出的神秘感让你看得见，够不着，你才会对她有各种美好的想象，俗称意淫。老李话糙理不糙，仔细想想，我和夏奈刚认识还不算熟的那一两年，除了偶尔能在饭局上或KTV里见一面，多数是在QQ、MSN上彼此以香奈儿和路易·威登互相戏称，瞎贫几句，聊些无实质性内容的话题。

大学那几年，夏奈最大的兴趣爱好是唱歌和谈恋爱，并且她把这俩爱好发挥到极致。据说夏奈还在广东老家读高中时已是当地酒吧圈小有名气的驻场歌手。每周末唱两次，每次唱五六首歌，一个月下来赚的钱不但足够生活费，还有余钱买自己想听的唱片。高中时期，天资聪颖的夏奈跟乐队老师学得一手好琴。十八岁那年秋天，夏奈背着吉他和一箱换洗衣服只身从南方海边来到首都北京。大一还没读完，夏奈就将校园十大歌手的冠军轻松收入囊中，一跃成为校园风云人物。

大二伊始，厌倦了唱《遇见》《我要我们在一起》的夏奈不再参加校内各大歌手比赛，转而找了外语系两个精通乐器的女生，组了个名为"薄荷"的女子摇滚乐队。夏奈理所当然地成为乐队的主唱兼主音吉他手。薄荷乐队的歌曲绝大多数出自夏奈之手，成立不到一年，薄荷乐队在京城高校间小有名气，也聚集了一批粉丝，甚至在某红茶饮料举办的大学原创摇滚乐队比赛中获得"最具潜力"的称号。我在豆瓣网上听过薄荷乐队的歌，早期是典型的 pop punk（流行朋克），中期变成 Indie rock（独立摇滚），后期又走陈绮贞那种甜腻的小清新风。薄荷乐队曲风飘忽不定，乐队成员也频繁更换，唯一不变的是主唱夏奈以及她出众的音乐才华。她有些歌词写得挺有意境，我至今还记得一句"打马而过青春的荒芜，你给的爱像海洋般孤独"。

大三下学期，组团两年，在"MAO""13CLUB"等京城著名摇滚俱乐部没有过一场正式专场演出，更没出过专辑的薄荷乐队因乐队成员找工作、考研等现实原因被迫解散。夏奈并没为此伤心难过，也没像多数同龄人那样发愁未来。她在大学，也是人生最后一个暑假背起吉他，回到她熟悉的南方，参加快乐女生海选。我是通过她的人人网页面知道她顺利晋级广州赛区五十强的。我发短信恭喜她，隔了一天夏奈才回复说，排练很累，不过见了很多老友，也吃上了朝思暮想的蒸肠粉和姜撞奶，特别幸福。我祝她早日进入全国十强。她说谢谢你的祝福，不过鸡有鸡路，鸭有鸭路，我开心地唱，尽情享受比赛，能不能走得更远就看运气喽。

夏奈被淘汰的那天我和老李等一群驴友刚爬四姑娘山下来。在川西县城的一家小饭馆的电视前，无意间我看到夏奈在唱歌。她长发披肩，穿着印有 I love Guangzhou 的大 T 恤，抱着那把跟随她多年的木吉他，静若止水般坐在舞台中央的椅子上。

出乎我意料的是她并没唱自己写的歌而是改唱许巍的经典作品《蓝莲花》。这首歌我在全国各大城市的地铁口、公交站听过数十位流浪歌手用不同口音翻唱的各种版本。而女生版，尤其是夏奈的版本我倒是第一次听。

夏奈轻拨琴弦，低吟浅唱。许巍版清澈高远，洒脱不羁的"没有什么能够阻挡，你对自由的向往"被夏奈演绎成为宁静恬淡，韵味悠长的民谣。尽管高音唱的有点儿飘，但总的来说发挥正常。我以为夏奈晋级肯定没跑了，不曾想评委甲说，你的声音很动听，像没雕饰的璞玉、未打磨的钻石，不过遗憾的是你今天选错了歌，更选错了演唱方式。评委乙说，你的美貌掩盖了你的才华。听到这儿我内心一颤，心想，得，夏奈没戏了。果然，她止步于二十强，输给了一个唱功不如她，但胸却是她两倍大的嗲声女。追光灯下，所有被淘汰的选手只有夏奈一人是笑着说完离别感言的。她说，真正有实力的歌手不在乎时光流逝，容颜衰老。总有一天你我都会老去，可我还是会静静地唱，希望到那个时候，在这世界的某个角落还有一个人愿意听我唱歌，就足够了。

身旁的老李边喝酒边信誓旦旦说这里面一定有鬼，夏奈绝对被黑了。我懒得搭理他，想发短信对夏奈说，等有天你老得都坐着摇椅慢慢摇了，哥们儿仍是你的忠实粉丝。转念一想这样说会不会过于直接暧昧。我攥着手机来回踱步，删了写，写了又删，最后还是发了一堆以安慰为主、鼓励为辅，即矫情又虚伪的场面话。没过半小时夏奈就打电话过来，晕，拜托，大哥你看的是重播。三天前我就被淘汰了，现在正在和朋友们吃夜宵，后天我就回北京，不再胡混瞎唱歌了，我要和大伙一样，去找工作，去奋斗，去赚钱，为了能环游世界，吃遍各国美食而做个积极向上的快乐小白领。

和老李单纯肤浅喜欢夏奈的外貌和美腿相比，我最欣赏也最敬佩的是夏奈的独立、坚强。她说不再唱歌，就再也没有去选秀、组乐团。她说要找工作，转身就去了一家世界五百强企业实习，月薪半万。夏奈对待感情亦如此，她的每段恋爱都轰轰烈烈、风风火火。我在夏奈那里听到的和看到的爱情故事都够写一部长篇小说，她那一段段感情中的精彩细节，随便凑一凑写出来就能轻松 PK 掉国内一批网络青春纯爱小说。仅我知道的，她交往过的对象少说也能组个篮球队。从个性十足、穷困潦倒的地下摇滚歌手，到富得恨不得向全世界人民宣布自个姓钱的土豪富二代；从浪迹天涯，永远在路上流浪的旅游杂志专栏写手，到沉默不多话，笑起来却像港星古天乐的泰国菜厨师，可谓应有尽有，一应俱全。夏奈能为一首歌而爱上一个素昧平生的陌生人，也能为记错她的生日和相恋两年的男友分手。我从没见过夏奈为爱流过泪，倒是见到过她某任男友手捧一大束玫瑰花站在她宿舍楼下，低声下气求她回心转意……

我不止一次酒后吐真言对夏奈说，老夏，这世上有收藏古画古玉的，有收藏邮票小人书的，你是要把十二星座的男人都集齐了才心甘情愿地嫁人吗？

夏奈说，爱上一个陌生人就像听一首他人唱的歌曲，都能体会另一种人生。

那好吧，我说，祝你体会各种人生时不受伤害。

夏奈笑，我十七岁初恋后就明白两个道理，第一，男人永远靠不住。第二，只要恋爱就注定要受伤害，只是内伤外伤的问题。

那你大可不必飞蛾扑火，心身俱伤。生活中还有很多事情比恋爱更加美好，比如理想、追求、事业等。通俗却很实际地说那就是赚钱，赚许多钱，赚能好吃懒做，逸享天年的钱。

夏奈摆摆手，钱有的是时间去赚，而能用来恋爱的美好时光也只有三十岁前的那几年。

每当谈到感情问题，夏奈理智得好像情感专家。我总在一旁使尽浑身解数，插科打诨，逗她开心。我曾半开玩笑半认真地觍着脸说，女神，什么职业的男友你都交过，跟玩角色扮演似的，唯独没交过业余作家吧？尤其是我这种美男写手。反正老夏你跟谁谈不是谈，要不我委屈下，咱俩凑合凑合得了。

我从来都认为写小说的男人没几个靠谱的，夏奈不屑，更别说你了，就你贴在学校论坛上的那些三流情色小说，看多了都脏眼睛，还称自己是作家，你好意思吗？简直就是个臭流氓。

流氓怎么了？流氓也是一种气质啊。现如今这浮躁肤浅的年代，衣冠禽兽、装大尾巴狼的渣男遍地都是，反倒是如我这般性情不装的真流氓反而奇货可居。是，我承认我不如你交往过的富二代有钱，也没那个男模身材好、长得帅。但平心而论，我这条件也不至于差得拿不出手吧。你看，我和你同一所大学毕业，月薪税后比你只多不少。有房有车，虽然都得还贷，但至少不会让你风里来雨里去，挤公车地铁，没有安全感。吸烟，但没有瘾，偶尔喝点小酒，却很少喝醉。另外我不打牌，不玩网络游戏。手机里除了百度百科、谷歌地图以外，微信、陌陌等社交神器一律没有，我洁身自好。

歌唱得没你好听我承认，可好几次公司同事 KTV 聚会，轮到我唱歌时总会有几个不明真相的群众推门而入，一脸追星族的样子激动地询问，陈奕迅是在你们这包房唱歌吗？生活因为有你这样美丽的女人而美好，我能想到最浪漫的事，就是早上和你在纽约曼哈顿酒店睡到自然醒，中午与你在塞纳河左岸喝咖啡，傍晚和你在爱琴海边感慨夕阳无限好，只是近黄昏。我愿意为了你环游世界的梦想奋斗终生，永不叛变。就你说，像我这样有理想、有追求，逼急了还能制造点浪漫情调的流氓上哪儿去找。俗话说得好，世界上最遥远的距离就是我在你身边，你却不知道……说真的老夏，你好好考虑考虑，不急着答复。

但凡我掏心掏肺聊点埋藏在我心中最深处最柔软的真心话时，夏奈或不接我话茬，或巧妙转移话题。我如此真诚地表达我对她的爱慕之情，她却不当一回事地招手示意我附耳过去，我身体前倾，她仰头贴近我耳朵，一字一句说，知道我老家广东盛产什么吗？我摇头，夏奈忍住笑，第一，盛产荔枝；第二，就是盛产黑社会流氓。前些年全国铲掉的最大的黑帮就在我老家，你说就你这样发育不全，有贼心没贼胆的小流氓能在我眼里吗？

我就喜欢你这种会煲汤、会唱粤语歌、吃得了麻辣锅，受得了北方寒冬的广东靓妹。反正不管怎么说，我就赖着你了，这辈子非你不娶，就耍流氓了，怎么着吧。我借着酒精，厚颜无耻地说。

　　夏奈一脸无奈，默默念了一长串粤语后，苦笑着冲我说，大哥，求求你，拜托饶了我吧。改天我带你去广深珠，那里遍地都是符合你要求的广东女孩，而且个个比我漂亮。对了，要不我介绍我大表姐给你吧，她比我更靓更有气质，歌也唱的比我好听，从小她就是我的偶像，长得像港星矢茵。而且她还煲得一手靓汤，每年过年回家我都要去她家喝她煲的汤，我最中意她煲的薏仁猪脚木瓜汤，人间美味，好好喝。

　　你说什么汤？薏仁、猪脚、木瓜？我皱眉做痛苦状，这汤太牛了，把我最不爱吃的三种东西一锅打尽，得有多难喝啊。再说你都二十好几了，你大表姐？那老的还能看吗？

　　你又没尝过怎么知道不好喝，夏奈没好气地瞪我，那你这个北方佬告诉我，你喝过的最好喝的汤是什么？

　　最好喝的汤？我眼皮上翻，盯着天花板假装冥思苦想，三十秒后我故作深沉说，要我说，最好喝的当属康师傅红烧牛肉面的汤了，就是这个味儿。

　　夏奈噗的一声，把口中的水喷成雾状，咳嗽着说，瞧你那点出息，你们北京人都这么贫吗？

　　我不是什么北京人，我改用山西方言说，我只是比你早来北京两年而已。

　　那你们北方人都这么贫，都这么可怜，吃饭都不喝汤的吗？

　　这位小同志，请你不要搞地域歧视。什么南方、北方，不都是华夏子孙，中华儿女吗？我模仿着老首长的姿态正色说道，偷瞄夏奈没什么反应，迅速恢复嬉皮笑脸，那什么，咱大表姐长得真的很像朱茵吗？我不信，给我看照片，有图有真相。

　　你还真单纯，说什么都信。夏奈取笑我，我才不会傻到让你这样的没谱青年做我的表姐夫呢。作为你的哥们儿，有时候静下来想想我都替你发愁。你说你这样油腔滑调，一点儿正经的都没有，谈恋爱玩玩还行，但是真到了谈婚论嫁，托付终身那一步，哪个女孩子会愿意和你这种见个姑娘就瞎贫的男人在一起？我欲争辩，夏奈根本不给我机会，自顾自地说，不是我说，老兄，你早都不是学生了，该有点责任感了，成熟稳重些才能招女孩子喜欢。别跟我那些前男友似的，一个个要么不切实际，活在自己的世界里，要么任性幼稚得像个孩子似的，根本不懂得什么是责任，什么是爱，怎么爱。

此话一出，我立刻就颓了下去。其实不只这一回，后来每当我不要脸地对夏奈示爱，她要不就用比我更狠的话噎我，要不就是不耐烦地说，行了行了，你别说了，咱俩不是一路人，别到最后连朋友都没的做。久而久之，我对夏奈的真心表白竟成了每次聚会、酒足饭饱后的余兴节目。时光飞逝，我对夏奈的爱恋也在一杯又一杯的啤酒中，一句又一句的调侃里，稀释溶解，若隐若现。

大学毕业后我和夏奈就理所当然地四散天涯。确切说，大学还没毕业我们就相忘于江湖了。由于业绩过于出类拔萃，夏奈大四实习的那家外企不惜开出年薪十五万外加北京户口的诱人待遇对她极力挽留。这般丰厚的薪金，多少人为此辛苦奋斗，梦寐以求。而夏奈却再一次特立独行，她婉言谢绝了这份工作。她说她还年轻，还不想待在一个地方终老，更不愿留在北京这个浮躁的北方城市。于是她选择离开，回到她热爱留恋的南方。

夏奈离开北京不久就关闭了她的人人网页面，博客停留在那一年的六月。幸好，她偶尔还会更新下微博，尽管多是在午夜。我如同推理小说爱好者，通过她的微博，梳理出她毕业后的行踪：她先是去了深圳的一家公关公司，没多久辞职去了广州某家意大利国际奢侈品牌企业做 HR。这期间我和她的联系逐日递减，隔个三五个月小半年才能在 MSN 上巧遇。她从不抱怨工作有多累多辛苦，只是略带伤感说自己很长时间没有认真去读喜欢的作家的新书了。我劝她不要那么拼命，何必呢？夏奈回复说，拜托大哥，这里是香港，不拼怎么活呢？

和大学期间略有不同的是，先前不食烟火的夏奈终于落入凡间，和多数漂亮的姑娘一样，她逐渐热衷在微博里发布自拍美图以此纪念庸俗生活中美好的瞬间。照片中的她一会儿是身穿白裙头戴鸡蛋花漫步在巴厘岛的白色沙滩上，一会儿又在日落黄昏的巴塞罗那毕加索博物馆内喝着咖啡，一副悠然自得样子，OL 范儿十足。

银白色的游艇镶嵌在碧波荡漾的蔚蓝海面，身着比基尼，鼻梁上架着古驰墨镜的夏奈手握一杯香槟，斜靠在甲板上，笑靥如花。我在这张照片下给她留言，极尽所能，夸赞她的美貌，尤其是那双在金色阳光下，熠熠生辉的修长美腿。末了，我不忘妒意万分地说，老夏，你这环游世界的梦想俨然已照进现实。隔了几天，夏奈私信回复我，说照片都是假象，我所看到的那些照片都是她趁工作之便，忙里偷闲拍的。本质上她仍只是个打工仔，陪集团老总出国考察项目，还要身兼导游、翻译、保姆等数职。

这种劳神费心的公差与我心中的环游世界是两码事。夏奈说。

您就让我这么劳神费心地出次公差吧，我说，夏总您就知足吧。这一年四季，一天到晚小咖啡喝着，小游轮坐着，小海风吹着，去欧洲各国来去自如得就跟省内自驾游似的。要知道你哥们儿我别说出国，至今连港澳台都没去过。混了这么多年到头来也只能附庸风雅冒充伪驴友，说是专挑尚未开发、保持原样的自然景区玩才有个性，实则是因为那些地方不要门票，省钱不贵。路上再背背几句不入流的朦胧诗，骗骗全国各地心比天高、命比纸薄的女文青。吃住就更别提了，和你那白富美的欧洲豪华游比起来一路上我住民宿，坐大巴，有时候穷得就差点儿为口饭吃而卖身。

说实话我更羡慕你这样的旅行，夏奈得便宜卖乖，想去哪儿去哪，背起行囊就出发。随心所欲，自由自在，即使物质条件差些，但时刻都有好心情，这才是我心中理想的流浪状态。

夏奈在线让我猜等有了年假她最想去哪儿。

马尔代夫、普吉岛热带海滩风情游？

不是。

那一准是台湾、日本时尚购物游。

也不是。

北欧？我记得你一直说想去瑞典。

夏奈依然说 No。接二连三猜错后我失去耐心，于是我俄罗斯、巴西、印度乱猜一通，最后甚至连埃塞俄比亚、马达加斯加这类冷门地方都说了出来却仍没猜对夏奈的答案。我发了个吐血的表情跟她说，直接告我吧，我认输。

哈哈，猜不到吧，夏奈回复我得意的表情图案，你知道我是客家人，我们家族追根溯源的话，也是河洛人，即祖籍在河南洛阳。而我至今都没去过那里。其实不只是我，就连我爷爷的爷爷的爷爷都没去过。我从小就很好奇中原文化，很向往去那里走一走，看一看。寻根问祖，拍些视频、照片带回去给家人看，一了几代人的凤愿。

夏总，你这是吃腻生猛海鲜，改尝小菜清粥，低调地走返璞归真路线了。我调侃她，心想夏奈永远是那个让人猜不透的奇女子。就算我死命猜到天亮也不会想到她最想去的地方竟然是我无比熟悉的河南省。我当即下线，拨通她的电话，滔滔不绝地向她介绍着河南的名吃以及必去的风景名胜，言语中无不透露出我对那里的了解。

聊至兴起，我潇洒地承诺，无论她什么时候去，就算我手头有再重要的事情我都会放下，专程陪她一同游览中原大地，亲自做她的私人导游。夏奈高兴极了，挂电话前她略微动情地赞美了我几句。说到目前为止她最庆幸也是最感激命运的事当属认识我这么一个善解人意、肝胆相照的资深流氓。

可到头来我还是让夏奈失望了。几个月前的某个周末夜晚，我正和一帮狐朋狗友唱歌喝酒，夏奈打来电话，嘈杂的动感舞曲声中，我听到她颇显兴奋地说已请了年假，决定过两天就前往河南，问我何时能启程与她同行？酒精的刺激外加我身旁坐着刚认识的九零后性感女网友使我完全忘记了我先前的承诺。我支吾地应答，谎话鬼扯得连我自己也不相信。电话那端的夏奈好像也没有那么不高兴，她用粤语埋怨了我几句，又发了条短信跟我说，我就知道你会爽约，你总是那么一如既往的不靠谱。

有天晚上失眠，我逐条翻看夏奈旅途中更新的微博。她一去就是十天，只身一人，几乎走遍河南全境。我惊奇地发现，她完全是按照当初我给她设计的路线走完全程的。就连那个我只跟她说过一次，很少有人知道，路很难走，求签却很准的乡间古刹她都去了。这更加让我愧疚难当，后悔为何贪图一时愉悦，而没去做答应她的事情。写到这里我得诚挚地跟老夏说声抱歉，答应你的事我没去做。你去河南的那几天我并没陪老总去新疆出差，更没有加班加点、废寝忘食地工作。而是因为寂寞空虚跟一在网上认识的小姑娘缠绵悱恻一时脱不了身。老夏，你说得对，谁让我是一既缺乏安全感又无责任心的没谱青年呢。

4

我最后一次，也是最近一次见到夏奈是在二零一二年秋天。在此之前，她跳槽去了香港，而我因为负责的项目，被公司外派到上海，我们将近两年未见。

二零一一年夏，老李结婚了。新娘是他回老家工作后经同事介绍相亲认识的，九零后。女孩在老李的高中母校教英语，算不上美女，但化化妆，捯饬捯饬也不至于难看。老李和她总共也就约会过四五次，相处不到一年，就定了终身。

我问老李，你甘心吗？老李照着镜子打着领带，轻描淡写地说，不甘心又能怎样？当初我还想娶舒淇、林志玲，最起码也是夏奈。可到头来我心比天高、命比纸薄，每当夜幕降临，从地铁站钻出来的我仰望华灯初上，万家灯火的帝都，竟没有一扇，哪怕是小小的窗户属于我，你说我还在帝都蹉跎个什么劲。

我看你挺爱她的。

哪有什么爱不爱的。又不是演偶像剧，过日子呗，漫漫人生，路途遥远，和谁过一辈子不是过。何况她对我真不赖，不但把家收拾得干干净净、井井有条，最让我惊喜的是订婚同居后我才知道，她从小就跟着她那在国营宾馆任厨师长的爸爸学得一手好菜。无论南北风味，川粤鲁苏，就没就她不拿手的。就连你们北方的面食，包子、饺子什么的她也会做。这可比那些只会无病呻吟，为赋新词强说愁的文艺女青年实用多了。你说就现在这些小姑娘，会做饭的又有几个？所以说能娶到她是我赚到了，我当然爱她，非常爱。

老李都说到这份上了，我还能再说什么？我只能一杯接一杯地与他共饮，借着他的婚宴同我们的青春彻底告别。

那一晚上我和老李都喝醉了。当红酒喝到第六瓶时，老刘提起夏奈，说毕竟同学一场，老李大婚她不来也太不够意思了。听到夏奈的名字，已醉酒的老李眼里闪烁着光芒，但很快就黯沉下去。我追问他，知道些什么？老李欲言又止，不接我的话，一个劲地劝我喝酒。在我和老刘双重逼问下，老李含糊其辞，终于开了口，夏奈似乎出事了。

老刘让老李具体讲讲，老李说他不比我们知道多少，前阵子外形酷似已逝港星沈殿霞的熊嫂来他所在的城市出差，吃饭闲聊，熊嫂主动向他说起夏奈的近况，真伪难辨。

当时我将醉未醉，老李抽着烟说，不过在我彻底失去意识之前，我依稀记得熊嫂说的几个片段，她说夏奈变了，完全不是我们之前认识的那个坚强，阳光的广东妹了。熊嫂说，夏奈变得孤僻冷漠，她去香港出差约她见一面，一开始竟然被拒绝，熊嫂连着约了她两天，总算见到一面。熊嫂一见到夏奈，就立刻明白夏奈为何不愿意见她。熊嫂说，夏奈瘦得憔悴，烟瘾变大，甚至主动要酒喝了。

不可能吧。我失声，老李口中的夏奈和我认识的那个热爱生活的夏奈简直判若两人，什么情况？受什么刺激了？她失恋了？

不只是失恋那么简单，老李迟疑，算了，不瞒你们了，反正我不说你俩也不会死心，早晚也会知道，老李压低声音，熊嫂说夏奈被一个美籍老男人耍得很惨，人财两失。

老李的话说得我脑子一阵空白，他换了个坐姿接着说，说穿了，就是被人骗财又骗色。想不到吧？老李分别与我和老刘碰杯，怎么样老兄？意外吧？吃惊吧？内心隐隐作痛吧？我刚听到这事的反应和此刻的你们一样，目瞪口呆得像个白痴。说真的，尽管当时哥们儿醉了，但意识还在，心疼和惋惜之情多得更是快要淤出胸口。哎，对于感情，我真他妈绝望了，像夏奈那么高智商的女强人都能为爱痴狂，这个世界还有谁能逃得过爱情的伤害？

在老李的感慨及酒精的促使下我急切想知道事情的真相以及目前夏奈过得好不好。我拨打她的电话，如老李所说，那串我熟悉得都能背下来的号码，如今却已成为空号。

有人说她回了老家，在当地某中学教英语，有人说在海口某高档社区遇见过她，还有人说夏奈仍留在香港，只不过没再工作，而是去城市大学继续读金融硕士。老兄，老李醉眼迷蒙地搂着我的肩，你不是自称作家，还发表过几篇狗屁爱情故事吗？为何不写写我们的梦中女神，老同学夏奈？我相信，你只要如实描述她从读大学以来的离奇经历，不用虚构都会很精彩。故事的最后你就写她被骗得一无所有。操他妈的一无所有。你说夏奈她人被骗了我还能理解，女人嘛，一旦真爱上一个男人，智商为负数。但怎么能连钱也被骗走了？是她爱上了人渣，还是全球金融危机后每个人穷凶极恶得都撕破了脸？

那晚如何把夏奈的故事改编成牛逼的小说是我们聊的最后一个话题。后来我们仨都喝高了，嚷嚷着要去海边看日出。在空无一人的沙滩上，我和老李、老刘互相搀扶，面对着大海，边走边吐，把胃都吐空了，又鬼哭狼嚎地唱起属于我们那个年代的不成调的情歌。天快亮时，在堤坝的石凳上，筋疲力尽的三个人头靠着头睡着了。第二天何时醒的酒，我和他怎么告的别，我想了很多次却再也想不起来。

回到北京后，我曾试过各种途径和夏奈取得联系，最终徒劳无获。她MSN的头像始终没再亮过，最后一条微博还停留在一年前的春天。夏奈的人间蒸发一度让我很恍惚，记忆中与她有交集的画面和细节也不再牢不可破。尤其是在重温她的旧照时，照片上或调皮地作着鬼脸或笑靥如花的夏奈更加让我很想知道现在的她究竟人在哪里？我偶尔还是会想起她，尤其是乘出租车或唱KTV，每当粤语歌响起，我立刻就会想到长发长腿，笑起来如春水荡漾的广东姑娘。一次在机场书店候机时，看到钱德勒的名著《漫长的告别》，书腰上那蓝颜色的语句："告别就是死亡一点点"，让我又一次伤感地想起夏奈。

5

这样又过去一年，就当我已淡忘夏奈，在经济不景气的年代里拼命赚钱养活自己时，飘忽不定的她再一次不按常理出牌，从天而降。

接到夏奈电话的那一刻，大连骤雨刚停，我正在去往宴请客户的路上。她是用一境外号码打来的，信号很弱，我一度以为没有接通，喂了数声才听到那熟悉的声音。

嗨，好久不见，我明天会去内地办事，在上海待一晚，你在吗？有空的话见个面吧，约个咖啡馆，我们聊聊天。夏奈语调平静得就好像她从未失踪，我们昨天才见过面。

天呐，你总算出现了。这都多久没你的近况了，我假装若无其事，内心却万马奔腾，你好吗？

嗯，不好不坏，老样子。夏奈含糊应答。电话那端声音嘈杂，我和她没聊几句便匆忙挂线。几分钟后我接连收到夏奈发来的两条短信。一条她说让我储存这个号码但别告诉其他人。另一条是她明日乘坐飞机的航班号及起降时间。

按照原计划，一周之内我肯定回不去上海。可我还是答应了她，说不见不散。

我更改行程，第二天一大早乘机飞回上海。

我准时到达约会地点，四十分钟后才等到身穿灰色风衣，头戴同色系礼帽的夏奈。她一手拿着星巴克咖啡，一手紧握衣领，步履匆匆且目不斜视地从马路对面朝我走来。

和当初在校园里一样，身材高挑、气质出众的夏奈依然吸引路两边男人们的目光。一个自我感觉良好的中年男子主动凑上前找她搭讪，夏奈头也不抬地摆手拒绝，步伐明显加快。眼前这一幕引得我暗自发笑，那些仅仅迷恋夏奈美色的男人永远不会知道，这个貌似梁洛施的广东妹，会一种连哈利波特都不会的魔法，她的笑容能轻易地俘获你的心，她的绝情也能让你心碎了无痕。

在外滩一家德国人开的小酒馆，我喝着加冰块的威士忌，夏奈并没有喝酒，她要了杯柠檬红茶，一如我当初认识的那个她，时刻保持清醒。

久别重逢，竟然有些初识般的尴尬。夏奈变化不是很大，只是更加安静。我问一句，她答一句，直到续上第二杯红茶，她的话才渐渐多了起来，有一句没一句地讲着她对香港美食喜爱。我附和着她的话题，抱怨着我有多么不爱吃上海美食，不适应南方。我和她就这么有一搭没一搭地闲聊着。前方墙上的电视机里，深情款款的薛凯琪正在用粤语唱着《苏州河里的慕容雪》。我纵有千般疑问，也不知该怎么说出口。

待我第三杯酒喝完，夏奈主动问我有女友了吗？何时结婚？我故作潇洒说，一人吃饱，全家不饿，成家更是遥不可及的事情。听我这么说，夏奈轻轻地摇摇头，劝我找个好姑娘，最好能生对双胞胎，好好生活。

我打岔说，老夏，两年不见，你瘦了，不过瘦得更好看了。

夏奈笑了笑，她朝我所在的方向看，但目光却飘向别处。

老夏，要我说还是长发更适合你，我没话找话，长发能突出你与众不同的气质，真的，和那些俗脂庸粉相比，你赢就赢在不食人间烟火，独立不流行的别致气质。

夏奈两手的食指绕着发梢，微笑着说，可我更喜欢我短发的样子。说完，她望向电视机里和她同款发型的薛凯琪，随声附和地唱"爱只是爱，伟大的爱情到头来也只是爱。"

我们从沪港两地的房价聊到最新上映的电影，又从上海世博会聊到香港迪士尼乐园。聊至凌晨，酒馆打烊，我和夏奈并排走在路灯昏暗的黄浦江边。很长一段时间她都一言不发地低头走路，我也无所适从，预感着或许有什么发生。

给我根烟。不知走了多久，夏奈忽然驻足开口。

我为她点烟，也给自己点了一支。夏奈轻拍我的手背算是谢过。我俯身趴在护栏上望着对岸的霓虹璀璨，夏奈背对我，我们两个人静静地各自抽完手中那支烟。

不知为何，每一回来外滩我都会想起电影《花样年华》。江面上，轮船的汽笛声落下，夏奈强颜欢笑，还记不记得《花样年华》的结尾？最后周慕云还是选择了离开，还记得那句台词吗？"在从前，如果一个人有个不可告人的秘密，他会跑到深山里，找棵树，在树上挖个洞。将秘密告诉那个洞，再用泥土封起来，这秘密就永远没有人知道，包括他自己。"

借我一晚上，做我的树洞，好不好？夏奈与我对视，她像一只离群的小鹿，眼里瞬间充满忧郁。

之后的很长一段时间内，身为"树洞"的我尽职尽责地聆听夏奈的倾诉。如同平庸的侦探小说读至尾页，谜底揭开，结局却并不令人意外。夏奈亲口对我讲的和老李在婚宴醉酒后说的大致相仿，最多也只算是老李讲的那一版的加强版。

两年前，夏奈爱上了一个她自以为对的人。那个男人集她历任男友的优点于一身：大夏奈七岁，某国际知名投行香港分行的部门经理，外形俊朗，貌似吴彦祖。无婚姻史，从小在台湾长大，斯坦福经济学硕士，华裔。夏奈笃定历经千山万水她终于找到了命中注定。最初那一年多，二人世界事事如愿，亲密无间，甜蜜无比。夏奈曾无限接近幸福，但终究也只是接近。直到某天，确切说，是次贷危机后的某一天，同时也是那完美男向夏奈求婚后的第二个星期，那男的毫无征兆地突然失踪，连同夏奈积攒多年，让其打理的市值二十多万港币的股票、基金，一并消失得渺无音讯。

那天过后，夏奈辞了职，用掉所有时间，动用一切关系发疯似的寻找他。当然没有奇迹发生，那男的就像在这个星球从未出现过一样。夏奈从抱有一丝幻想到渐渐失望最后陷入万劫不复的绝望，从一个夜哭到另一个夜……

这个在当今任何一座城市的任何一个角落每天都会发生无数次，如肥皂剧般的烂俗桥段却是夏奈努力想忘记的秘密。稍微还算有点新意的是她没有执迷不悟傻到底，她强迫自己在还没失去最后的理智前像戒掉毒瘾般戒掉那个曾带她上天堂，又推她下地狱的烂仔。

夏奈不间断地讲着自导自演的香港爱情故事，她入戏太深，一讲就是两个小时。好几次我都想插话说点什么，但始终没有机会。好几次我都想张开双臂，搂她入怀说，我懂，别怕，有哥们儿在，没什么大不了、过不去的，却不知道手该搁哪儿合适，也就不了了之。到头来，我还就真的像棵树一样站在她的左手边，一动不动。直到我们身上的烟都抽完，路灯渐渐变暗，她的故事才算全剧终。

我曾为他写过一首歌，其中一句歌词是，有你在身旁，就算末日又如何？而他呢？金融危机一来，就不声不响地离去，就连分手都只是发个邮件，连当面对我讲的勇气都没有。夏奈哽咽。

这点担当都没有，哪能算得上是个爷们儿，简直就是他妈的懦夫。我顺着夏奈的话，替她解气，我说老夏，这样没种的男人根本不值得你去恨，更不值得拿他做的恶心事来惩罚你自己。

呵，我早不恨他了，甚至原谅了他。不过我还是要找他，夏奈仰起头，我会一直找他，找到为止。

怎么个意思？我都听糊涂了，既然你都原谅了他，干吗还要找下去？老夏，这不是你的风格啊。敢爱敢恨，爱谁谁的那个人才是你。别整天拧巴地和自己过不去，好男人多的是，依你这条件，都不用你费心，一个个都会主动送上门来。江湖阔处多奇遇，热爱生活，相信未来。这几句话我还是从你那里学到的。别傻了，回去洗个热水澡，好好睡一觉，天亮后出门，没准转角就能遇见真爱。

我也很想像你说的那样潇洒，可是这一次我真的做不到。夏奈黯然神伤。片刻沉默，她深呼吸了一下，然后转过头故作轻松地看着我说，假如有一天，你女儿深爱的男人，带着你女儿的所有积蓄以及她和他之间大量的私密照片悄无声息地走掉，你会不会支持你的女儿不惜一切代价地去找他？

钱无所谓，就当赔光了，我还年轻，再赚就是了。不等我反应，夏奈接着说，他走得太突然，太莫名其妙。我甚至都来不及删除他电脑里的那些照片。要不是那些照片，我才不会这么魂不守舍地到处找他。我毕竟是个女孩，我敌不过世俗，总有一天我会嫁人生子。而那些照片对我来说就像是定时炸弹，我不找到他，亲眼看着他毁掉一切。我永远不会安宁，永远回不到从前的那个我。

继续找他？我开口打破了将近一刻钟的沉默，说的却是夏奈不断重复的那句话。

不然呢？夏奈反问我，你说我是不是贱得可以？相爱时恨不得把美好瞬间都保存下来，而现在那些被定格的时光却成了让我夜不能寐的梦魇。多么讽刺啊。

就算他念及旧情，不四处传播，但万一他电脑丢失或不小心泄露到网上被他人看到，我也受不了。我很想开始新的生活，彻彻底底地忘记他，或者找到他，一刀把他捅死。这是最好的解决方式，可是我办不到。我能做的有且只有早一日见到他，和他面对面好好谈谈，我甚至做好了低声下气、不要尊严的准备。除此之外，你说，还有别的办法吗？

我能有什么办法呢？先前在虚拟世界里看到类似事件，我不止一次幻想换作是我，我该如何英雄救美，继而让女主人公因我这血性的壮举而爱上我。然而现在这样的剧情真的在我身边上演，女主角又是我无比熟悉的老友，我却无能为力，一点儿办法也没有。

夏奈平视远方，轻声哼唱一首我从未听过的歌。我想开个玩笑，缓和这尴尬的气氛。憋了很久，我说，老夏，祝你好运，说出口我就后悔了，连抽自己的心都有。

没事，我很好，人生路漫漫，谁年轻时没爱过几个人渣呢？夏奈冲我笑，谢谢你能来陪我，听我说这些没用的。今天是我这一年多来度过的最愉快的夜晚，真的很谢谢你，你是个好人。夏奈轻轻地拥抱我，然后面无表情地摘下左手中指上的戒指，扔进夜色里的黄浦江。

夏奈离开后，上海一个月阴雨不断。那晚过后我就再没见过夏奈，后来她有没有找到那个男人？是否如愿以偿，销毁了那些私密照片？不得而知，至少目前网络上没有流出她的私密照，我所能做的，也只有默默祝她好运。

那晚分别前我故作轻松对夏奈说，过阵子我准备写篇小说，女主人公或许会有你的影子。夏奈大方地说好啊。她要求我把她写得瘦点、漂亮点，且一定不能用真名。我爽快答应，说我会尽力写篇牛逼的小说，投稿给国内销售量大点的纯文学杂志，这样无论到时候你人在何处，都能看到兄弟我特意为你而写的故事。夏奈开心地说她十分期待，期待早日能读到。

我问夏奈，接下来会去哪里？夏奈说她也说不好，也许会去一个新的城市，也许会重新找份工作，继续留在香港。

不管未来在哪儿，靠什么赚钱，总之三十岁之前我一定要把自己嫁出去。夏奈语气像是开玩笑，目光却十分坚定。

行，到时候你要还没嫁掉，记得说一声，哥们儿娶你。

怎么，你就这么瞧不起我？

哪能啊，我说的是真心话，孙子才骗你。

我看你是大冒险吧，夏奈笑了笑，说了串我听不懂的粤语。

你说什么？

没什么，她耸了耸肩，打了一辆车，朝我的反方向驶去。

所有的阳光扑向雪

1

接到隋灵电话，整个城市大雨倾盆。当时我刚录完某电视台相亲节目，开车前往同事的生日聚会。铃声响起，手机屏幕上显示一个陌生号码，我猜是那个化了妆很像明星李小璐的六号女嘉宾。二十四位女嘉宾中属她最漂亮，也属她嘴最毒。主持人介绍完我的基本资料后，她立刻把灯灭掉，对我毫无兴趣。主持人例行公事问她原因，她说仅听我的爱好就断定我是个无聊透顶的人，假如真和我在一起，那还不得闷死。

我承认我是个很无聊的人，我说，不无聊我也不会来这儿了。众人笑，她也笑，说，你这个回答倒是挺有趣儿的。

我又回答了几个稀奇古怪的问题，像商量好似的，那些女嘉宾在六号的带领下陆续灭灯。我虽然侥幸进入最后一关，但最终还是淘汰出局。散场后，在休息室外的走廊上我碰见女六号，她主动和我打招呼，笑着说，对不起，我刚才说的那些话，都是在做节目效果，你可千万别往心里去。说真的，其实你挺有魅力的，比那些歪瓜裂枣的男嘉宾强多了。给你透露个小秘密，她故作神秘，俯身在我耳边说，据我所知，九号、十三号、二十号都向节目组打听你。

你太客气了，我压根就没想过在这儿能遇见真爱，纯属娱乐。

一样，一样。她冲我点头，随后要走我的手机号码，说等以后有闲钱投资股票基金时好向我咨询。

我在路边停车，回拨那个号码。

你知道我是谁吗？一女声问。

我想我知道，但我不知道你的名字。

很正常，我没给你说过我的名字呀。

找我有事吗？

没事就不能打给你吗？

她咄咄逼人，我没话找话，你还在电视台吗？

电视台？她惊讶，然后换了种语调说，拜托，你究竟知道我是谁吗？

她的诧异使我困惑，片刻迟疑，我说，你不是六号女嘉宾？

六号？女嘉宾？这一次不仅仅是诧异，她调侃我说，六号女嘉宾？我说大叔，你该不会是在相亲吧？

我在脑中快速搜索着和这女声相对应的名字，徒劳无获。

我是隋灵，不等我问，她主动介绍，得，算我白说，短暂的沉默过后，她开了口，"一意孤行"，这下你总知道我是谁了吧？

2

"一意孤行"是隋灵的网名。她是我的牌友，确切说是网友。我和她是在玩网游"三国杀"时相识的。在那个满大街人都在唱"想你时你在天边，想你时你在眼前"的春天，我无限热爱上"三国杀"。每晚睡觉前都会在网上玩几局，若隔天事儿不多，我甚至会杀到天亮。隋灵就是某次我通宵鏖战时遇到的。那晚很巧，我和她要么就同是忠臣，要么同是反贼，玩了十几局，总在一个团队。杀至后半夜，玩家先后离开，只剩我们两人，牌局自然无法继续。在等人加入的同时，她与我闲聊起来。起初我们二人只是互相交流游戏心得，渐渐竟聊到爱、死亡、命运等空泛虚无的话题上。或许是她一时无聊，或许是和我聊的还算开心，总之下线之前她要走了我的MSN并主动加我为好友。从那时起，一年多来，但凡在网上碰到，她都会约我去厮杀几局，间或在MSN上瞎贫几句，但也只此而已。我在她MSN的头像上见过她的模样，仅从那张照片就可以看出她是个新潮时尚的小姑娘。她的眼睛很有味道，眼神迷离且深邃。不过再漂亮也与我无关，我也只是纯欣赏而已。我不记得我何时留过电话给她，更想不到她会突然打给我。

有日子没见你上线了，她的口吻像是和我很熟，最近很忙吗？

还好，瞎忙。

对了，我又学会一招新玩法，特厉害，哪天你有空玩儿，我教你。

好的。我随口答应。

你，说话不方便吗？她试探地问。

嗯，在开车。

那好吧，过会儿我再打给你。

她锲而不舍，我笑了，有什么事你直说好了。

你猜我现在在哪儿？她神秘兮兮。

这我猜不出来。

你一定猜得出来，要相信自己。加油。她莫名其妙地鼓励我。

雨越下越大，车窗上挂起一层雨帘。你该不会是来我这儿了吧？我开玩笑说，随手点燃一支烟，吸入肺部。

Bingo！你看，我就说你能猜对。我太聪明了。我怎么就能这么聪明呢。

她在电话那端自嗨，我一头雾水。你来出差吗？

别逗了，我是待业青年，出什么差呀。

那是来玩？

也不是。她干脆地说。

哦。

你哦什么？她反问我。

没什么，瞎哦哦。我灭掉烟，又续了一根，那你来干吗？

见个朋友。

她的回答让我渐渐有了头绪，如果她说的属实，真来了我所在的城市，那无非就是在老友相聚之外顺便和我这个还算聊得来的网友见面。

行，那你忙你的，哪天你有空了，我请你和你的朋友吃饭。

对了，我那个老朋友你认识的。

我在这个城市生活不到两年，能称得上是朋友的人寥寥无几。我实在想不出我和她共同认识的那个人会是谁。

老规矩，猜。她兴趣盎然。

我忽然反应过来她所谓的那位老朋友会不会就是我吧？可我还是说，我真猜不出，快说吧，手机就要没电了。我装作意兴阑珊。

我来见一个网名叫做"殊途同归"的朋友。她忍着笑，故意学着台湾腔，末了还拉长尾音。

"殊途同归"是我玩"三国杀"的用户名，有次聊天时隋灵曾说她以为她的网名就够矫情了，殊不知我比她还要装逼百倍。

我？

难道这个城市还有另外一个人碰巧我认识并且碰巧和你同网名吗？

你是在开玩笑吧。我半信半疑。

不信吗？那好，你等着。她迅速挂断，很快我的手机上出现一串本地的座机号码。

怎么样，信了吧？她得意的问

你专程来找我？我明知故问。

是呀，不然呢。

有事吗？

我操，大叔你怎么老说有事吗，有事吗？废话，没事我自作多情地大老远飞过来，觍个脸给你打电话干吗？她的直率引我发笑，但仍旧不明白她缘何而来。还没来得及问她在哪儿，她颇有默契地抢先说，我人在机场，我要见你，现在，立刻，马上。

她任性地催促着，我开始对她有些反感，我并不觉得我和她有这么熟。

现在不行，我待会有事儿。你会在这儿待几天？要不我们改天再约吧。

真没创意，我就知道你会说有事。这么美好的周末你能有什么事忙呢？该不会是急着去见六号女嘉宾吧？她以损我为乐，实话告你吧，我呢，这次真的是特意为你而来。至于什么事，暂时保密。反正不是逼良为娼、杀人越货之类伤天害理、破坏社会稳定和谐的违法之事，你大可不必害怕担心。再说了我才是女的，要真吃起亏来，占便宜的人是你不是我。我一个多小时前飞来的，本想在酒店安顿好了再和你联系。没想到我这行李还没来得及取呢，就被大雨困在机场。这会儿别说大巴了，就连出租车都不见踪影。可以说我是举步维艰，寸步难行，她马不停蹄地贫着，一水四字成语。现在的我饥寒交迫，再加上没穿厚衣服来，又碰上这鬼天气，淋了一身雨，我想我肯定感冒了，发烧也是一时半会儿的事。我在这儿除了你这个朋友外举目无亲。你要不来救我，我就只能自生自灭了，当然，我是说如果你也把我当朋友的话。而且，我只在这儿待一晚，明天一早就离开，所以你改天再约的烂借口就别再用了。要我说，择日不如撞日，撞日不如今日，大叔你要还有点人性，念及我们做网友兼牌友这一年多的交情，你应该立刻飞奔到机场来接楚楚可怜的我。总之我把话搁这儿了，你不来接我，我今儿就在这死磕，哪也不去。行了，该说的我都说了，不该说的我也都说了，就这么着了，你看着办吧。最后一句，你要不来，我会非常非常难过，再见。

她根本不给我接话的机会，再打过去，对方一直处于通话状态。

我问自己这究竟是怎么一回事，隋灵的出现如同这场突然而至的暴雨，猛烈得毫无保留。我用一支烟的时间做选择，又一次拨给隋灵无果后，我接通同事的电话，胡乱编了个无法参加派对的理由并祝他生日快乐。之后我打了好几次火才发动车子，广播里的女 DJ 用甜到发腻的声音提醒我，此刻通往机场的高速路如车库般拥堵。

3

人群中我一眼就认出了隋灵，她扎一马尾，带个黑框眼镜，淡妆。肩上那硕大的 LV 包很是抢眼。小姑娘一身短打，穿着清凉，坐在一小型拉杆箱上摆弄单反相机玩着自拍。

我在她身旁站了约一分钟她都没注意到我。直到我叫她名字，她才察觉到我的存在。

吓我一跳，隋灵站起身，她个子很高，目测得有一米七五。

你还真是个大叔。我接过她的行李车，她冲我傻乐。

雨停了，天空色彩斑斓，像调色板打翻在画布上。空气格外清新，返程的路好走多了。隋灵摇下车窗，随着广播里的歌轻声哼："你看过了许多风景，你看过了许多美女"，她用单反拍着路旁飞驰而过的风景，文青范儿十足。

第一次来？我调低歌声问她。

梦里来过，现实中第一次。也就是说梦想终于照进现实。

她的话以及说话时的表情引我发笑，你不愧是北京姑娘，真够贫的。

谢谢表扬，她侧过身，把镜头对着我说，来，照相。

我下意识用手遮挡镜头，她打掉我的手，调着焦距说，怎么，还害羞啊？

我没接话，她更加肆无忌惮的一阵猛拍，切，又不是艳照，有什么好躲的，隋灵取笑着我，她翻看着拍摄成果说，只是作个纪念，又不是敲诈你，再说你一个老男人有什么好勒索的。

现在能讲你是为何来找我的吗？出了高速收费站我问她。

不能，隋灵头摇的坚决，我一天都没吃东西，哪有力气说啊，她在撒娇却用不容置疑的语气说，我饿了。

问她想吃什么，她两眼忽然放光，我早就听说你们这儿有家馆子的台湾菜做得很正宗。好多港台明星来了都会去那吃。尤其是他们家的私房牛肉面和三杯鸡更是一绝。在你们这儿开厂的台商逢年过节经常成群结伴去那大快朵颐一解思乡之愁。那家店址我都在手机里，咱就去那儿吃，成吗？

我惊讶地看她，你是第一次来吗？怎么这么了解？

服了吧，她洋洋自得，难道你不知道这世界有个网站叫作大众点评网吗？真是可怜的大叔，她故作愁容，假惺惺地同情我。

4

隋灵带我去的那家台湾饭馆其实离我公司不远，我每天上班都会路过，但从没留心。我们在顶楼靠窗能看见这城市夜景的位置坐下。她还真是不客气，从服务生那要走菜单，点了一桌子的菜。就这样她仍不无遗憾地说还有几道好评如潮的招牌菜，这回是没有口福享用了。

我并没觉得台湾菜有多好吃，过于清淡不说，有几道菜精致的如同工艺品，失去人间烟火。隋灵却对每道菜都赞不绝口，在菜品尚未被破坏之前，她先用相机从不司角度为其拍照，说是为日后写美食评论积累资料。只要有菜上桌，隋灵必定先尝，美其名曰为先为我试试有没有毒。尝后她或做出飘飘欲仙的表情或为其打分，乐此不疲。我心不在焉地赔笑，在征得她同意后，我抽起烟来。我当然知道我为何打不起精神，我想隋灵也知道，她只是等我先说。

我又消磨了三支烟，这期间隋灵不是忙着吃东西，就是发短信聊手机，没怎么搭理我。看表已过九点，甜点也已上桌，我灭掉烟，喝干杯中的酒，清了清嗓，再一次问她那个毫无新意却一晚上都让我好奇不解的问题。

你真够无聊的，隋灵凑近我向我要烟，我为她点着，她轻拍我的手背算是谢过，呼出一缕烟说，你就不能有点情调，当作这只是个借口，真正目的是想与你浪漫邂逅，然后共度良宵？隋灵暧昧地笑，眼神里满是挑衅。

你早就该这么调戏我了，我并不惧她，陌生美女，萍水相逢，投怀送抱的桥段隔几天就会在我梦中上演，没想到今天哥们总算如愿以偿了。作为一个信奉不主动、不拒绝、不负责——"三不"原则的未婚男人，实不相瞒，像你这般眉来眼去，明骚暗贱，我还真是不慌。不但不怕，而且热烈欢迎。如你所说，吃亏的是你不是我。

你今年多大了？不愿说是吧，理解。我自问自答，我给你说过我三十四了吧。尽管目前事业无成，一无所有，但不要脸地说，从十八岁算起，这些年我见过、爱过的女人差不多也有两位数。奇怪的是见得越多，就越胆小。就像打起仗来，冲锋的必定不是老兵。我自认为说了个还不算太冷的笑话，隋灵却没笑，我续了根烟接着说，看你的样子也就二十刚出头，多好的年纪，还有大把的光阴可以虚度，真让人羡慕。你给我的感觉挺好，大方、爽快、嘴贫，盘儿正条儿顺，标准的北京姑娘。搁十年前遇见你这样的姑娘我早动心了。现在不行了，年纪越大就越自卑，最奢侈的愿望也就想找个踏实、传统的同龄女性安安稳稳共度余生。当然，我并不是说你不踏实传统，恰恰相反，你太年轻貌美，活力与魅力一并四射，从里到外还透出一股忧郁的女文青气质，简直是趋于完美。我没夸张，就这一会儿，你知道这餐厅里有多少男人从不同方向角度偷瞄你吗？他们心中的潜台词我再明白不过。换我我也会内心不忿。这么一身材火辣，要哪儿有哪儿的大美女跟一发型古板、目光呆滞、啤酒肚微凸的老男人在一起，凭什么啊。嫉妒过后紧跟着就是猜忌，各种恶毒的攻击一应俱全……不好意思，我多喝了几杯，话多了点。我自斟自酌，简单说吧，你这种谁看一眼都会有想法的极品，我无心无力，就是想追也追不动了。男人活到我这年纪，偶尔遇见个像你这样的漂亮姑娘，饱饱眼福，过过嘴瘾，够本了。所以我得谢谢你今晚给我这难得的福利，我举起杯敬她酒，神情十分矫情却不失诚恳，作为网友且这一年多来我们聊的还算投缘，你要是来玩，我肯定尽好地主之谊，吃住算我的。除此之外，其他的就免了，我玩不起也没兴趣。

或许是因酒精的刺激，我一气说了小一刻钟。自始至终隋灵都安静地听着没有插话。直到我闭嘴后她依旧一言不发。她叼根烟，仰着头，带着一种无法形容的古怪的笑容逼视着我。那种姿势与其说是在抽烟，不如说是在摆造型。我们对坐无语，各抽各的烟。窗户上沁着水雾，窗外飘起下午未下完的雨，空气中混着香水，啤酒以及薄荷烟的味道。有那么几分钟，我和她营造出来的氛围及场景像极了独立小众电影里的迷幻画面。

你挺闷骚的，一阵沉默过后隋灵终于开口，换句话说也就是挺装逼的，不过这也正好符合老男人的几大特征，闷骚、装逼，酷爱不经意间卖弄钱财或学识，满口仁义道德又总想骗小姑娘上床，还有什么来着，想不起来了，隋灵眉头微皱，用夹着烟的手指戳了戳额头，还有，你把我说得也太贱了吧，我不是花痴，充其量也就只算个伪文青，就算再作践自己，也不至于不远千里地坐飞机来献身给你。我说，大叔，您老会不会自我感觉过于良好了？

那算我自作多情，这或许也是老男人的几大缺点之一，我自讨没趣，吃好了吧，不早了，我送你回酒店，你住哪？我喊来服务生，刷卡买单。

生气了？隋灵舰着脸没心没肺地笑着，这只是个游戏，谁认真谁就输了。能再请我喝一杯吗老男人？顺便给我讲讲，你活了这么久，做过最疯狂的事情是什么？

最疯狂的事？今天这一切就够疯狂的，我没好气地笑，我压根就没想过这辈子能与你相见，你的不约而至更在我的意料之外，最不真实的是我竟鬼使神差地接上你共进晚餐。这样的奇遇还不够疯狂吗？

必然不够啊，隋灵晃着食指表情坚定，麻烦你受累告我这事儿从哪能看出你疯狂了？搞清楚，是我来找的你，疯狂的人是我不是你。隋灵一字一句地说，你能遇见本姑娘我，是你的幸运。隋灵把追加的酒打开，将她和我的酒杯添满，动作潇洒熟练，大叔，当我第一眼看见你，你那张饱经岁月雕刻的老脸就已经向我出卖你是个有故事的老男人，讲讲吧，隋灵单手托着下巴，在你记忆深处刻骨铭心、无法抹去，每次回想都会后怕、会庆幸，很想再尝试一次却再也鼓不起勇气的疯狂小事情，讲一件就行，好伴我下酒。

　　疯狂的事情？我一边重复她的话一边在记忆的搜索引擎里输入疯狂这个词，心想美女就是事多。然后盯着面前的餐盘放空了十来秒，喝干杯中的酒缓缓地说，那时我还在读研究生，我记得那一年冬天雪特别大而且下得很频繁。有一天我去见一朋友，他学校地处郊区，出了校门方圆五公里之内罕见人烟。那天我倒霉透顶，坐了两个多小时车到他们学校，我那朋友竟然临时被他导师叫走了。我傻等了一个晚上都没等到，只能返程。当时已是晚上十点多钟，雪下得很急，我又冷又饿，身上剩的钱倒是够买一张公车票，可是坐不到目的地。我蹭车未果，被司机赶下车，那一站到我学校步行至少要一个钟头。没办法，我只能硬着头皮，一脚深一脚浅艰难地向前。天不是很黑，但北风呼啸，大雪纷飞，那氛围完全能拍鬼片了。我刚走出去没多远，不知从哪儿冒出俩小伙，又高又壮，说是职业篮球员我都信。他俩一前一后将我逼到一个僻静的角落，我立刻反应过来我是遇到抢劫的了。不等他们掏出刀子，我还开玩笑地说，哥们儿，你们来得真不巧，半个小时前我兜里还有几个子，却用来买车票了。现在身上分文没有，还想向你们借钱买点吃的，我饿得都要吃雪了。我话还没说完，鼻子上就挨了一重拳，生疼，鼻血瞬间喷出，像雨点似的一滴滴砸在没过小腿的雪地上。接着我的左脸又迎来一拳。我顿时摔倒在地，眼前泛蓝光，一阵晕眩。两个人一个用刀子抵住我的脖颈，另一个快速搜遍我全身。要说他俩也怪不走运的，大晚上天寒地冻地从事这么高风险的职业，却碰到我这么个穷鬼。搜我身的那个人把我从上到下、从里到外搜了一来回，但除了我那不值钱的破手机外，一无所获。他们自认为受到了我的侮辱，于是更加疯狂地对我拳打脚踢。我蜷缩成虾米状，双手紧紧抱着头，他们用木棒、砖头、垃圾桶，像殴打一条野狗一样轮番揍我，我感觉我的五脏六腑都快要被震出来了。这样不知持续了多久，两个人也许是打累了才终于收手。而我也半死不活，血从身上各个部位流出。我昏死过去，最后被冻醒，下半身差点冻废掉。我强忍着剧痛起身，发现不仅手机没了，脖子上那块跟了我十多年，用来保平安的翡翠观音也没了。最操蛋的是他们竟连我那已洗掉色的大衣和半新的耐克鞋也一并抢走……

等等，隋灵做着暂停的手势打断我，我是说最疯狂的事儿，不是最倒霉的事儿……

你他妈让我说完，我突然激动，不仅是隋灵，隔壁桌的客人也被我的喊声吓得回头张望。隋灵耸了耸肩，示意我继续。我猛吸了几口烟，吐着不成形的烟圈，重新陷入回忆中。

我就像是从战场上死里逃生的伤兵，浑身到处是血，每走一步，脚底钻心的冷。我告诉自己必须尽快离开找人求救。要不然过不了多久我不是冻死也会失血而亡。当时我仍身处郊外，目力所及之处除了漫长的公路就是无尽的黑暗。不幸中的万幸，我在一个垃圾箱里翻出一双被人遗弃的皮靴。尽管它多处破损，尺码也不合脚，但对于当下的我来说它简直就是宝贝。可以说没有那双靴子，我的双脚早冻残废了。我沿着公路艰难前行，每当有车路过，我便拼命招手，大声呼叫，可是没有一辆车停下。希望像烟花绽放，闪亮一下就迅速破灭。就在我快要绝望，心想难不成就这样死在这冰天雪地时，我恍惚看见前方有辆车竟开着车灯停靠在路边。我确定那不是幻觉后，整个人欣喜若狂，用最后一丝力气，跑向那辆在我眼中等于诺亚方舟的汽车。地上的积雪厚得恐怖，我每跑几步就滑倒在地上，但我生怕那辆车开走，几乎是连滚带爬地靠近它。我与那辆车的距离不足百米，我看见强光下有一个女人的身影，她正吃力地打开引擎盖，声音很大却很虚地讲着电话。我隐约听到一些，大概是她的车子抛锚了，正在求助该如何修理。我快走了几步，在她身后站住，她手忙脚乱的摆弄着发动机，完全没注意到我。我叫她小姐，我已经尽量叫的小声，她应声回头，我承认那一刻我的样子确实有点吓人，但也不至于吓得她失声尖叫。我很想给她说并没恶意，只是需要她的救助。可她断定我要害她，持续不断的厉声尖叫，根本不给我机会辩解。我向前一步，她后退好几步。她想逃回车里却慌张地开不开车门。我走了过去，只是想帮她，同时也想进车里取暖。

她神经质般交替地喊着救命及你别过来。我冻得理智全无，更没有力气和精力向她解释。这时，戏剧性的一幕发生了，在我靠近她的那一刻，那女的突然冲我跪下，带着哭腔说她愿意把身上所有的财物给我，只要我不伤害她。我本想说你误会了，我根本没那意思。但毫无缘由，我突然回想起刚那俩孙子洗劫我的整个过程。瞬间我像是被魔鬼附体，恶从胆边生，我猛地将她推倒在地，一把拉开车门，抢走她的包和手机，然后头也不回，玩命的朝前方狂奔……我跌跌撞撞，连滚带爬跑回宿舍，打开那个手包一看，里面竟全是美金，折合人民币三万多块。我立刻就蒙了，这么多钱够判我坐两回牢了。

后来呢？隋灵完全进入到我的故事中，她忽闪着那双长到不真实的睫毛追问我。

后来我就真的坐牢了。

不信，她笑，太假了。

后来我就病倒了，也不知是冻伤了还是被打残或是害怕，总之我大病一场，在医院住了半个月才活过来。抢来的包和手机我都藏在衣柜最底层，那笔巨款三分之一用在医疗费上，剩下的一半还债，一半存进了银行。很长一段日子里我都不敢看报纸电视，就怕看到通缉令或是某女子冻死在郊外，生前曾遭遇抢劫等新闻。虽然我运气好，最终没有坐牢，但代价是经受了小半年惶惶不可终日的折磨。那种每天提心吊胆、夜夜噩梦的鬼日子真不是人过的。好多年过去，再回想起这件事我还是很痛苦，挺内疚的。那女的最后究竟怎么着了，我都不敢细想。我沉默，双手搓脸，长叹一口气说，记得是卡夫卡还是海明威讲过一段子，说他年轻时替朋友扛雷，他父亲问他为何这么傻，他还特骄傲地说，因为我们是朋友。他父亲冷笑，说朋友？这世上根本没有朋友，不信把你们俩关到同一间屋子，饿你们三天再放出来，只有一个人能吃饭，到那时你再看看还有没有朋友。我举这个例子并不是自我宽恕，可我还是觉得当时我的所作所为是人性的一种本能，在那电光火石的刹那间求生欲超越了理性和道德，狗急了还跳墙呢，我充其量不能算是圣人罢了。前一幕我还被人抢劫，揍得跟死狗似的，后一幕我竟阴差阳错成了施暴者，想想还真他妈有趣。我自己把自己说笑，不得不承认生活是最伟大的剧作家，总在你不经意间改变你的命运，结局都是注定的，你只能接受。

我废了这么半天话你早听烦了吧，我做结束语，我是不是讲跑题了，这应是我做过的最卑鄙无耻的事情，算不上疯狂。

你是挺卑鄙的，一大老爷们抢一弱女子，你好意思吗？隋灵盯着我问。

这下知道我是什么德行了吧？快走吧，趁现在我还没对你下手。

就这么急着想赶我走？不想知道我为何不远万里来见你，又为何叫你讲疯狂的事情给我听？

刚才倒是挺好奇的，现在彻底没兴趣了。不过你要愿意说，我也乐意听，反正闲着也是闲着。

隋灵对我翻白眼，然后头埋进那酷似超市环保购物袋的 LV 包里一阵乱翻。

我要出国了，下月初走，她递给我一沓证件，我翻看着。

瑞典？产品设计？你这留学的国家和所学专业也真够个性的。

北欧是我们死亡的终点，活在永远的二十九岁。她自言自语，像个诗人，你听过这首歌吗？

这是歌词？我还以为是诗呢。

这歌出自独立乐队 My little airport。主唱是个香港姑娘，去年夏天他们全国巡演至北京站时，她偶遇尚未混出名的某地下乐队的男主唱，一个北京小伙。两人一见钟情，迅速坠入爱河。她为了他从香港搬到北京，顺便解散了原有的乐团。可怜了阿 p，My little airport 的吉他手，那个纯情的广东仔。他一直暗恋着女主唱，却从未表白。当自己爱的女人远走高飞，去了别的男人的怀抱，他自然而然地失恋。伤心欲绝的他夜夜买醉，半醉半醒间就写下这首消极的歌。等情伤愈合后，阿 p 在另一首歌中自嘲："我只会唱莎啦啦，因为我不会讲普通话。"这就是他妈可爱又可恨的爱情，己所不欲，勿施于人。说这话的隋灵若有所思的，像个哲学家。

这种我爱你你不爱我的烂俗桥段在当今这个世界的每一个角落每天都会上演无数次，再正常不过了，我换了个话题，你要去那边学几年？

三年，不过也许我去了就不再回来了。

移民吗？

嗯，有这个打算。我父母比我更积极，他们想去那边养老，安度晚年。

我顿了下，这么说今天很可能是我第一次没准也是最后一次见到你？

那可不，你还不好好珍惜，她冲我嘬嘴，随手从包里掏出一个小本摊开在桌子上煞有其事地说，我看过一部韩国电影，片中女主角得了绝症，来日无多。她不按常理出牌，选择放弃治疗，在生命有限的日子里去做十件美好的事情。我从这片子里得到灵感，有一天突然决定在出国前最后一个月也去做些或美好或疯狂的事情，这样等我真在那边定居，思乡心切时，脑海中能立刻浮现出让我感到温暖的画面。说着隋灵将本子推到我眼前，上面记载着她已经做过和即将要做的一些事。

你一个人去亚龙湾看日出？

那有什么，隋灵面带骄傲，我还独自一人跑遍新疆全境呢。

我操，你在四姑娘山顶天体？

怎么样，够疯狂吧？

那景色一定很美。我说。

那个小本上还写了与绝交的闺蜜复合，和每一位好友告别，制造一张私人的北京地图等等诸如此类虽温馨但在我看来不是很靠谱的事情。我的目光锁定在第八条：去一个陌生城市见一位陌生异性网友，和他共处一夜，并听他讲一个爱情故事。

这下知道我为什么来找你了吧，隋灵收回本子，直视着我。

有点意思，我心想，这个小姑娘以及她做的事情。我很想笑，却故作深沉，你从头到尾难道就不怕我打你主意？

怕，当然怕，尤其刚才听你讲完那劫道的故事后更是怕得要死。不过这事儿的疯狂之处不就在于它的不可预知性吗？再说了，你可是我在众多男网友中精挑细选出来的。和你聊了这么一年多，感觉挺对，我才敢放心大胆来见你。假使你一时色欲攻心，对本姑娘我心起歹念，瞧见没有，隋灵拍了拍她那鼓囊囊地包神秘兮兮地说，这里可装了中外各式先进的防狼器具，你要敢非礼我，我就敢废了你，然后和你义结金兰。我委屈下，你做姐姐，我做妹妹。

隋灵的话逗乐了我，她自己也憋不住笑了。此时我们周围只剩下零星几桌食客，灯光也转换成暗黄色。酒至微醺，夜色温柔，一种说不出的舒服劲在我身体中上下游走。服务生撤走桌子上的酒杯，取而代之的是一盏烛灯和一壶泡好的西湖龙井。隋灵替我倒茶，我谢过她，一瞬间茶香四溢。

再聊会儿吧，彻夜就免了，你累了一天又淋了雨，早点儿回酒店休息。

我要不乐意呢？她停住，一只手拿着茶壶悬在空中，瞪我。你这人怎么这么没劲啊，我都是要走的人了，呸呸呸，我都是要出国的人了，大叔你就不能良心发现，满足下我这并不是很难达成的微薄的小心愿吗？

我隔天又没事，就怕你不方便。毕竟你是一女的，孤男寡女，共处一室，这样好吗，我起身接过茶壶，想要倒茶给她，她却拿起茶杯，收在怀中，赌气地看着我。

行，听你的，我放下茶壶无奈地笑了笑，咱聊，彻夜长聊，我豁出去了，甩开膀子陪你聊。聊他个天昏地暗，日夜颠倒，东方鱼肚白。

这都哪儿跟哪儿啊。隋灵懒得理我，自个给自个倒了杯茶。

不过我有一个不情之请，我身体前倾，低声说，咱能换一话题吗？我是说除了爱情，谈人生，说理想，聊什么都行。我不是很想聊感情问题，因为我的感情从来没有问题。

不行，必须，一定，只能聊爱情。爱是多么美好又神圣的东西。智者曾说，凡尘千变万化，只有爱情永恒。你说还有什么话题能比爱情更值得聊呢？况且又没非让你讲你自己的爱情故事，你说一个你朋友的，哪怕是你听来的，看来的爱情故事也成啊。

你怎么就这么爱听陌生人讲故事呢？

你怎么就这么不爱给陌生人讲故事呢？隋灵不甘示弱，快讲，快讲，又不是让你逆行倒施，叛党叛国，不就讲个故事嘛，看你那推来推去，欲言又止不情愿的样子，至于吗你？

隋灵弄得我一点儿办法都没有，我完全败下阵来。是谁说过老男人能自信驰骋商场政界，能轻松处理各种突发状况，信任危机却无法敌过一个古灵精怪的年轻女孩？这话简直就是他妈的真理。

我想了想，抿了口茶说，那我可真讲了，我这故事可没港台偶像剧那般恶俗肤浅，没准你还会觉得寡淡如水。故事的最后王子和公主并没过上幸福生活，甚至压根就没在一起。我就怕我讲完破坏你目前的好心情。那什么，我可提前给你说好了，你如果听着听着感同身受，触景伤情，继而悲从中来，潸然落泪，我可不负责啊。

最好别，隋灵喝了口茶遥望窗外，生活已经够操蛋了，况且我本来就对爱情这事儿持怀疑态度，你再现身说法，讲一特悲情、特惨的故事，还给不给人希望和盼头了？我说，在这春风沉醉的夜晚，你还是尽量讲一个让人听了后能身心愉悦，相信未来的喜剧吧。

5

读大学那会，我有个朋友姓秦，我们都叫他老秦。老秦瘦、高，日常不修边幅，但还算干净。老秦是北方人，北方男人的特点在他身上一应俱全，性格直爽，嗜酒好色，为人仗义。除此之外，老秦还是个文艺青年，没事时爱写写先锋小说，朗诵朗诵北欧后现代派诗歌。也不知老秦他是以文学为幌子勾搭姑娘，还是想从更多的姑娘那里寻求创作灵感，总之老秦的异性缘好到另每一个男生羡慕。他身边从来不缺漂亮姑娘，且频繁更新，很少重样。不过老秦总说那些女生只是文友或普通朋友，从没听他亲口承认过谁是他的女友。那些女孩好像也不在乎名分，说和他在一起就图个开心。三不五时，宿舍楼下就会出现一个或清纯或性感的姑娘喊老秦的名字，大伙蜂拥在窗口，吹口哨的吹口哨，开玩笑的开玩笑，直至目送老秦和姑娘并肩消失在远处的夕阳下。

那是 20 世纪末的北京，回头想想那真是个白衣飘飘的纯情年代。那时奥运会尚未筹备，互联网也还没普及，奢侈品离我们的生活十分遥远，姑娘们幸好也还没那么物质。当时大学里流行的是朴树的歌，安妮宝贝的小说，自习室里随处可见红宝书，人人备战 GRE。那年有三个闪亮且美好的瞬间让老秦刻骨铭心。先是五月，老秦和京城上万学子齐聚美国大使馆门前游行抗议，当了回真正的热血青年。接着是六月，曼联奇迹般地战胜拜仁夺得三连冠，身为曼联铁杆球迷的老秦和一堆伪球迷在校园里彻夜狂欢庆祝，喝得烂醉如泥。再就是九月，在那个慵懒的秋日午后和武青青的不期而遇。

那天是一个北京秋季周末的黄昏，阳光恰如其分地洒在老秦身上。刚睡醒的老秦，感觉自己温暖得像是羽毛。他踢踏着一双烂拖鞋在校园里漫无目的地闲逛。行至主教学楼前，宣传栏里的一张海报引得老秦驻足：今晚六点，校文学社本学期第一次活动在二教阶梯进行。搁往常老秦对这类活动兴趣不大，无非就是几个郁郁不得志的痴男怨女聚在一起诋毁、讽刺他人的作品。不过此刻老秦正好无所事事，看了看表，六点刚过，于是他掉头前往二教，去听那些文青吵架，解闷逗乐。

当老秦进入教室时，活动已经开始，一男生正站在讲台上抑扬顿挫、唾沫横飞地讲着海明威与鲁迅小说的相同处。老秦有意无意地听了一耳朵，那男的说海明威小说的对话与鲁迅的名篇《阿Q正传》中的对话有异曲同工之妙，以此推断海明威读过鲁迅的作品并受其影响。纯属扯淡，老秦暗暗发笑，找了个后排靠窗的位置坐下，随手翻看着一本不知道是谁留下的《青年文摘》。

陆续又有几个人上台，每人各讲一刻钟，主题分别有《贾平凹作品中的性描写》《中国先锋小说之死》《从杜拉斯到张爱玲》，一个赛一个不靠谱。这期间老秦看完那本《青年文摘》，还趴着眯了一会，心想再坐五分钟回宿舍找人打牌。老秦正要起身离座，穿着T恤、牛仔裤的武青青从他身边经过，步伐轻盈地走上讲台。武青青短发齐耳，素面朝天，她像从事服务行业的专柜小姐那样一直在微笑，人自然也就显得很有朝气。武青青身上那件T恤很个性，正面写着：人人都有一个小板凳，我的不带入二十一世纪。背面是一个绑着麻花辫的小姑娘坐在小板凳上，乖巧却孤独。武青青写得一手漂亮板书，图文并茂地讲述着法国天才女作家萨冈的生平。武青青那动听的北京话在秋日傍晚闷热的空气中回旋飘荡。多年以后，老秦再怎么回想都不确定当初之所以一眼看中武青青是因为萨冈传奇的故事，还是那件牛逼的T恤，抑或是武青青那让人听着舒坦的北京话？总之那一刻，就是所谓的对的时间，对的地点，对的人。就连当时教室里那昏暗的光线、徐徐拂面的秋风，用来消遣的《青年文摘》，同学们不时发出的爽朗地笑声，等等等等，一切的一切都是对的。

武青青站在讲台上潇洒自如地讲着，肢体语言运用得恰如其分。不知是武青青讲得过于生动，还是萨冈的一生太富戏剧性，反正老秦听得入迷。他听着听着甚至将武青青和萨冈融为一体。当听到武青青说，放荡不羁、个性十足的萨冈从年轻到老年，非常喜欢参加疯狂的晚会，香烟一根接一根地抽，威士忌一杯接一杯地饮，曾因车速高达160公里/小时在一个拐弯处翻了车，差点丧命，老秦脑中浮现的是武青青在 20 世纪 60 年代的巴黎，抽烟喝酒，参加派对，飙车漂移的画面。

二十分钟很快过去，老秦觉得还没怎么听，武青青已在向台下的听众鞠躬致谢。老秦带头卖力鼓掌，热烈的掌声引来武青青的目光，她向老秦颔首致谢。收到武青青给他的独家微笑后，老秦鼓得更加起劲，掌声经久不息。武青青再次鞠躬后问，还有没讲的同学吗？无人回应，老秦盯着武青青目不转睛地欣赏，目光一刻都没离开武青青那迷人的笑脸。老秦看得入迷，这时，武青青手指老秦所在的方向说，这位穿白色衬衣的男同学，以前没见过你，你是新成员吧？要不你上来讲讲吧，大家欢迎。所有人从不同方向朝老秦看去，老秦晃过神，自己也扭身往后看，看到的是一面墙。老秦站起身，他用食指指着自己，一脸茫然地望向武青青。武青青边鼓掌边对他点头示意，老秦就这样在众人的掌声中稀里糊涂地走上讲台。武青青将麦克风交给老秦，在第一排找了个位子坐下，仰望着眼前的老秦，目光期待。

老秦一时不知该讲什么，他左顾右盼冷场了几秒，猛然想起刚刚在那本《青年文摘》上看到的有关萨特和波伏娃的故事。老秦回想了下，心里有了底，他拿起桌上的粉笔在黑板上写下萨特俩字，转过身说，萨特和刚才那位女同学讲的萨冈同为法国人，差不多算是同时代，也都姓萨，不过不是兄妹，更没有血缘关系。说到这里，老秦扭头看了眼武青青，武青青也正在看他，二人四目相接，武青青莞尔一笑，算是对老秦这还算好笑的开场白的回应。在武青青的注视下，老秦天马行空地乱讲着，把刚在杂志上看到的那点东西以及脑子里和萨特有关的存货一气讲完。尽管整个讲演过程硬伤不断，但好在老秦能自圆其说，将萨特和波伏娃那奇特的感情在老秦的描述下简直成了法国版的天仙配。

老秦就这样东拉西扯了十几分钟，然后在稀稀拉拉的掌声中走下讲台。接着是自由讨论，大伙三三两两聚在一起，谈论共同感兴趣的话题。老秦吃着同系学弟给他的烟台苹果，闲聊着明天下午院里的球赛是否正常进行。忽然老秦感到肩部有触碰感，回头望去，笑靥如花的武青青伸出手大方地对他说，你好，我是法语系九八级武青青。老秦愣了一下，在裤子上抹了抹手掌上的苹果汁，自我介绍着和武青青握手。两个人找了张课桌并排坐下，算是相识。

武青青说，最近我对法国现代女性文学有点兴趣，想写篇和这方面有关的论文，刚听你讲得挺有意思，很多事儿我还是头回听说，能再多给我讲点有关萨特和波伏娃的故事吗？尤其是波伏娃，我对她了解不多，就觉得她挺酷的，和萨冈很像，都是特立独行的奇女子。老秦尴尬地笑了下，找来那本杂志，翻到那篇文章，在武青青眼前摊开说，我对那俩法国人的了解全在这了。武青青扫了一眼，半信半疑，她用眼神询问老秦是否在开玩笑。老秦点点头说，我也就刚刚解闷看了一眼，就被你拉上去讲了，算是现学现卖。那些你所谓的头回听到的故事都是我实在没什么好讲，临时杜撰的，如有雷同，纯属巧合。

真有你的。恍然大悟的武青青捂着嘴笑了。

接下来的半个多小时，文艺女青年武青青和真流氓、伪文青老秦以文学为名义海阔天空地瞎扯。他们从塞纳河左岸聊到毛姆、艾略特，从胡安·鲁尔福聊到莫言、王朔。聊着聊着话题却偏到五道口的打口碟、新嚎运的金属专场、簋街的火锅。两个人越聊越投机，大有相见恨晚、一见如故之势。散场后，武青青在教学楼前叫住老秦，问他待会儿干吗。老秦挠挠头说没事可做，或许会找人打牌。

那我们去喝酒吧，我请你。

武青青的邀请让老秦大喜过望，这是他人生中第一次被姑娘主动约去喝酒。老秦当然欣然答应。于是，在北京姑娘武青青的组织带领下，老秦和一帮人浩浩荡荡地前往校门口的小酒馆喝啤酒，吃烤串。

那晚酒局上的每一个细节老秦都终生不忘。武青青坐在人群最中央，老秦正对着她，抽着武青青给他的中南海，看着武青青像个女土匪头领一样到处劝酒，满场碰杯。烟雾缭绕中的武青青使老秦不止一次地联想到萨冈，那个才华横溢却又放荡不羁，青春全部浪费在青春上的法国女人。也就是从那天起，萨冈和武青青这两个名词在老秦的字典里成为同义词。多年后，老秦与武青青断了联系，武青青这三个字却如同一支叛军埋伏在老秦的心脏。每当老秦偶然听到或看到萨冈这个名字时，那支叛军就会即刻攻占老秦心中最柔软、最脆弱的地方。

整个晚上老秦和武青青除了礼貌性地互敬对方一杯酒外，再没过多交谈。不是老秦不想和武青青搭话，而是给敬武青青酒的人太多，如潮水般来了又去，弄得老秦一点儿机会也没有。喝了一阵，老秦惊觉武青青的酒量非同小可，但凡有人给她敬酒，武青青没有二话，一概来者不拒，干脆利索仰头就是一杯。没人跟老秦碰杯，老秦索性自酌不语，低头拨起毛豆玩。酒过三巡，老秦和身边的学弟有一搭没一搭地闲聊，装作不经意地看向武青青。她脸颊微红，一手夹烟，一手拿着一杯啤酒，跷着二郎腿，斜坐在塑料椅上，正认真地跟邻座一眼镜男聊着什么。老秦极力去听，勉强听到存在、虚无、人生、意义等几个关键词。几杯过后，老秦再次看去，眼镜男离座，只剩武青青一人孤坐在那里。她坐姿不变，烟酒不离，双眼迷蒙地盯着远处发呆。一阵晚风吹过，武青青的发梢随风飘扬。那一秒钟，独自抽烟、稍显落寞的武青青看得老秦着迷。老秦动了心，认定武青青就该属于自己。他爱上了她，在这月色撩人的夜色里。

回到学校已是凌晨，多数人都醉得走不动道。老秦还很清醒，他拖着喝醉的师弟缓慢前行。武青青走在队伍的最前方，和几个女生大声说笑，看样子似乎也有点儿喝多。众人互道晚安，在宿舍楼前四散。武青青一人朝前走去，老秦撇开师弟，紧跟其后，在她即将走进宿舍前，老秦喊了她的名字。武青青应声转身，看到迎面跑来的老秦颇感意外。老秦未等武青青开口，单刀直入对她说，做我女友吧。

成。武青青微微一笑，欣然同意。

在热恋时期老秦曾向武青青提议，若是日后有人问起他们的恋爱史，就说在文学沙龙上相遇既而一见倾心，后面喝酒那段可以省去不提。武青青一口回绝，说那哪儿成啊，等我们老了，咱儿子问我是怎么和你认识的？我就骄傲地告诉他，当年啊，我和你爸在酒局上互看对眼，我爱上你爸的闷骚，你爸爱上我的美色。于是我们这天造地设地一对就顺应天意，喜结连理。这么说多牛逼啊。

后来，老秦发现牛不牛逼是武青青判断任何一件事的唯一准则，也可以说是她的口头禅。武青青对待生活从不妥协，很多事她宁可不做，要做就要做到最牛逼。用她自个的话来说就是人生苦短，及时性感。用性感的人生观面对这个性冷感的世界。老秦一度以为这话是萨冈说的，没想到竟是她原创。

武青青是个典型的京城姑娘，与生俱来的大气，无人能敌的自信，性格如二锅头般直接、爽快。迷失在爱情里的老秦早已分不清他爱的究竟是武青青这个人，还是她那目空一切、爱谁谁的北京范儿。相爱终是美好，老秦的世界因有了武青青而变得流光溢彩。生病时，武青青就是他的私人护士，温润的一吻对老秦来说是最好的良药。考试前，武青青成了老秦的家庭教师，替他画科目重点，收集复习资料，在武青青地督促和鼓励下，老秦不仅不再挂科且门门优秀。武青青轻松超越足球和音乐，文学和啤酒，成为老秦生活中不可或缺的必需品，如水和空气，食物和睡眠。老秦和武青青一起去迷笛音乐节听摇滚乐，一起去工体京骂给国安队加油，一起去新街口淘碟，一起探讨自由民主，一起游遍大江大海，一起的一起日积月累又让两人在不经意间一起谈了场跨世纪的恋爱。在那段和青春有关的日子，每次醉酒后老秦都能体会到一种前所未有的幸福感，幸福到不真实，生怕酒醒后所有的一切如晨雾般消失不见。老秦不止一次地期望这金光闪闪、牛逼哄哄的日子能无限延伸，他和武青青能永世相爱，直至死亡将两个人分开。

6

这老秦也真够清纯的，竟然认为爱能永恒，简直太可笑了。这和股民相信股评家，房奴相信开发商有什么区别？要我说，这世上根本没有童话，到处都是笑话。多数人死于心碎。

说这话的隋灵头正靠在枕头上，穿戴整齐地躺在被子里。二十分钟前我随她来到她所下榻的酒店。在附近的便利店，她买了几袋牛奶和芝士饼干，我帮她付钱，顺便也买了两瓶红茶、一包香烟。

那你看我还有讲下去的必要吗？我坐在她斜前方两米外的沙发上，翻着酒店的夜宵菜单问她。

隋灵吸了口牛奶，点点头说，讲啊，漫漫长夜就指望你这故事提神了。再说我对武青青这姑娘挺有好感的。你别说，她身上某些特质跟我挺像的。我这不是自恋啊，或许我们北京姑娘都这样吧，大大咧咧，没心没肺，只要认准你，对你好起来那叫一没话说，死心塌地地跟着你，不管你是贫穷还是富有。要是不待见你，就算你是亿万富翁，比王力宏还帅，姑奶奶也懒得正眼瞅你。哎，我扯得是不是有些远了？特烦我是吧，我不是话痨，我就是特想知道武青青和老秦他俩有情人终成眷属没？

那你要失望了，他们早分手了，距今得有七八年了。

你看，我说什么来着，隋灵坐起身，莫名亢奋，声音也随之高昂起来，我猜他们就没戏，为什么我也说不好，反正听你讲究觉得他俩磁场不是很搭，换句话说，他俩的气质太相像了。一体两面，同极相斥，注定要分离……恍惚了一下，隋灵回过神来，你看你，说话不算数，一开始不是说好了不讲悲剧吗，你怎么还偏讲啊。和我作对是吧？隋灵噘嘴，假装生气，瞧我没搭理她，马上又恢复常态，漫不经心地问，他们俩总共好了几年？

四年多不到五年，我想了想说，确切说是四年零三个月。

四年零三个月，这就是老秦所谓的永远。隋灵轻蔑一笑，那么大叔你呢？你相信爱情吗？我是说那种你敢天长，我就敢地久，轰轰烈烈、灰飞烟灭的爱情。

我找来烟灰缸，点上烟说，爱是有保质期的，只是长短问题。没爱之前谁都不是先知，没人知道这一次能爱多久。但既然决定相爱，就不要后悔，能爱多久那要看造化。也许十年，二十年，运气好了厮守终身，点低了十天半个月一年不到两人就好聚好散，咫尺天涯了。我个人的爱情观是相爱时就该无悔付出，尽情相爱，享受每个甜蜜时刻。这样就算有天当爱已成往事，蓦然回首，回忆里永远都是春天，到处充满香气。

把自己说得跟个情感专家似的，你一准是受过什么刺激，要不就是经历过某个女人的磨砺，否则怎么得出这么出世的领悟。乍一听我还以为是安妮宝贝的话呢。隋灵倚靠床头，望着我痴痴地笑，醉意明显。我笑而不语，掏出手机，回复了几条短信。

你说，近十分钟的沉默过去，隋灵身体蜷缩，双手抱膝，头顶在膝盖上，眼神涣散。你说，曾经十分恩爱地两个人，很爱很爱，爱得死去活来，不输给老秦和武青青，可是他们却因为种种阴差阳错的误会和幼稚可笑的任性恩断义绝。当爱人成为敌人，你说这样的一对还有可能恢复关系吗？哪怕不做情侣，后退一步，只当朋友？

这不是能不能的问题，而是有没有必要。你都是要移民的人了，再续前缘还有什么意义？到头来伤神的是他，伤心的是你自己。台湾词作家李宗盛，写过那么多脍炙人口的情歌，看过那么多爱恨情仇，悲欢离合，尽管他的前妻林忆莲唱过《听说爱情回来过》，可他还是在近日的新歌里写道，我见过合久的分了，没见过分久的合。就用这句话，你我共勉吧。

隋灵若有所思着，随即把双手穿插在散开的长发中，狠狠地拨弄了几下。她突然尖叫起来，毫无征兆。然后她像是一个泄了气的皮球，耷拉着脑袋，瘫坐在那里。

静默了几十秒，隋灵抬起头，看了眼镜子中的自己，嘿嘿嘿地傻笑个不停。

得，本来我还打算见完你后去另一个城市和我的前男友见一面，看有没有戏复合。这也是我走之前要做的疯狂的事情系列中最疯狂的。可是听你这么一说我又颓了，不得不重新怀疑人生。这感觉真操蛋。都怪你。隋灵光着脚走到我身边，拿走桌子上的烟和打火机。她背靠床沿，盘腿坐在地下，深吸了一口烟说，我还真是喝大了，这不正听你讲故事吗，怎么扯到我自己身上了。一不小心还让你看见了我脆弱的一面，操，我又他妈酒后失态，丢人现眼了。此刻你一定在暗暗嘲笑我很傻逼吧。

我摇头摆手，予以否认，切，谁信啊，隋灵白我一眼，仰起头说，你要饿了就叫夜宵吃，我请你，算我听你故事的酬薪。要不饿你就接着讲，告诉我老秦和武青青他们为何没有走到最后？难倒但凡动了感情，有且只有痛苦这唯一的结局？

每一段爱情的开头各有各的不同，但每一段爱情的结束都别无二致。再怎么缠绵悱恻、曲折动人，到头来无非就是你深深地爱着我，而我却渐渐地不再爱你。或者是你移情别恋爱上了他人，我仍在原地痴痴等你。要不就是因人生际遇不同，在兵荒马乱的年代不得不无奈放手，再以爱的名义各奔东西。总而言之，理由有千百个，结局只有一种，在分手这件事情上，没人能免俗。具体到老秦和武青青的爱情结局那得让时光流转至二零零三年。那一年你应该还是个初中生，而他俩已经大学毕业。两个人合租了间不到二十平方米的小公寓，每天重复着朝九晚五的小白领生活，机械乏味但至少不会挨饿。他俩没什么钱，也没什么理想，更没有过结婚的念头，有的只是不确定的未来和肆虐人心的"非典"。

7

　　就像是世界末日，那段时间武青青站在十六楼的出租屋望着落地窗外空荡的北京城不止一次感慨这句话。搞得老秦到后来也有了莫名的厌世感。热恋期间，老秦和武青青都跟对方说过哪怕明天是世界末日，也要手牵手微笑面对之类幼稚肤浅的蜜语甜言。然而这还不等末日来临，仅是一场"非典"就将两人自认固若金汤的感情冲击得七零八散。其实严格说SARS也只是压死骆驼的最后一根稻草，相恋四年，爱情早已转化成亲情，理智尚存，激情不再。日复一日的早起，赶公车换地铁，打卡坐班，从不换样的盒饭，无休无止的加班，就连周末也只是窝在家里看美剧，上网聊天。这样的制式生活对刚毕业的两个人还算新鲜，可半年不到，武青青和老秦相继对这如同桑拿天般的生活感到无比厌烦。更可怕的是这样的日子不断地被复制粘贴，无限循环，一丝明亮的前景都看不见。老秦说不清自己想要的生活究竟是怎样的，但他知道绝对不是现有这种，琐碎、乏味，且暮气沉沉。其副产品是他和武青青间日渐频繁的争吵，从买菜做饭，到争抢看电视，再到不同的消费观等先前两人根本不在乎的琐事如今却成了一次次战争的导火线。硝烟弥漫后是坠入深渊的冷战，武青青和老秦互相较劲，谁都抹不开面，都不愿先开口认错。几次三番，老秦隐约感到他与武青青的爱情即将到期。

　　"非典"来临，老秦和武青青的公司都改为在家办公。武青青向老秦提出要回家陪她妈妈。武青青自幼在单亲家庭长大，还在读小学时父母就离异，她跟了母亲。老秦想都没想就一口答应下来，独自一人靠吃方便面和榨菜度过疫情最严重的那一个来月。时至春末夏初，疫情得以控制，街上行人也多了起来，北京城逐渐恢复生气。武青青在一个周末的下午回到她和老秦的出租屋。不像走之前的大包小包，武青青这次回来没带任何行李，只挎了一个随身小包，外加一瓶二锅头和现买的凉菜。等老秦午觉睡起，武青青已摆好一桌饭菜。日落黄昏，夕阳下看着这一系列反常现象，老秦明白摊牌的日子就这么来了，这顿饭或许就是他和武青青的分手晚餐，这一天即将成为他们的爱的祭日。

人均二两酒过后，武青青还是开了口。她说，老秦，我挺对不住你的，有件事我一直瞒着你，这段日子我左思右想，连着失眠了好几个晚上终下决心不能再瞒你了，这样对你太不公平。今天又喝了点酒，我实在绷不住了，不说不行。

尽管老秦已做好了充足的心理建设，但武青青这么一说，他心头还是一紧，可还是假装豁达，挤着笑说，说吧，他谁啊？你们什么时候好上的？他肯定特帅，大款，比我有钱吧。

武青青反应了一下，从盘子里抓起一把花生米，散弹般砸向老秦，我操，姓秦的，你把我武青青想成什么人了？武青青被老秦的话气笑，合着你一直以为我背着你给你带戴绿帽子呢？你也太他妈自我感觉良好了吧？我武青青再贱也没你想得那么贱。

老秦拾起桌上的花生，塞进嘴里用力地嚼着，他盯着武青青的眼睛一言不发。

我还是说了吧，武青青拨了下前额的乱发，身体前倾，声调尽量平和，我就要去法国了，去巴黎读硕士，签证和入学通知书上个月收到的。

老秦将武青青的酒杯添满，也给自己倒了一杯。武青青端起酒杯，看着老秦，老秦也不躲，直视着她。许久，武青青还是没等到老秦的回答，她尴尬地笑笑，将杯中的酒一饮而尽。

去几年？老秦打破了长时间的沉寂，他剥着虾，没有抬头。

怎么？难不成你还想等我回来？武青青故作轻松。

那倒不会，就想知道你去几年。

武青青收住笑容，学期两年，签证三年，不过毕业后我打算在那边找工作，攒点钱接我妈过去养老。

看来你这是长久规划，不是一时兴起啊。老秦把剥好的虾放进武青青的盘子里。

老秦，现在才告诉你是我不对，其实我早就想说了，可是每次话到嘴边我看着你的眼睛我就是开不了口。你知道，目前这种生活不是我想要的，和我理想中的差得太远了。我必须改变，否则再这样下去我会疯掉。所以我……

所以你就选择了出国。

不，老秦，你听我说，你很好，对我更是好得没话说，我们的感情也没什么大的问题。只是，只是我，我不知该怎么说，但确实有地方出了错，目前的状况对你我都是折磨。我承认这一次是我自私，没和你商量就已做出决定，希望你能原谅我的选择。

挺好的，你的选择很正确，一点儿都不自私。老秦笑着说，他用纸巾擦去手上的油渍，起身朝里屋走去，祝你学业有成，早日过上自己想要的生活。

老秦，谢谢你，和你在一起的每一天我都不会忘记。

老秦在门口站住，背对着武青青在空中挥了挥手，然后头也不回地走了进去。

8

那晚武青青何时走的老秦毫不知情。他在一部没有字幕的法国电影中不知不觉地睡去，醒来时已是第二天下午。奇怪的是酒醒后的老秦丝毫没有失恋后应有的症状，他并不痛苦，也不难过，只是有点儿空虚而已。陆续又哥们打电话来安慰他，老秦却说是多此一举。

别死扛了，一哥们儿说，我就不信你不伤心。

说不伤心是假的，我养条狗养四年也处出感情了。可伤心又有什么用？该结束的会结束，该走的还是会走。老秦说，武青青的离去对他而言更像是自己的亲妹妹或是女儿出嫁，失落多于伤悲。

"非典"过后不久，老秦就辞去了先前的工作，他取出全部存款，一多半打到武青青的卡里，他用剩下的几千块钱和几个驴友自驾游去了趟大兴安岭。在东北的那一个月里，老秦硬是忍住没和武青青联系，武青青亦然。直到国庆节那天，老秦的手机上显示一熟悉的号码，电话那端的武青青很自然地问老秦去不去京郊秋游。老秦想了想反正无事可做，又挺想见见武青青就当即应允。第二天见面时老秦才发现跟想象中的不一样，武青青不仅约了他，还约了很多大学旧友，前前后后足足三四十人，坐了满满一辆大巴。

那所谓的"塞外江"风景十分一般，中午的自助烧烤也都半生不熟，要多难吃有多难吃。老秦想和武青青打个招呼，问候几句，无奈身旁叙旧的友人太多，始终没说上话。午饭过后，武青青向大伙宣布即将进行这次秋游的重头戏——悬崖蹦极。众人惊叹，尖叫声，起哄声此起彼伏，但就没人敢第一个跳。一阵喧嚣之后，武青青自告奋勇第一个跳。老秦理所当然被推举为男生组的代表。武青青朝老秦笑了笑，径直走向跳台。

从下往上看，老秦觉得所谓的国内最高蹦极也不过如此，而当他真站到蹦极台上，向下俯视时，老秦才感到害怕。他一根接一根的抽烟，试图以此来掩饰内心的紧张与不安。相比之下，武青青反倒更像个爷们儿，她早早穿戴好安全服，站在准备区向教练请教着注意事项。老秦正纳闷武青青怎么一点儿怕意也没有时，已准备就绪的武青青面向老秦问，一起吗？

五分钟后，老秦和武青青并肩站在跳台的边缘。眼前是海一样的蓝天，而脚下是万丈深渊。

武青青问老秦，你怕吗？

老秦做着深呼吸说，有点儿，你呢？

我不怕，死了就当咱俩殉情。武青青的回答出乎老秦的意料，他看她，看到的是武青青灿烂无比的笑容。

教练在身后说，我喊到三你们就跳。老秦不自觉地闭上眼睛，他感到右手被武青青攒在她的手心。一，二，教练很坏，根本没有喊三就将老秦和武青青推了出去。重力加速度迫使老秦睁不开眼也顾不得尖叫，他觉得自己像是颗炮弹，即将引爆。武青青从悬空的那一秒开始叫声就没停过，间或她还喊着老秦，致使老秦的名字在山谷里盘旋飘荡了好一阵。

超快速的下坠已逼近老秦的生理极限，眼看就要掉入湖中，后背的保险绳又将老秦反弹回半空。来回几次，才渐渐趋于平静。老秦双手紧紧抓住绳索，悠荡在湖面上空，等着船只接应。他平缓了下心跳，看向不远处的武青青。武青青并没抓绳子，而是倒着悬在那里。她在笑，脸上却满是泪水。

作为第一个跳下来的男士，老秦得到的奖励就是替大伙看衣物。他手搭在前额上，眯着眼，仰头望着熟悉的好友一个个奋不顾身，前仆后继地做自由落体运动。武青青买来两瓶可乐，递给他一瓶。老秦打开后，转手还给武青青。他打开另一瓶，一口气喝了一多半。

咱这就算分了吧。老秦拧着瓶盖，笑着对武青青说。

武青青冲老秦点头，喝着可乐并没作答。

还是朋友？老秦向前走了一步，伸出一只手来。

但愿吧，武青青没和老秦握手，而是轻轻地抱住老秦，附在他耳边说，好聚好散。

好聚好散，老秦重复着武青青的话，他大方地拍了拍武青青的背，然后在武青青耳边低声说了句，再聚不难。

武青青赶在那一年的圣诞节前去了巴黎，也就是从那时起，老秦和她彻底断了联系。没了武青青的北京对于老秦也失去了吸引力。他很快花光本来就所剩无几的积蓄。家人催他回去考公务员过安稳的生活。而老秦决定再赌一次，用一年的时间备考 GRE，若考不过，便甘心回老家娶妻生子过日子。破釜沉舟的老秦退掉了和武青青合租的房子，拿退还的押金交了新东方的学费。经过十几个月的玩命外加还算不赖的运气，在和武青青分手纪念日的前几天，老秦拿到了北美三个大学的 Offer。最终老秦选择了渥太华的一所大学，虽然不是什么世界名校，但老秦看中的是它丰厚的奖学金以及学校周围赏心悦目的风景。

零五年的情人节，老秦带着简单的行李只身前往千里之外那个陌生的国度。收拾旧物时，老秦在一本六级词汇书里意外地发现十几张他和武青青的合照。照片上的两个人非搂即抱，亲密无间，甜蜜无比。老秦翻看着那一张张被定格的瞬间，恍如隔世。他已想不起来这都是在哪儿拍的，只记得那是一九九九年，秋。

9

在渥太华读研那两年老秦基本上过的是隐士生活。他就读的那所大学位处郊区，与渥太华市的距离如同昌平之于北京。正因如此，一年到头老秦也进不了几次城。学校不是很大，但华人不少，班里三分之一都是华人，每一个都比老秦年纪小。不仅是在学校，在渥太华，准确说是在整个加拿大，华人以地域、语言、贫富划分成不同的圈子，诸如什么广东帮、台湾帮、浙江帮，等等。老秦出去得晚，身上也没带多少钱，融不进学校里的各种小团体，自然也就没什么朋友。每一天从早到晚，老秦都独来独往，有课就坐校车去研究所上课，没课就在加油站打零工，周末或节假日和房东盖瑞一起扯扯淡，钓钓鱼，打打冰球。

盖瑞七十三了，可身体依旧硬朗，单手提一箱啤酒上楼都不带气喘的，且健步如飞。退休前盖瑞是当地一所私立大学的语言学教授，六十八岁那年，他的老伴去世，儿子在温哥华做律师，女儿嫁到纽约，一年到头全家人也难得聚首一次。盖瑞十分喜欢中国，对北京更是有特殊的感情。二十世纪九十年代初，老头和他太太在北京某外语类高校做了四年外教。在华期间，老头迷上了中国太极以及东来顺和北京烤鸭。得知老秦来自中国北京，盖瑞特别开心，从老秦入住的当天开始，盖瑞有事没事就拉老秦聊天。老头不仅汉语倍儿溜，就连北京俚语甚至是脏话粗口都说得不比老秦差。渥太华的冬天寒冷又漫长，窗外白雪皑皑，室内盖瑞和老秦用电热锅和从华人超市买来的羊肉片热火朝天地吃着自制的涮羊肉。爷孙俩边涮肉边对酌红星二锅头，那画面不像是在渥太华的郊外，更像是在北京东单或西四随便一条胡同里的小酒馆。一瓶下肚，老爷子带着醉意神采奕奕地回忆起他在邓公南巡后的北京的美妙经历，而微醺的老秦则母语夹杂着英语给老盖瑞讲着他走后的世纪末的北京。虽然彼此的故事相隔六七年，但北海公园晨练遛鸟的老人，三环每逢周末的大堵车，秀水街的衣服，稻香村的糕点，任时光流逝，这些经典的北京范儿都一直静静地停在原地，从未也永不会改变。

喝得再多一点儿，老盖瑞就会聊起他的情史。从十四岁爱上的那个法国姑娘开始，至逝去的老伴结束，老头用他那富有磁性的嗓音声情并茂的追忆着。老爷子那缠绵悱恻，可歌可泣的爱情故事听的老秦直恍神，他不自觉地就想起武青青，他很想将他和武青青的故事讲给盖瑞听，可又不知从何讲起，怎么讲。那些年，那些妞，一提一杯酒，老秦索性喝起大酒来。末了，老爷子送给老秦三句爱的箴言：第一，不要用女人做的蠢事情来惩罚自己，不值得。第二，爱一个就要爱她的全部，包括她的缺点。第三，像爱生活般爱女人，这世上没有比女人、爱情更美好的事物了。

两斤酒过后，老秦叫盖瑞爷爷，盖瑞叫老秦兄弟，两个人相互搀扶，开怀大笑，跟跟跄跄的倒在沙发上。老盖瑞找出吉他，调好和弦，唱起中文情歌。尽管老秦喝了不少，但他还是暗暗吃惊盖瑞竟然会唱那么多中文歌曲。崔健，黑豹，罗大佑，老头一首接一首的唱着，歌声一点都不输给酒吧里的驻场歌手。老秦也没闲着，他用筷子敲打着空酒瓶，同盖瑞合唱：你曾经对我说，你永远爱着我，爱情这东西我明白，但永远是什么？唱着唱着往事涌上心头，老秦悲从中来，他狠狠地搓了下脸，硬是没让眼泪夺眶。

两年时光，说快不快，说慢也不是很慢。大量的课业，繁杂的考试，逼得老秦不得不用功读书。除此之外，在渥太华期间，他打过人，也被人打过，和一个台湾女孩暧昧了半年，最终也没什么结果。毕业前夕，老秦得到北京一家国际知名投行的面试机会，喜出望外的他请盖瑞去唐人街吃川菜以示庆祝。盖瑞在祝贺老秦的同时也对他的离去颇为感伤。老秦说，我只是回国面试，还会回来。盖瑞知道，即使老秦再回来也只是参加论文答辩和毕业典礼，顶多三个月，他还是要走，且很有可能终生再也见不到他这个中国小兄弟。老秦约盖瑞二零零八年来北京看奥运会，盖瑞笑言，只要到时他没去见上帝，就一定会按时赴约。

回国面试格外顺利，老秦的能力得到多位 HR 的认可。那份工作待遇不错，薪水够用，只是要在那素有人间天堂之称的南方城市外派三年。好在老秦一人吃饱，全家不饿，也就欣然同意。签约后老秦忙里偷闲和在京的老友叙旧，酒桌上老同学们一个个妻女环绕，其乐融融的场面让老秦无不感慨羡慕。哥们儿们都劝老秦，好姑娘不多了，别再挑了，这次回来，找个差不多的赶紧结婚。老秦笑笑，并没作答。有人问老秦，武青青那么好的姑娘，当初怎么说分就分了？老秦说，我也说不清，或许是缘分没了，也就散了吧。老秦向众人打听武青青的近况，一桌人竟然谁都不知道。算一算，武青青离开北京有四年多了。她失踪的很彻底，像是从未出现过。

10

返程那天恰好是二零零七年元旦。老秦在候机大厅买了几本杂志，初衷是消磨时间，没想到竟被一篇小说吸引，仅读了个开头老秦就彻底沉浸其中。小说讲的是"非典"过后一个中国女留学生前往法国求学，不幸的是到法国的当天随身行李就在去学校报道的路上遭窃。为了能缴齐学费，更为了能在巴黎生存，女主人公在课外做起兼职，每周打好几份工赚钱活命。她当过中文家教，做过翻译，在华人餐馆里削土豆、洗盘子，每天从早忙到晚，从来没有节假日，而赚的钱也仅够温饱。到巴黎的第二年，听说做导游赚得多，几经打听，经人介绍，她找到一家温州人开的非法旅行社偷偷做起黑导游，专接国内二、三线城市的旅行团。也就是在此期间，女主人公在香榭丽舍大街的普拉达店外偶遇一位外形酷似影星让·雷诺的中年男子。或许是因为爱情，或许只为能留在巴黎，没多久她便和那个离过两次婚，大她两轮的阿尔及利亚后裔的法国男人结婚了。之后，作者用了近万字的篇幅详尽描写女主人公婚后的幸福生活。读者在替女主人公感到高兴的同时，又会因文中几处不算明显的细节隐约感到故事不会如此平庸。果然，婚后第二年，女主人公的法国丈夫在某政府官员贿选事件中受到牵连，遭人陷害，致使其公司破产，负债累累。不堪重压之下，他畏罪自杀，死后家产被政府充公。可怜的女主人公在她二十七岁生日那一天，家破人亡，被驱逐出境。

女主人公不甘心，也因种种复杂情况暂时无法归国。于是在旅行社老板，那个温州人的帮助下，她与翌年春天辗转去了日本。故事在这里急转而下，无论是从写作技巧还是叙述方式来看，作者似乎着力渲染女主人公所承受的命运的不公。先是遇人不淑，寄宿人家的男主人对其图谋不轨，她愤然反抗，身无分文的情况下又收到家母病重的消息。走投无路，急需一大笔钱的女主人公不得不放下自尊和道德，做起援助交际。不幸中的万幸，她接的第一个客人不但同为中国人且和她是老乡。寻欢作乐的气氛荡然无存，取而代之的是他乡遇故知的喜悦。一晚上他们两个人什么都没做，穿戴齐整的并肩坐在榻榻米上共同回忆年幼时光。惊喜地发现，两个人竟读同一所初中，他是她的学长，他们共同认识某人，就连初恋去的那个公园都是同一个。二人彻夜无眠，相聊甚欢，男人走前给她留了一笔钱，劝她不要再做这行，她接过钱没有答应他。接下来就是一段孽缘，作者在写这段时心情错综复杂，他很想写从此王子和公主过上幸福生活，但又碍于生活的真相以及读者的智商，犹豫再三，最后作者还是直面现实的残酷，写出较小说前半部更令人唏嘘的情节：女主人公在欢场卖艺不卖身，陪酒不陪睡，自己省吃俭用，攒钱为母亲治病。与此同时，她对那个一面之缘的学长渐渐萌发爱意，日夜等待他的出现。接下来，作者便像写苏小小和阮郁般勾勒女主人公与其学长的异国恋情。女主人公在作者的笔下有了多重性格，既需要欢场这份来钱容易的工作，又想过天下太平，云淡风轻的日子。她渴望学长能给她一个家、一份安全感，却连学长做什么工作、有没有结婚都不清楚，也不想搞明白。那男的行踪飘忽不定，有时一周能来看她三四回，有时几个月都不见人影。他算不上好情人，但算得上好客人，但凡出现，他必定留钱给她且从不需要回报。这种如水上浮萍般的情愫持续了近一年，女主人公的生活状况多少有点改善，至少不用再吃泡面也租得起公寓。然而好日子没过多久，某天深夜她接到学长电话，说出了点意外急需用一笔钱用作周转。女主人公想都没想就将自己全部的积蓄，包括那男的每次给她，她攒下来打算未来两人过日子用的保命钱一并借给他。男人被女主人这一举动所感动，信誓旦旦说慢则两个月，快则两周一定还钱。她只是笑笑说不急，只要不出事就好。

写到这里，作者自己把自己逼上叙述困境，不得不免俗的把女主人公又一次推下深渊，她在那个电话之后，再也没听到她深爱的学长的声音。那男的像被蒸发掉的水珠一般消失得了无痕迹。末了，女主人公人财两空，她带着崩塌的人生观第三次在异国他乡流落街头。更糟糕的是就在此时她收到母亲的病危通知书，她却连回国的机票都买不起。万般无奈之下，女主人公打破了自己的底线，用两天内卖淫换来的钱购得机票匆匆回国赶着见母亲最后一面。

女主人公终究没在母亲闭眼前赶回去，倒是在其母亲的葬礼上遇见了出国前的昔日男友。回忆往事，当初是女主人公秉着江湖阔处多奇遇的理念，不甘过大学毕业后循规蹈矩的生活而执意分手，远走他乡。现如今自己穷途末路，而前男友已是某跨国集团华北区的老总。看着前男友妻儿伴在身旁的幸福情形，女主人公想哭却已没了眼泪……行文至此，看得出作者是刻意想写一篇悲剧，甚至在文本背后还暗藏着教化读者切勿浪费奢侈青春，而是应当珍惜身边正在爱你的人之类的良苦用心。只可惜作者用力过猛，有些细节明显是为了使故事更饱满，更具人生感悟，或纯属为了讲述节奏，前后反差过大增加戏剧张力等技术需要而故意设置的桥段。有些则煞有介事，但究其底里，也不难看出是为制造效果，为了使一系列事件发生更具逻辑，不可逆和在所难免，硬是将不错的素材写成八点档的电视连续剧，精彩有余，新意不足。故事的最后作者留了个还算光明的结局：女主人公皈依佛教，抛开凡尘俗世，只身前往西藏，在藏南一所县城的高中教书，做义工。过上了岁月静好、现世安稳的平静生活。

就是这么一个硬伤累累，不算出色的通俗小说却看得老秦在三万英尺的高空上失声痛哭。哭累了倒头睡去，睡醒了接着哭。究其原因，是因为此文的作者和他的旧爱武青青同姓同名。

一下飞机，老秦抛下行李就给杂志社发邮件索要武青青的联系方式。责任编辑兴许是被老秦的来信所打动，回信安慰他一番并将武青青所有的联系方式一并附送。回到住处，老秦彻夜无眠写了一封无论是长度还是内容都堪比中篇小说的问候信发至武青青邮箱。他先是在信中稍微回顾了下相恋时的美好往昔，接着有节制的抒发了这些年来每逢年过节，喝酒买醉，在陌生城市傍晚黄昏街头听到陈奕迅的情歌等等脆弱之时对她的想念之情。最后，老秦着重表达了看完其大作的读后感，说只要还当他是朋友，若有需要帮忙之处尽管开口，千万别客气。总而言之，整封信行文情真意切，对旧爱的追忆，武青青的关心，溢于言表。

信发出后，老秦三不五时查看邮箱，满心期待着武青青的回信。然而一等又是四个月过去，这期间邮件倒是收到不少，但不是各种应聘广告就是黄色讯息，武青青那刻骨铭心的三个字自始至终不见踪影。春末夏初，就当老秦已不抱希望，收拾行李准备向渥太华告别时，武青青终于回信了。整封信言简意赅却不失友好，除了信的末尾礼貌性地祝好之外，武青青对老秦的近况似乎毫无兴趣，也没正面回应老秦的自作多情。武青青只是在感谢老秦关心的同时，语调轻松地告诉老秦拙作不堪一提，小说毕竟是小说，纯属虚构，绝无巧合。全信含标点不足百字，与其说是邮件倒不如说是封短信而已。从发信时间推断，老秦推断武青青此刻应该正在线上。他试着登陆 MSN，果然，那个久违的名字立刻跳入眼睑。

老秦手搁在键盘上，对着屏幕上的对话框，心中万语千言一时却不知从何说起。武青青更是惜字如金，差不多是老秦问一句她答一句且每句话必在十字之内。两个人不像曾经相爱过的恋人，更像是茫茫网海中偶然巧遇的网友，故作矜持，小心翼翼，有一句没一句地闲聊，颇有默契地互不窥探这些年彼此的境遇。这样持续了近四十分钟，老秦倍感无趣，脑子里忽然蹦出：再坚固的感情也经不住时间的洗涤这句在言情小说及偶像剧里经常出现的话语。相恋四年正好与分手四载互抵，和武青青在打马而过的岁月里相爱，只怪当时太年轻，到头来两条平行线终究要各自无限延伸，永无交集。想到这里，老秦释然了，他灭掉烟蒂，坐直身子，换了种聊天风格。陈情旧爱不提，只当武青青是个多年未联系的老友，尽可能聊的云淡风轻。这刚好符合武青青心意，看样子她也只想聊现在，不愿提及过去。重新开了个话题后，武青青的话渐渐多了起来。她主动告诉老秦，她已在半年前结婚，母亲随她来到日本，丈夫是在早稻田大学读博时认识的日本师兄，大她八岁，目前全家人定居东京。她在当地一所私立大学教书，写小说只是业余爱好，小说里的情节绝大多数都是杜撰的，和自己这些年的境遇没有丝毫关系。武青青还说，她嫁了个很疼她的老公，过上了自己一直以来向往的生活，并且已经有了年内做妈妈的打算，对目前的一切知足且珍惜。知道武青青这些年的境遇并不像其小说所写，反而过得还不错，老秦带着点失落放了心。他衷心地祝她快乐，武青青说谢谢，问老秦结婚没有，老秦回答遥不可及。武青青劝他别再玩了，抓紧时间找个好姑娘，最好再生对双胞胎，过安稳日子，好好生活。

下线前武青青应老秦之请发了张近照给他。那是她的结婚照，在一间极具日本民族风情的房间里，武青青头戴繁杂发饰，身着日式传统和服，温柔婉约的和其丈夫并肩跪在榻榻米上，幸福洋溢。不仔细看，还真辨别不出眼前这位究竟是个土生土长的北京姑娘还是一道地的东京女子。老秦盯着照片中的武青青恍神许久，笑了。

11

抽完最后一支烟，日光也就从窗帘的空隙处射了进来。隋灵依旧靠在床上，她打了个哈欠，轻揉着太阳穴问我现在几点。

快七点了，我说，我讲得挺没劲吧，要不你睡会儿，中午我请你吃饭。

不必了，隋灵起身下床，光着脚从我身旁走过，一起去吃早餐吧，她走进洗浴室，又探出半个身子说，然后麻烦你送我去机场，我决定还是去见我前男友一面。

二十分钟后，隋灵退掉房间，我和她是空荡的餐厅里的第一和第二位客人。隋灵喝着豆浆，忽然抬头望着我说，其实嫁给老秦这样的男人也不错，至少他有责任感，重感情。

　　就凭一个道听途说的故事你就断定他有责任感，你也太好骗了，我笑她，用纸巾擦嘴，老秦这人什么操性我再了解不过了，实话告诉你，他俗不可耐，缺点奇多。你看，他早过而立之年了，但仍旧胸无大志，没什么内涵，从不关心国家大事，只在乎股市、彩票、房地产。一年到头他也看不了几本书，看报也只看娱乐版。尤其是到了第三个本命年，他就从一个有理想，有追求的热血青年变得时而自大，时而自卑，一心只想成为有钱人。为了这个目的不择手段，哪怕背信弃义，成为他人眼中的小人也在所不惜。你别笑，像老秦这样的人不是个体，是常态。我特狭隘阴暗地认为，再青春洋溢，再意气风发的小伙子也有成为老男人的那一天。到那时生活的压力以及操蛋的责任感会使他们日益趋于世俗，平庸。老男人们本事不大，脾气不小，为了点蝇头小利不要尊严，多年的兄弟朋友都可以用来出卖。他们喜欢和小姑娘们搞搞暧昧，精神恋爱，但出了事情却绝对不会负责任。年纪越大，老男人做的蠢事也就越多，输球砸电视，堵车骂大街那都是常态，喝醉后更是丑态百出，不忍卒读。尽管目前来说你还年轻，未来充满无限可能性，可说真的其实也并没什么特殊神奇的命运在远处等着你。你早晚有天会找个男人嫁掉，不管他是哪国人，年轻时多么正直、多么优秀、多么帅气逼人，一过三十，他也会变得像老秦一样没用。就如我的网名，殊途同归，不管一开始你选择哪条路走，最后还得万火归一，别无二致。不是我吓唬你，也不是我悲观，现实就是如此，你我皆为凡人，到头来谁都无处逃遁。

　　我不信，我才不会嫁给这样的窝囊废。隋灵撇撇嘴，不屑与我争辩。话不投机，我自讨没趣地笑，不再与她多说。

　　我还不知道你的名字呢。在机场的登机口，隋灵从我手上接过行李直视着我问。

　　重要吗？

　　重要，等我到了那边，偶尔想起你，想起这奇特的一晚，至少知道我想的是谁。隋灵歪着头冲我笑，那么你呢？你会想念我吗？老秦？

莫　塔

1

那晚，我在校内网上见到一个至少从照片上看算是漂亮的姑娘。我在她页面留言，赞叹她的美，并索要各种联系方式。她很快回复：呵呵，我认识你，你是马山吧。常听莫塔说你，果然是校内之狼。

如冷水浇头，我顿时没了兴趣。点着烟，继而想起莫塔，那个能讲一口标准京腔的新疆姑娘。在往常，此时的她一定是坐在我身后的单人床上，嚼着苹果，眯着眼，催我换下一张照片，极不中肯地评价着我校内女性友人们。

哟喂，行不行啊你，这长得都跟小土豆似的你还好意思说是美女？可怜的大叔，见没见过美女啊，真没品。或者，特不屑地说：假的，绝对假的，这一看就是女优，真人指不定有多吓人。听姐们一句劝，赶紧删掉，她胸有这么大我立马磕死。这时，我会笑她只许自个露腿，不许他人挤胸。莫塔急了，蹭的起身，从上到下比画着她那双只穿热裤的长腿说：咱这腿美得货真价实，有口皆碑啊。就本小姐这美腿、这大胸、这翘臀、细腰，外加迷倒众生的美貌，管理员不封我为校内之星纯粹就是嫉妒。

没准认为你的名字是假的。

那只能突出他们文化水平低下。大作家莫言，知名港星莫少聪，歌唱家莫华伦，哪个不是我们老莫家的骄傲？搁我莫塔这就是假名了？凭什么啊，要我说，还是他妈的嫉妒，赤裸裸的嫉妒。

管理员要是男的呢。

不可能。莫塔笃定地摇头。

万一呢？我继续逗她。

没有万一。莫塔摇着右手的食指，盯着我，一字一句地说。

2

熄灭烟的同时也掐断回忆。我点开莫塔的页面，头像中的她穿着印有英文我爱北京的大 T 恤，牛仔短裙帆布鞋，硕大的苍蝇墨镜遮住她那双具有中东风情的眼睛。她背后是迷笛音乐节汹涌的人群。莫塔吐着舌头，故作狰狞状，一手挂着 LV 的经典款包，一手比着我爱你的手势，一副摇滚妞的范儿。

这张头像算在内，她那个名为"北京就是我的家"的相册里绝大多数照片都是我在不同时期、不同地点给她拍的。小莫塔还算有良心，她在相册说明写道：感谢各种 TV 的同时尤其感谢我的专职摄影师——大叔（他只是我的瓷，不是我男友。再次声明，本姑娘名花无主，爷们儿，你们人人都有机会）。

在她页面的歌声中，我例行公事般浏览她的照片。各种造型的莫塔在我眼前快速转换。像是有人按了播放键，一张张被定格的瞬间忽然流动，一幕幕或开心或悲伤的片段烟花般在我脑中绽放又悄然落下，最后是静静的黑暗。

姐姐好啊，妹妹好啊，哪个漂亮哪个好。

北京好啊，新疆好啊，哪里有你哪里好。

她页面的这首歌同时也是她最爱哼的曲子，已熟到我不看词都能完整唱完。莫塔的好友早已加满，点击人数已超过十万。她曾半开玩笑说，点击人数超十万就贴比基尼照，二十万就贴半裸照，五十万……五十万就注销。而如今，她失言了。别说比基尼，就连相册她都很久没更新。她的留言板除了小广告外，无一例外全是男生留言。用她的话说：当代男大学生的素质我算是看透了。各种猥琐，各种好色，各种装逼达人在我这里都能找到。

那些荷尔蒙分泌旺盛的男生们，和当初的我一样，索要着她的 QQ 号、手机号，前仆后继地申请莫塔做好友，极不要脸。不同的是，在很长一段日子里，莫塔的留言板全是她和我的对话。而这些男生没一个得到她的回复。莫塔对于他们而言，或许就是网络上随处可见的一组美女照，只是填补一时的空虚罢了。

我退出校内，下意识地望了望莫塔曾住过的小屋，一片空荡。空荡得如同她页面的状态：好女孩上天堂，坏女孩走四方。

3

在我记忆的搜索引擎里输入篑街、啤酒、烤翅、校内这四个关键词，便可重现我初遇莫塔的画面。

那是四月的晚上，到处飘浮着恼人的柳絮。我打车前往篑街参加一个饭局。那时我已毕业四年，在家小有名气的律师事务所打工。大学时的那帮哥们平日各自为生存奔波，难得一聚，但逢聚必喝，逢喝必是大酒。组这顿饭局是因为毕业后去深圳工作的舍友来北京出差，恰逢另一哥们从海外读完博士学成归国，两好合一好，组局者群发短信，提议周五下班后，人约篑街晓林。一呼百应。就连远住昌平、顺义，甚至天津、石家庄的弟兄们都积极搭乘各类交通工具纷纷赶来。我这住四环的，自然没理由不去。

那晚来人之多，规模之大，完全超乎意料。毕业后从未谋面的友人们也不知从哪冒出，齐聚一堂。这其中有的我已叫不出名字，有的我压根就没记住过他的名字，而此时的他们潮水般在我周围来回穿梭，热闹非凡。吃什么已不重要，啤酒，成箱的啤酒很快成了空瓶。酒促小姐一口一个大哥甜甜地叫着，钥匙链、烟灰缸、雨伞等赠品一股脑地送给我们，乐得好似过年。大伙显然都被工作压抑坏了，讲着荤段子，开着彼此的玩笑，全部露出胸腔，纵情喝酒。

喝至凌晨，酒力不支的人以各种理由为接口陆续离开，剩下十余人转战"钱柜"另开一局。我推脱无效，只好跟过去鬼哭狼嚎。回到家已是后半夜。冲完澡又吃了半个西瓜睡意全无，酒也清醒不少。索性不睡，启动电脑，打算把刚才聚会时的照片上传校内，让那些因种种原因没到现场的哥们看后更加遗憾。一登陆，有一条留言及一个好友申请均来自最近访客那个叫莫塔的姑娘。单看她头像，漂亮。尤其双眼，极具异域风情。不过头像通常都太假，欺骗性极高，毫无参考价值。于是我不看她的信及留言，点开她页面直奔相册。她的相册更让我怀疑头像的真实性。相册数量不少，五六个相册中几乎全是名牌包，高档化妆品，以及当季流行服饰的图片。她自个的照片不到五张。然而，仅这几张照片，每张点击量都将近一千，留言近百条。留言的全是男生，每一个都在夸赞她的身材及长相，极尽所能地吸引她的注意。照片中的莫塔像是在拍杂志封面，又像在为某产品代言，风格迥异。相同的是都化了很精致的妆，穿得清凉。不过浓妆艳服遮藏不住她一脸的青春。看她资料，1987年生，新疆伊犁市哈萨克自治州人。再一看，她竟然读我的母校，学西班牙语，大一，我的小师妹。

她留言说：知道我是谁吗？我可认识你啊。句号后是一个捂着嘴窃笑的表情。

我又回点她的页面，盯着她的头像仔细回想我是否认得她。也许真喝了不少，一支烟的时间我也没想起她是谁。随即回复：不好意思，我只知道你是个小美女，其他一概不知。

她很快回复：呜呜，这么快你就把人家忘了。这回又跟了个咧嘴哭的表情。

她这么一说我再次认真回想，但仍旧想不出我在哪认识过一新疆姑娘？我已经好久没出差，最西边也是几年前去兰州，并且当时绝对没做任何出格的事情，没可能认识一个不到二十岁的新疆姑娘。读书期间更不可能，按她的年纪推算，我读大四那会，她还没高考。这一圈想完，我更加确定和她从不相识。再一想，没准又是哪个无聊的好友随便在网上找一小姑娘照片，恶作剧耍我，这样的事又不是没发生过。

正要给她回话，又收到她新流言：你不记得我算了，但你化成灰我都认得你。哼哼。（一戴墨镜，露大门牙，恶狠狠的表情）。

我越来越坚信这是某人开的玩笑，我说：那就等我化成灰你再认我吧。

我开始上传照片不再理她。我专挑那些我形象好、气质佳的照片上传。其他人照得怎样与我无关，我只在乎我那两百多好友，尤其是在女性友人们心目中的帅哥形象。在此原则下，我挑了十多张，多是些还未开喝或没喝多的照片。再往后就惨不忍睹，丑态百出，根本没法看。

上传完毕后我又检查一遍，颇为满意，基本延续了我一贯保持的文青小资深沉内敛忧郁风格。再一更新，那个叫莫塔的女孩在刚上传的两张照片下都留了同样的话：晕，你能把我照得再丑点吗？她说得我莫名其妙。再看照片，清一色大老爷们，觥筹交错，且个个我叫得出名来。

能麻烦受累知道您是照片中哪位吗？我逗她。

左下角，穿一身白色制服的就是本小姐我。

按照她的提示在照片的左下角还真有一女的——确切说只有侧脸。那应该是酒促小姐，看动作不是给桌上续酒，就是在彻空酒瓶，神情喜悦。

酒促小姐是你？

废话，不是我是侬呀。当时我正在给你们这帮大爷上酒呢，看你要拍照，出于天生对镜头的敏感，我立刻又是仰头又是微笑，没想到你还是给我拍成这丑样，你会不会拍照啊。呜呜，赶快删掉！这要是被蛋塔们看到，我的形象就全毁了。

什么塔？

蛋塔。李宇春的粉丝叫玉米，张靓颖的粉丝叫凉粉，我莫塔的粉丝叫蛋塔。（表情得意，V字手势）。

这小姑娘有点儿意思。我心想。但还是怀疑她就是酒局上的酒促小姐。就算她是，那她又是怎么在茫茫校内找到我的？细细回想，刚才的酒促小姐不止一个，但我当时只顾着喝酒拍照，对酒促小姐完全没有印象。我试着从所拍的所有照片中找出有酒促小姐的画面以便确认。可惜除了个别几张中出现了酒促小姐的一只胳膊或一只脚外，再无其他。

你怎么还没删？莫塔催我。

我删除，用一张我唱歌被人抓拍的照片代替。你真是那酒促？太巧了。

有什么巧的？在我莫塔身上只有注定，没有巧合。

难以置信，判若两人。

怎么就判若两人了？还不都怪你，丑化我。

我能说句实话吗？

说。

你不化妆比化妆好看。

谁说我没化妆？今我刻意化的淡妆。

那就是化淡妆比化浓妆更好看。

真的假的？

句句实话。你是看不到此刻我真诚的眼神。

呵呵，西服大叔说得没错，你可真够贫的，不过我喜欢。

西服大叔？

对呀。喏，左数第三个穿灰西服，正醉眼蒙胧看镜头那位。

是色眼迷蒙正看你吧？我说，你们认识？

刚认识呀，和你一样，你们都是顾客，我的上帝，哪个都得罪不起。

他怎么你了？不是，我的意思是说刚在酒桌上他怎么勾搭你的？

是我勾引他吧？呵呵。他给我他的名片，说他们那缺实习生，待遇条件都比我这好，问我有没有兴趣。

你答应了？

是呀，为什么不呢？要不他怎么能再要一打酒。

畜生！这是他惯用的伎俩，对小姑娘他都这样说。听你师叔我一句劝，甭搭理他。缺实习生？别操他大爷了。他自个还是实习生呢，装大尾巴狼。

师叔？太别扭了，还是叫你大叔吧。大叔你骂人骂得真帅，还有你怎么知道他会找我？

他是不是先在你面前诋毁我们哥几个，又暗中吹嘘自己有多不平凡，多牛逼，然后就要你 QQ 号、手机号，让你加他校内好友？

嘿嘿，大叔真聪明，我可什么都没说。

禽兽！我故做激动状，你等着吧，接下来他就该发短信约你唱歌吃饭了。

他已经约我了，两小时前。

败类！妹妹，听哥哥一句劝，以后在外面打工，凡是遇见这类穿西装打领带头发抹摩丝的老男人小心一些，防着点。像他们这类货色八成都有老婆了，有的连孩子都能打 CS 了。

哇塞，这么说我是熟男杀手？呼呼！

怎么感觉你还有些得意？

一点点，更多是骄傲。那大叔，我杀到你没有？

我能说不吗？

不许说不。莫塔也貌似激动打了一长传叹号。就算我现在没杀到你，总有一天我会杀了你。末了的表情是一把刀子、一朵鲜花。

4

一开始是和西服大叔聊，他说你们唱歌去了。

我说怎么找不到那孙子，原来他急着回去是为了和你网聊。

呵，不过没聊几气他就说喝多困了，去睡觉了。真没劲。

听他胡说，他能喝着呢，准是被他媳妇叫去造小人了。

造小人？

哦，对了，你满十八了吗？

我十九了。

成年就好。那你还不懂什么是造小人？

是做爱吗？

你可真够直接的。我回了个汗的表情给她。

哈哈，造小人，这个说法好玩，好生动。那大叔你怎么不去造小人呢。

我倒是想造，也得有人配合啊。

那怎么不找个？

这不正贴照片，招蜂引蝶吗？

过了几分钟莫塔再次回话：你别说，我细看了下，大叔你传的照片怎么感觉和刚才酒桌上的你不是同一个人呢？

不上相是吧？我从小就吃这亏，机场安检时总要被询问半天。

不是上不上相的问题，我记得大叔你刚才玩得挺疯狂的，这怎么一张张都这么文静，小处男似的。

这都看出来了？我不一直都很安静很被动地被人灌酒吗？玩嗨的是你西装大叔，你认错人了。

呦，那刚才叼着酒杯坐俯卧撑的是谁呀？带头在店门口的马路上撒尿的人总有你吧？

你这孩子，不本分做好自己工作，怎么竟偷看上帝的隐私呢。

拜托，我倒是不想看，是谁拉着我和我姐们儿，硬是邀请我们看啊。

她的话说得我无地自容，羞愧难当。我知道我酒品很差，但没想到如此之恶劣，丢人丢到家。

没吓着你吧？

谁说没有？吓着了，彻底吓坏了。到现在小心脏还怦怦直跳，脉搏每秒没一百也有八十了。

那给你赔不是了。

晚了，来不及了，我这病根算是落下了。等我风烛残年，一身毛病，没人要时就投奔大叔你了。到时候你要对我负责，否则我咬死你。

没问题。等你我都老了，躺在摇椅上那样了，哥哥我带你去杭州在西湖边上养老，共度余生。

哇塞，别说，大叔你的酒话还真有点儿感人。

肺腑之言。

这肺腑之言你校内每个好友都听过吧？

仅你一人，别无分号。

一言为定？

君无戏言。

大叔你还真是个好人。

那是我道行深，装得像。

那到有可能。不过你要真是一坏人，我也认了。

又过了一阵，我都快睡着了，她才回话：喂，我说大叔，你还说人家西服大叔呢，你瞧你传了那么多自恋照不说，校内好友这一两百号人怎么全是姑娘？你收集美女啊？太猥亵了。

不是，你不了解，我和那你西装大叔不一样。我还处在一人吃饱全家不饿，K歌只K单身情歌，每年11月11号隆重过节的初级阶段。

看把你说的可怜的。要不要我给你介绍几个？

求之不得，多多益善。

不过我认识的姑娘年龄都不大啊。

越小越好。

哈，好！原来大叔还是萝莉控啊。那有什么要求没有？比如身材、脸蛋、气质什么的。

能传宗接代就成，别的一概不重要。但形象是最次也得你这模样的，要不影响生育质量。

这话我怎么这么不爱听。什么叫最次长我这样的？我这是极品。万里挑一都不一定能挑得着。

也就是我现在还没发育成熟，再过一两年，等我熟透，追我的人至少再翻一番。到时大叔你再想找我聊天可就难了。不去我经济人那预约，排我档期，想见我一面，肯定没戏。

那我这就先排着，免得到时候我要流氓加塞，影响革命队伍的纯洁秩序。受累打听下，现在能排进十六强吗？

呵呵，三十二强还差不多，慢慢打小组赛吧。

夺冠有奖吗？

当然有啊。

什么？你？

呃，先不告你，没神秘感就不好玩了。

多少透漏点儿，我也得有努力的动力不是。

那我先加你为特别好友吧。

我对你很特别？

不特别吗？我们能认识就已经够特别了。还有就是大叔你这人也很特别。

哦，我还以为特别是指精神层面以外的关系…．

哎呀，还说没醉，好啦大叔，快去洗洗你那臭脚丫子睡觉吧。

5

记忆是不可靠的。或者说，是我完全自嗨，以致过于修饰原本平淡的往事。我在校内的留言板上曾试图找过我和莫塔初识时的聊天记录，希望能还原最初的场景。徒劳无获，毕竟，那已是多年前的事情。我开始动摇继续讲述下去的信心，是因为我不得不怀疑自己在回忆每一处细节，每一句对话的真实性。简单说，莫塔曾经历的事，对我说过的话，任凭我有再出色的记忆力和想象力也无法复原。所以，亲爱的读者朋友们，请原谅我在叙述一段不牢靠记忆片段时，无可奈何地虚构。之前是这样，之后亦如此。我对你们的宽容致谢，并深鞠一躬。

6

下网之后，入睡之前，我又和莫塔聊了几条短信。出于心照不宣的目的我约她明天同吃午饭。她爽快答应。之后又聊了些不着边际的闲话，我在等她的短信中睡着了。睡醒时，有那么几分钟大脑一片空白。渐渐想起睡前和莫塔从相识到有她手机号的整个过程。猛然想起约了她吃午饭。打来手机，三点一刻。再一看，若干条短信和未接电话。其中只有一条短信是莫塔的，剩下都是她所谓的西服大叔，我大学舍友老何所为。

莫塔说：大叔，你也太不靠谱了吧。发信时间，十二点四十。

我并没有为我的失约而感到内疚反而庆幸。酒醒后莫名的空虚感使我陷入万劫不复的失落中。我在自责声中回看完我和莫塔的聊天记录，越看越对自己说过的酒话感到羞耻，抽死自己的心都有了。我删掉留言板里所有的留言，又删除莫塔的短信和手机号，还是有些不安。好在老何给了我一定的心里安慰。他短信说他正和莫塔吃烤翅。还说莫塔已将昨晚的聊天内容当作笑话讲给他听。进而调侃我有色无胆，一代校内之狼栽在小姑娘手下……他半正式地通知我，是他先看上莫塔的，要我遵守先来后到的美德。

老何的话让我不怒反笑，甚至轻松许多。我自欺欺人地把昨晚和给莫塔说过的那些龌龊话通通归结到仗义的、正直的、积极的层面。就当作为兄弟提前把把关，验验货，了解了解基本情况。我酝酿了五分钟，回短信给老何：老何同志，经过组织的严格审查，层层把关，得出以下慎重结论：小莫这姑娘不仅长得好，品德更是不错，又红又专。武能跳舞，文会打牌。并且具备五千年来我中华民族传统女性所有优秀品质。标准的贤妻良母。就在刚才，组织上还特意为你二人用古今中外各种占卜工具算了一卦。万万没想到你二人无论是星座、血型，还是八字、塔罗牌都格外相配，属于典型的不白头不足以平民愤。所以组织特批准你穷追猛打小莫同学，追求过程中所需经费均由你一人承担，但组织在精神道义上无限支持你。一旦有情人终成眷属，生米煮成熟饭，组织上一定包两份红包给你二位革命同志，以资鼓励。

我意犹未尽地将短信发出，老何很快回信：你就贫吧，不贫能死吗？谁给谁红包还不一定呢，校内之狼……

和老何聊完后我心情大好，先前那些恼人的失落空虚惆怅感通通不见。就连肉体也恢复了活力，头也不再晕，还有了轻微的饥饿感。我点着烟，推开窗，夕阳下四环拥堵的车辆一眼望不到边。北京春天黄昏的风扑面而来，吹得我无比惬意。这是一个多么美好的周末，我有足够的理由让自己彻底放纵，迷失在这声色犬马的世界。

下午好，北京。我微笑。

7

就在我犹豫是去三里屯喝两杯还是去同事家搓麻时，手机响起，一无名号码。

大叔，你终于醒啦。

声音陌生，恍惚两秒，猜出是谁。但我还是问：你是？

不是吧大叔，莫塔拖长音调夸张地喊到，又把我忘了？你这行为比提上裤子不认人还要恶劣。

我客气寒暄，莫塔却不以为然，兴奋地说，笑的大声。

我说大叔，你也太不靠谱了吧？说好一起吃午饭，人呢？一大早我就沐浴更衣，梳妆打扮，寻思着准点到簋街和你不见不散呢。你倒好，比我还大牌。我愣是等了半个多小时也不见你出现，你也太不知道怜香惜玉了。让我这么一个大美人在烈日下烤了大半天，都有老男人以为我是站街的，问我全套什么价钱。

老何不是请你吃了吗？

你是说何总啊。她那边杂音很大，像是在马路或者工地上。莫塔喂了几声接着说：那会儿都一点了，还等不到你。我都快饿死街头红颜薄命了。正往回走呢接到何总电话问我吃午饭没。我看他老人家挺有诚意的，我也饿得厉害就答应了。

这孙子。我笑出声。

是我给你机会你没把握住啊。再说他和你一样，也是三十二强之一呢，人人都有机会，不搞特殊。

这挺好的。我说，其实老何这人挺不错的，至少比我强，比我靠谱。你觉得老何怎样？

还成，就是个子矮了点。

不矮了，比他高的那是姚明。说真的，老何对你挺有意思，你和他多接触接触，多了解，深入了解。现在是郎有情，只要你妾有意，中间人我来做，成了讨杯喜酒喝，不成也无所谓，买卖不成情意在，做不了情侣做兄妹。

莫塔大笑：没事吧你？酒精中毒了？昨晚你可不是这么说的，怎么，良心发现改做媒婆了？

你知道，昨晚那都是酒话，不能算。

操，那你说老了带我去杭州养老也是假的？莫塔急的变了声调。

也不全是。我一时语塞。

好啦，真假不重要，重要的是我饿啦。

不好意思，晚上我有约，改天叫上老何，我请。

这样啊，莫塔语气失望但迅速恢复嗲声，大叔晚上干嘛呢？只要不是约了姐姐造小人，其他的各种局都带上我好不好？我保证不给大叔你丢人，我快无聊死啦。

莫塔的港台腔酥得我有些动摇，一时也没有拒绝她的理由。停顿下，我问她：你在哪？

在教学楼后的情人坡上看小情侣们演三级片呢。要不要来一同学习揣摩呀？

算了，我怕我看得太入戏，一时性起友情客串了。莫塔笑，我也笑。半小时后，校门口见。

好！莫塔答应的干脆。

8

那是我第一次见到莫塔。她穿着夹脚拖鞋，吃着冰棒，和一卖手机挂件的小贩讨价还价。姿态专业，一看就是老手。

你来啦。你的车呢？

我无产阶级，没车。

哦，中午何总开辆奇瑞我还笑他穷，他说你连车都没有，我还不信。没想到你混得真不如他。

我笑，耸了耸肩，无话可接。莫塔咬着冰棒，有那么几秒钟，看着我一直笑。

大叔，要不要来次母校怀旧游？我做你的免费陪游，一同看看你曾经和姑娘们战斗过的地方，听你讲讲你的风流情事。

我心想毕业这么多年了，学校也不会再有认识我的熟人，便随她前行，故作深沉说：转转就行，往事就不提了。一提一伤感，一句一伤。万一再触景伤情，我怕我控制不住情绪，老泪纵横，失声痛哭。

莫塔正色道：没关系，你尽管回忆，讲得越悲越好，怎么煽情怎么来。千万别保留。你不知道，打小我就爱看韩剧。

真要听？

快讲吧，讲到最后最好男主人公意外身亡，女主人公终身不嫁，遁世出家。让我也为那不完美的爱情放纵的哭一场。

关键不只是悲惨，我赶忙插话，惨中还带了点少儿不宜。

很黄吗？莫塔假正经，那更得听了，黄点好，黄点真实，贴近生活，返璞归真。你快讲吧大叔，不黄不听啊。细节，别忘了多讲细节。

我彻底被她逗笑：服你了，你太贫了。

谁贫了，我特认真。莫塔也抗不下去了，真字还没说出，她已笑瘫在地。

莫塔像是认识校园里的每一个人。走不了几步，她就会停下，与迎面而来的人打招呼聊上几句。我在一旁无趣地站着，听不到也不愿意去听她和她朋友们的谈话内容。只有在莫塔的女性朋友朝我看时，我才会礼貌微笑，尽量装出读书人的气质。

你认识的姑娘还真不少。但质量一般。

大叔你老年痴呆啦。按咱学校的传统，这个时间点美女会在校园里晃荡吗？

那你呢？

我这不做善事陪孤寡老人过周末嘛。

你都给那些小姑娘们说什么了。我怎么看一个个都不怀好意地朝我坏笑。

也没说什么，就是让她们知道校内之狼长什么样，再上校内时珍爱生命，远离你页面，以免上当。

没等我追问，莫塔先笑了：急了吧，开玩笑呢，你不让我给你找老伴吗？我刚不就给你广撒网，物色猎物，海选新秀呢。怎么样，有看上的吗？

我摇头。

为什么？也太不尊重我了吧？

和尊不尊重你没关系。注视着远方的落日，我说：每到黄昏是我一天视力最差的时候，一眼望去满街都是美女……

呦，敢情大叔还真是一文青啊。话剧都能整两句，接下来该歌词了吧？校内之狼。

商量下，能别再听信老何那孙子的屁话叫我校内之狼吗？太难听，有伤风化。

怎么？敢做不敢当了？你校内两百多好友，一水的青春美丽性感大妞。叫你校内之狼都是含蓄的。再说，我觉得挺好。我校内之星，你校内之狼，多押韵，多……

多般配。我抢先一句。

去死吧你。

9

我和莫塔在情人坡并肩坐下。这片散落着情侣的草地更显出我们的突兀。我和她有一句没一句地闲聊着，话题多围绕着学校的现状以及读书时我和老何做过的蠢事。不时会有姑娘经过，莫塔仍旧和每个认识的人打招呼，间或用手机抓拍她眼中的漂亮姑娘。这让我一度怀疑她的性取向。甚至在她身上我仿佛找到当年的我和老何的影子。真没想到这爱好被一女的继承了。

更让我想不到的是和莫塔熟识的小姑娘们。真不知道她们都是吃什么长大的，一个个发育成熟，十八九岁的脸孔，二十几岁的身材，就算我是个正人君子也免不了多看几眼。我意淫得过于专注，以至于莫塔连叫我几声才回过神。她不满地翻我白眼：大叔，你怎么竟朝人家姑娘的大腿看啊。还说自个不是校内之狼，土流氓。

在莫塔那句赞美我是土流氓后，我和她暂停对话。先是她接电话，撒谎说肚子不舒服推掉了晚上的家教。接着是牌友三缺一催我，我压低声音，胡乱应付。挂电话时，莫塔在一边已玩起手机游戏。我随口编了个理由和她告别，她头也不抬，专注地盯着屏幕，面无表情对我挥手再见。我察觉出她的不爽。再看表，时间还有，约她吃饭她却说：算了吧，还是等你打牌赢钱了再说。莫塔伸伸筋骨，打了个哈欠，意味深长地冲我笑，又继续玩起游戏。

谎言被她识破，我反而被动。欲言又止地站在她身边，似走还留。

是要看到我撑死才走吗？莫塔快速转换着按键。她在玩贪食蛇，快一万分了。

我没回话，看着她玩了两分钟，说再见，转身离开。在一百米外的路口停住，回头看去，莫塔依旧坐在那里。天将黑未黑，情人坡上又多了几对情侣。路灯亮起，光线中的莫塔落寞得像尊雕塑。

我还是给她发了短信，说牌局取消，一起吃晚饭吧。

10

我提议吃日本料理，莫塔说还想吃烤翅。她说她被烤翅控制了，就算一日三餐都吃，连吃一个月也不会腻。而且我不吃生东西，看到三文鱼我就反胃。

那是你胃不好，得注意。

说什么呢，我胃口好着呢。一次吃六七串鸡翅都没问题，还得是变态辣。莫塔略带骄傲，停了下自嘲说：命不好倒是真的，享受不了金贵东西，天生吃便宜货的穷命。

我当她说的是玩笑话，笑了笑，想想该叫上老何。打他电话没人接听，又拨过去，不在服务区。在我第三次拨号的同时，莫塔拉着我闯了即将灭掉的红灯。

莫塔带我进了学校西门外一家烤翅店。店面不大，装修得却很精致。顾客大多是学生，有几桌挤满了人，看样子像是聚餐。

烤翅味道一般，变态辣还不及簋街的微辣够劲儿。莫塔却说和簋街相比她更喜欢吃这家烤糊后的焦味。再有就是她不想在这个点儿去簋街，以免遇到同事而尴尬。

我好奇地问她究竟打了几份工？她啃完一只鸡翅，擦掉嘴角的油，又喝了口啤酒才漫不经心地说：周一到周五晚上没课就去做酒促，周六周日给一高中小孩教英语，有时也拍拍平面杂志什么的。原则是怎么赚钱怎么来。

我听后一时难以置信。我说：你不才大一吗？

莫塔点头：是啊，不像吗？

大一就打这么多份工？太上进了。

你就讽刺我吧。她满不在乎地笑。我要是有钱，傻逼才愿意打工。又累，又赚不到几个钱。等我有一千万了，天天搁簋街喝酒吃烤翅，勾引钱多体力不行的老帅哥。莫塔接过我点的烟，老练地吞吐烟圈。

再说，大一打工有什么稀奇的。妹妹我高一就在西单发过传单，高二已经是有名的网拍小公主了。要不是得高考，高三老老实实学了一年，这会儿我存款至少也有五位数了。

真可惜，坚持下来没准你早进福布斯了。我扼腕叹息，请允许叫您一声，打工皇后。

这话我爱听。莫塔开心大笑，然后指了指桌上的鸡翅说：喏，这是本皇后赏你的，趁热吃吧。

在酒精的刺激下我和莫塔越聊越尽兴，以至于晚饭时间大大超出我的预期。莫塔酒量极大，一口一杯，远比我认识的一些南方男人能喝。我当然也不能丢份，半打过后，话不自觉地多了起来。莫塔吃着毛豆，偶尔调侃我两句，时不时还套我的话窥探我的隐私。而莫塔却没多讲和她自己有关的事情。我除了知道她十四岁那年独自从老家来北京读新疆班外，其他一无所获。喝到快十点，忽然想起学校宿舍楼十一点门禁，再看莫塔，她也正意兴阑珊地在发短信，于是结账走人。

我执意送莫塔到宿舍楼下，她推脱，说一个人没问题，不用麻烦。最后我们在校门口告别。我坐上出租车，她敲了敲车窗玻璃，歪着头，挥手说再见。

我还没和莫塔道别，车子已开出好远，但很快又因为红灯停下。我只是想透过后视镜看她走了没有，却看到她挂断电话，向路边一辆奥迪车快步走去。我真以为我喝了太多，干脆摇下车窗，探出身子望去，莫塔的背影一闪而入那辆车。我发誓，不是幻觉。

出租车开得快极了，有几次我几乎要吐，幸好有舒缓的音乐分散我的注意力。窗外掠过的鸟巢让我辨别出是在四环。莫塔发信息给我，谢谢我的晚餐。我在想该给她回什么时手机没了电。我想我是醉了，闭上眼睛，脑袋疼得仿佛随时会炸开。我尽量让自己睡着，哪怕是短暂的一会儿都能好受些。可是我办不到。脑子里总会浮现穿着背心、长裙，夹脚拖鞋的莫塔。更糟心的是，我竟然把她的样子和那个叫作卡门的波西米亚女郎联系在一起，混乱不堪。

11

见过莫塔没几天公司就派我去大连代理一个经济案。说好最多两周，没想到一待就是两个多月，这让我无比郁闷。尽管在大连有吃不完的海鲜以及像大海般迷人的姑娘，可我还是怀念北京。甚至一想到北京这个词就能闻到簋街麻辣的空气中，燕京混着中南海的味道。

这期间我对朋友近况的了解大多通过校内。当然，莫塔也一样。她很少更新日志，但经常上传照片，头像更是换的频繁。她果然是网拍公主。每张照片最少有四五十条来自全国不同高校男生的留言。说不清原因，我不再给她留言，只是有时复制下她的浏览人数再粘贴到留言板算是告诉她我曾来过。不过莫塔她到经常来看我页面。有时是凌晨三四点，有时是清晨六七点，很诡异的作息时间。她从不留言，站内信更是没有。倒是送过我两次礼物———枕头和冰激凌的图标，后面分别写到祝我好梦以及天热降温。我实在不清楚这玩意的意义何在，更不懂得该如何回赠，几天过后，也就不了了之了。

再回到北京正值初夏。以老何为首的损友们早就约好我回来当日在钱柜为我接风。我印象中那哥几个都是没固定女友的，包房中的他们却人手一个搂在怀中。老何让我别想得太脏，说这都是正经姑娘，每个都是名牌大学的在校女生。我由衷赞叹哥几个越玩档次越高，我刚迷上 OL 系列，大部队又改玩清纯型了，真是一步赶不上，步步赶不上。

老何急得直骂我是烂人：人家个个爱得死去活来，外焦里嫩，就差办证登记办喜事了，哪有你说得那么低级下流。假正经后老何附在我耳边悄声说，你什么眼神？都长成那样了，能是出来卖的？你买啊？

我顺着老何指的方向看去，一扎着马尾，戴着近视镜，五官还没长开的姑娘冲我傻乐。我礼貌点头，她笑得合不拢嘴，一排闪着银光的牙套晃得我迅速收回目光。

那哥们儿口味够重的，这种风格的都敢尝试，佩服。

再贫我抽你啊。老何狠推我的头，接着耳语：疯了，都他妈疯了。班也不好好上，钱也不赚了，天天泡美眉，钓出来，吃饭，喝酒，开房。就这几个妞，都是他们这两天才在校内勾搭上的。

我似懂非懂点头，老何未语先笑：改天哥们儿我一定给校内送块匾，上书八个大字：痴汉之家，色狼之友。怎么样？是不是完全说出了你的心声？

非常贴切，十分赞同。我拍着老何的腿大声说，落款别忘了写，校内之狼携全体狼友敬赠。

那一夜老何彻底玩嗨了，整晚只听见他一人唱歌。每唱一首歌前都要先说上一句这首歌献给美丽性感的某某小姐。接着在众人的起哄声中，老何声情并茂歇斯底里的演唱。一小时不到，他送出的歌都够出一张专辑。我主要是负责吃东西，喝酒。从头到尾没唱一首歌，也没去和那些女大学生们说话，一句也没有。

唱至后半夜，在厕所小便时我问老何和莫塔进展到哪一步了。

莫塔？哪个莫塔？老何眯着眼，叼着眼，撒完很长一泡尿，仍装作毫无印象。

两个月前，簋街，那个酒促小姐，新疆小师妹，大一学西班牙语的。别说你他妈还没想起来。

哦，哦，她啊。想起来了。有印象，太有印象了。在我再明确不过的提示下老何不再装逼。他扔掉烟头，用那只没准还沾着尿液的手拍打我的肩膀，神秘兮兮的坏笑：那姑娘，极品，没说的。不过只能玩玩，绝对不能认真，否则她会玩死你。

我嗤之以鼻，老何也不再多说，他装神弄鬼地长叹短嘘，任我从厕所追到包房，他仍旧只是坏笑不肯再多透露一句。几杯酒下肚，老何突然站起身，毫无边际地说：听兄弟一句劝，趁着年轻，多享受，多赚钱。说完，他拿起麦克风蹦上舞台唱起：曾经以为人生就这样了，平静的心不会再起浪潮……唱到一半，老何特别说明，这首歌送给我。

12

一次清理校内好友时我删除了莫塔，同时也删掉她所有的联系方式。又过了一阵子，莫塔对我来说已是陌生人。就在这时，她却又一次出现。

13

我快死了。

我在睡梦中被这句话惊醒。是莫塔。她带着哭腔含糊不清重复讲着这句话，一听就是喝大了。我问了差不多十遍，她才说出她在工体北。我说你待那别动，我这就过去。

出门看表，凌晨三点。坐上车，风一吹我才回过神：干吗要答应她去找她？除了犯贱我想不出第二个理由。我又猜测莫塔现在会是怎样？只是喝醉难受还是出了什么意外？但愿是前者，麻烦还会小些。我不断给她发短信，说我快到的同时试探问她此时状况。她不回复，电话打去也无人接听。我就想起老何曾经对莫塔的评语，车经过校门前我下意识看去，初见莫塔的场景瞬间浮现。

在一排水井前我找到莫塔。她靠在一棵树上，怀抱双膝，头埋在两腿之间，脚边一摊呕吐物。

喝多了吧。我轻摇她的肩。她缓慢抬头，脸上泪还没干，妆全花了。

大叔。短暂迟疑后她抱着我的退大哭起来，毫无预兆。

莫塔近乎撕心裂肺的哭声在寂静的夜里格外刺耳。从附近夜店走出的客人都不约而同朝我这边看来。一个保安走过来问我怎么了。怎么了？我他妈也想知道这是怎么了。我心中不爽。

没事，我妹妹，玩得开心，喝嗨了。听了我的解释后，保安狐疑地看了看我，又看了看在痛哭的莫塔，确信我不是在犯罪后踱步离开。

先生，她的包。一夜店女服务生跑来递给我一 LV 经典款。

谢谢，她喝了多少？

这个，我不知道。她职业地笑：我上后半夜，不过听说这位小姐进我家店前就喝了不少。哦，对了先生，你的朋友还欠四百五十块。这是账单，她说接她的人付款。

我扫了眼账单，全是烈酒。我给服务生五百，让她拿瓶红茶和纸巾。

莫塔又哭了十多分钟，其间吐了一次，我的裤子是彻底不能要了。我找到一干净地搀她坐下，用纸巾给她擦嘴，她喝了几口红茶，情绪有所缓和。

我打上车，塞她进后座，她始终没睁眼。突然干呕几声，幸好没吐出东西，却把司机吓得够呛，频频回头。

快到我家时，莫塔换了个睡姿，梦呓般说了句：大叔，你该买辆车了。我苦笑，说你都这样了就别操心我了，先管好你自己吧。莫塔没吱声，再度睡去。

天已微亮，但电梯还未运行。我背着莫塔爬楼梯，上到十二楼我已累得半死。我找钥匙开门，坐在地上的莫塔拽了拽我衣角，眼睛眯成一条缝，仰着头，指着我说：我警告你，你可别趁机欺负我，我还是黄花大闺女呢。

我也还是青涩小子呢。我扛她进屋，她捶打我的背说我骗人，笑得像个傻子。

你不信？在沙发上把她放下，我也不信。

我热好毛巾给她擦脸，她植物人一样瘫在沙发上随我胡乱擦。要说那一刻我没有生理反应纯属扯淡，除非我不是男人。但理智终究战胜欲望，外加莫塔身上冲天的酒气实在让我难以忍受。草草擦完她身上的污秽物，迅速冲进厨房喝冰水冷却。

抱莫塔进卧室时她忽然睁开眼，恍如隔世般看了看我，又看了看她自己。环顾我房间一周后，她大喊一声：妈呀！便一头栽倒在我还没来得及收拾的床上，沉沉睡去。

14

事后我问过莫塔醉酒的原因。她闪烁其词，前后说过两个不一致的版本，都不靠谱。她不愿意说，我也不追问，就让醉酒事件与奥迪事件一同成为无解之谜。谜底无关紧要，与我有关的是莫塔决定搬来与我同住。

她看中了我那间不到七平米的储物间。在小区外的烧烤摊上莫塔提出请求。

拜托了大叔，假期宿舍住一天要十块，两个月就六百多还不含水电费，我一个穷学生哪付得起呀？

关键是那屋子根本就没法住人。

可以住，可以住。那么大，再养条狗都绰绰有余。莫塔神采奕奕，双眼放光，大叔你只要点点头，其他的不用你管，我保证让你满意。

我正考虑这是否妥当，莫塔坐到我身边，摇晃着我的胳膊嗲声嗲气的说拜托。看着如同宠物般撒娇的莫塔我点头同意，前提是她不许带男人回来过夜，我带姑娘时她必须外出回避。莫塔连说没问题，末了她抢着付账，说这顿饭性质特殊，望我务必给她一次巴结房东的机会。

隔天下班回来，莫塔已将她的小屋布置完毕，整间房子也被她打扫的焕然一新。她到像是主人，骄傲地带着我参观她的劳动成果。细微之处还着重讲解，生怕我看不懂她的良苦用心。一圈看完，莫塔迫不及待地让我夸她。

你是学西班牙语的吗？

是呀，莫塔一脸疑惑，怎么了？

不可能，绝对不可能。你肯定是学室内设计的。除非你是天才，否则说什么我都不信这一切都出自你手。太不可思议了，完美得简直让人难以置信。

莫塔大笑，不无得意地说：那是，我是谁。我多聪明啊，打地铺都能睡出榻榻米的感觉。过两天等我有钱了，再去宜家买个小茶几，坐垫什么的。到时我们就席地而坐，聊聊人生，谈谈理想，再喝上几杯小酒，没准会有身处日式料理店的错觉。

15

与烂俗的偶像剧完全不同，我和莫塔的同居生活十分正常，健康得不能再健康。虽说是暑假，但每天一早我出门上班时她也起床洗漱化妆，各自开始一天的工作。晚上通常我回来的要比她早，和她聊聊天再互相诋毁下彼此的校内好友，十二点多差不多也就睡了。当然是各睡各的，我对她从未有过邪念，她对我有没有我就不得而知了。

这样的日子过了半个多月。一天莫塔给我电话，让我下班后别急着吃晚饭，她说做家乡菜给我尝，算是补交房租。

莫塔的厨艺完全不在我的认知范围内，我根本无法将满桌丰盛的食物和眼前酷酷的莫塔联系在一起。她就是个技艺高超的魔术师，简单的原材料经她一组合烹制，竟有星级饭店的口感。

我必须向你检讨，向你道歉。郑重道歉。喝完最后一口汤，我打着饱嗝说：我承认，起初我带着原有的偏见，固执地认为你会不可避免地具有80后的各种劣习。尤其是你那欺人的美丽外表，让我更加确信别说做饭了，你能把面泡熟就不错了。但是你却用这桌美味给我上了生动的一课，让无知的我终于领悟才貌双全、内外兼修，这两个成语的真正含义。前些年，流行过一首歌叫完美女人，当时我还嘲笑这歌名，心想这世上就算有鬼也不会有女人是完美的。今天我算彻底信了，这世上还真有完美女人。别不好意思了，你，就是你，太过分了。完美成这样还让不让普通女性活了。

莫塔被我夸得直笑：差不多行了，你这属于典型的吃人东西嘴短，不就一顿饭，至于吗。至于吗？请你把那个吗字去掉。至于，太至于了。古训说得好，要想抓住一个男人的心，首先要抓住他的胃。我都怀疑你是不是厨师世家，哪个宫廷厨子的后裔。说真的，你有这么一手好厨艺，以后哪个男的娶了你算是有口福了。

有的不只是口福吧。莫塔坏笑，那也得看那男的配不配的上吃我做的东西。她玩着筷子，不无得意地偷笑：其实要不是钱不够，材料有限，我早就做全羊宴给你吃了。

那之后的很长一段日子里全羊宴都成为我吃泡面时聊以自慰的精神寄托。莫塔曾认真给我分析过羊身上各部位怎么做才最好吃。同时也计算了完整吃一顿所需材料的价钱。我多次提出钱我来出，她不同意，说这是原则问题，如果要吃，必须她请我。理由依旧，算交房租。我也提议过找家新疆馆子吃，也被莫塔否决。她说她是小时候在老家最有名的清真饭店学过厨艺，北京的新疆馆子做不出正宗的味道来。

16

暑假还未过半，莫塔接连失去家教及酒促两份工作。前者是因为她教的高中生成绩迟迟未有改观，家长失去耐心将她辞退。后者是莫塔主动不干，她说再干下去身材早晚有天会喝走样。我以为闲下来的莫塔会享受剩余的假期，回家待上几天。谁知莫塔很快又找了份在家新疆饭馆跳舞的工作。她告我说，来北京后她就再没回过伊犁老家。

那家饭馆离我住的地方不远，我随莫塔去过几次。老板娘是个发了福的维吾尔族大妈，什么时候去都能见到她坐在店外的塑料椅上，热情忙碌地招呼着生意。一看到莫塔，离老远她就用新疆普通话高喊：哦，我的宝贝莫塔，你来啦。她和莫塔贴面拥抱，用维语交谈，大声说笑。临走时还会塞给我几个馕和烤包子当作夜宵。

那里的肉串无与伦比的好吃。喝到微醺时，在手鼓与冬不拉的伴奏下欣赏着莫塔和其他姑娘撩人的舞蹈，一时还真会恍惚究竟是在北京还是在大漠新疆。莫塔一周去三次，每次先跳一段独舞再和几个维吾尔族姑娘合跳几曲，不到两小时，一百块的工钱就到手。和她的舞蹈相比我更喜欢她跳舞时一旁弹冬不拉的老者唱的歌。尽管听不懂唱的内容，但苍凉的嗓音，悠长的曲调足够让人感到悲伤。莫塔说那是首情歌，讲的是一个维吾尔族少女与心上人无法相爱的凄美故事。她说她最爱其中的两句歌词，译成中文大意是：我就是那大漠的女儿，天山上的雪莲花，心爱的人儿啊，在枯萎之前，请将我摘下。

我对莫塔的好奇与日俱增，真不知道她还有多少令人意想不到的才艺没展现出来。一晚同莫塔走在街上时问她何时学的跳舞。莫塔不屑一顾：露怯了不是？我们新疆姑娘还用学跳舞吗？舞蹈对我们来说好比吃饭，是与生俱来的本能，根本不用学。

可我怎么觉得你们跳的那舞不太像新疆舞，更像印度、波斯那边的。

眼睛还挺尖。莫塔指着我笑，还不是为了取悦你们这些臭男人。看我一头雾水，莫塔不耐烦解释：哎呀，跳最传统的维吾尔族舞有人爱看吗？没人看钱从哪来？所以我向古丽大妈建议穿波斯装跳肚皮舞，反正来这的人都是满足口腹之欲的，至于跳什么舞没人会较真。再说，男人想看什么，我再清楚不过了。

我被莫塔说服，频频点头称赞。走上一座天桥，莫塔突然转身：想不想看真正的新疆舞？好啊。我说。

莫塔有些兴奋，嘴里念着好久没跳的同时放下了包。深呼吸几下，旁若无人地跳起舞，边跳边自己打着节拍。天桥上的小贩、乞丐、来往的路人都侧目观望，看街头艺人般看向她。莫塔丝毫未受干扰，又下腰，又扭胯。一段舞跳完，她喘着气问我怎么样？

精彩绝伦，如痴如醉。我鼓掌。

得了吧，还不知道你心里怎么想，一定骂我是个疯子。

我点着烟，递给她一支。和她并肩靠在栏杆上望着远方。我们的脚下是川流不息的车海，周围巨大的广告牌与闪烁的霓虹灯，极富激情的流行乐一同构成这繁华的夜都会。我和莫塔沉默着，谁都没有开口说话。

一根烟抽完，莫塔扔出的烟蒂在空中划出一道弧线迅速消失。她半个身子悬在空中，大喊了一串维语我只听懂北京这个词。

北京？

北京。莫塔与我对视而笑，冲着她眼前的世界喊到，我爱你，北京。

她笑得灿烂。

17

我又去了大连，给几个月前的案子结案。我走后房子自然留给莫塔。她给我打过一次电话，说她谈了个维吾尔族男友。

你没带那男的睡我床吧？孜然味我可受不了。

你说呢？莫塔笑，没有啦，开房的钱我还是付得起的。再说他家里有的是钱，住富人区，开宝马。

那恭喜你，转运了。

同喜，同喜。等你回来我坐他的车去机场接你，就这么定啦。

十天后我回到北京。一出出站口我就看见戴着大墨镜的莫塔冲我招手。再一看，她身边并没有站男人，更别说维吾尔族男人。

憋坏了吧。莫塔抽出两只支中南海也给自己点着，想北京吧。

能不想吗。一闻到点八这味（点八，中南海的一种）眼泪差点流下来。猛抽了几口后我说，你那库尔班大叔他人呢？该不会是牵驴车去了吧？

去你的。你才库尔班大叔。他叫艾力，在古丽大妈那认识的。但是他很早以前就加我为校内好友，我蛋塔家族元老之一，暗恋我。

莫塔摘下眼镜，左右张望：刚才还在呢。艾力，艾力……

她喊了没两声，不远处有人随声答应。一个维吾尔族青年朝我们这小跑过来，站到莫塔身边。

亲爱的，你去哪了。莫塔挽着他的胳膊，嘟嘴撒娇。

好了，我给你们介绍下，艾力，我老公。这是……

马山。我抢在莫塔前说，你好艾力，很高兴认识你。

你好，我也常听莫塔提起你。她说你是她哥哥，帮过她很多忙，对她很好。

我看莫塔，她靠在艾力肩膀上笑着冲我眨眼。

在汉人居多的航站楼里艾力的外形格外抢眼。说他是会讲汉语的中东人我都相信。我对他没好感也不讨厌。但基于仇富心里，比如他全身上下的名牌外加那辆全新的宝马，我恶毒地断定这小子八成是个花货。不久后的事实也证明了我的直觉是多么的正确。

在艾力的车上，坐前座的莫塔发短信问我：妹妹我眼光如何？讲两句，我挑爱听的听。

还成。我说，就是看着老相，有三十了吧？

滚。他才比我大一岁。就当你在嫉妒，别的呢？

没别的了。他家里干吗的？

他老爷子主要做木材生意，顺便在北京投资了个新疆风情园，我们现在就去那里吃饭。

典型的多金大少。我原写的是花心大少，在发信息前一秒又改了回来。莫塔没再回复，她侧过身直接问我：怎么样，在大连玩得爽吗？来，讲讲你印象中最难忘的一夜情。

一夜情没有，多夜情倒是有几次。想听哪一段？

快讲，快讲。莫塔兴趣十足。

你还真信。我笑她，每天晚上我熬夜写辩护词都累个半死，就是想搞一夜情都没体力。

真没劲。莫塔失望，那说说海吧，从小我就向往大海。椰林树影水清沙白。浪漫死我算了。

没你想得那么浪漫，到处都是死鱼烂水草臭海星。你说的那种海在马尔代夫、巴厘岛。让艾力带你去。

好呀。宝贝，就这么定了。莫塔用命令的口气拍了拍艾力的肩，艾力含糊答应，那情景不像情侣，更像兄弟。

有好几次艾力都通过后视镜瞄我。我也不躲，目光坚定地与他对视。全然无知的莫塔在一旁唱着一首我从未听过的歌。

18

真没想到三环边上那家知名的新疆饭店和艾力有关。从停车场到包间，每个工作人员都对艾力毕恭毕敬，一口一个艾总好。艾力少爷范儿十足，莫塔俨然以少奶奶自居，和艾力十指相扣，尽情享受来自四面八方的点头哈腰，表情极其得意。跟在他们身后拉着箱子的我更像是秘书兼保镖，非常糟心。

起初包房里只有我们三人，渐渐人成倍增多，维吾尔族女性居多。艾力解释说都是朋友，在隔壁房间吃饭，碰巧遇见。虽然听不懂他们聊天内容，但单看那些维吾尔族姑娘与艾力四目交接时的含情脉脉，就能猜出他们的关系绝不像艾力所说仅是好友。莫塔不知是真傻还是装傻，她毫不介意艾力这几个女性友人，大方地与她们喝酒聊天，拉着每个姑娘轮流玩起自拍。那场面热闹得如同他们特有的节日。我一个外族人完全被忽略。我自觉退出房间，不辞而别。

　　那晚莫塔没有回来。事实上那晚之后很多个晚上莫塔都没有回来。不用说我也知道她在哪和谁过夜。但对我来说这不算什么，她的生活本来就与我无关。不管怎样，班还是每天要上，酒还是要喝，平淡无奇的日子还是要平淡无奇地过。也收到过莫塔的短信，不是问我在她心目中是下列哪座城市，就是用笑话暗损我是禽兽或禽兽不如。我读都没读完，直接删掉。

　　一个周末，我下班回家莫塔竟然在。她桌前的烟灰缸塞满烟头，见我进门，莫塔熄灭手中的烟说：大叔，你总算回来了。再不回来我都没烟油了。她有气无力地说话，看样子心情不会好到哪去。

　　艾力呢？

　　先不提他。大叔，我想知道你怎么看我和艾力？莫塔走到我面前，迫不及待地追问我。

　　挺好的，男财女貌，很般配。

　　别贫了，我没和你开玩笑。你明白我要听什么，除非你从来没有在乎过我。

　　我不再笑，莫塔在我对面坐下，严肃得异常。

　　分了？

　　那倒没有，就是不确定，也可以说是迷惘，不知道我和他这算是怎么一回事。特别别扭。

　　一本正经的莫塔说出如此富有诗意的话，我哑然失笑。

　　说吧，我做你的忠实听众，尽力帮你排忧解难。

　　我也不知该怎么说。从何说起。大叔，你觉得艾力靠谱吗？

　　哪方面？

　　各方面。

想听实话？

要还当我是你亲妹妹就说真话。

抽完最后一根烟，看着神情黯然的莫塔，我说：不靠谱。完全就没谱。自打我第一眼看他就不顺眼。不是我破坏民族团结，你看他那不待人见的德性，吊儿郎当，怎么看怎么像穿着一身 CK 烤羊肉串的。标准的花货。是，他是有钱，开宝马，住高档社区，带你吃法式大餐，但这更不靠谱了。说我仇富我承认，但和这种多金大少在一起你难道会有安全感？就那天吃饭时那几个维吾尔族姑娘，我敢说没一个和他关系正常，都是冲他的钱才投怀送抱，敢有一个站出来说爱的只是艾力这个人，和钱无关，我立马死给你看。当然，你不算。

我一气说完，尽管已经很控制情绪但还是激动得失了态。莫塔咬着手指蜷缩在沙发上，神情呆滞，任凭手机铃声响个不停。

你怕穷吗大叔？不等我回答，莫塔平静地说，我穷怕了。我不否认我虚荣，跟他在一起我才能体会到有钱人的优越感。他带我吃大餐，住酒店，给我买高档化妆品，刷卡的动作帅极了。这正是我这些年梦寐以求的生活，现在我得到了有什么不好呢？他的那些女友我根本不在乎，她们想要的东西和我一样甚至更夸张，傻逼才看不出来。有时我会觉得艾力就像皇帝，我只是他众多妃子中的一个，变换花招，卖弄伎俩，只是为了和其他的姑娘争夺他的宠爱。这样比喻很淫乱，但很贴切对不对？但这并不重要，他只要现在迷的人是我，对我好，能满足我的欲望和虚荣也就够了。就算有天他不再喜欢我，去找别的女人，当然这是迟早的事，我也无所谓。大家各取所需，然后两不相欠，不爱拉倒。

莫塔冷漠得像是在讲别人的故事。她坦白率真的个性让我喜欢得笑出声来。

你笑什么，莫塔直视我，笑我很贱吗？

绝对不是，你很可爱。

可爱？说得真好听。我知道你笑什么，笑我是个白痴，这样蠢的事情都做得出来。

并不是，我努力解释，我也说不清我笑什么。反正我看到我喜欢的人或事物就会忍不住发笑。也许只是一种感觉，不可名状。

那就是你喜欢我喽？你是喜欢我的，对吧大叔？

是啊，我是挺喜欢你的。我说。

但你不爱我，对不对？

是，谈不上爱。

哎呀，太好了，太好了。莫塔如释重负。怎么说呢，从一开始和你认识我就想让你喜欢上我，但又不想让你真的爱我。幸好你没有爱上我，要不我们的关系就太尴尬了。你懂我的意思吧？

我不懂装懂，莫塔一扫刚才的阴霾，她站起身，收拾着包，又开心地唱起歌来。

好啦，艾力来接我了，我该走啦。她拍了拍我的胳膊，眨着长长的睫毛说，谢谢你大叔，我就知道你是个好人，对我最好了。等有天我在外面玩累了，受欺负了，大叔家的大门还会为我敞开吧？

望着她那深邃的眼眸我还能说什么呢？你有我这里的钥匙，只要想回来，随时都可以。是的，随时。

19

还没入冬，莫塔就和艾力分手了。这意料之中的结局我自然不会惊讶，也不担心莫塔。看她的状态不像失恋，更像结束了一次旅行。

莫塔搬回来住的当晚在她的小屋用维语和艾力打了一个多小时电话，从头吵到尾。不过没有摔东西，也没有哭声。她电话未打完我已想好该如何安慰她。但看到情绪稳定的莫塔时，我知道，一切准备都是多余。

莫塔披散着头发走了进来，面无表情地问我要烟。

没事吧，我递烟给她，四处找着打火机。

没事，我能有什么事。莫塔盘腿坐在我床上，她自己点着烟，把烟灰弹在空酒瓶里。

我想你也没事。一切不都在你掌控之内嘛。只要你不爱上他。你不会真爱上那浑小子了吧？

他？莫塔抽动嘴角，我长这么大压根就没爱上过谁，更别说他了，除了钱，他一无所有。

这还不够？我倒是想穷得只剩钱。我试图缓解略微沉重的气氛，莫塔吞吐烟圈，不接话。

现在是不是特想说男人没一个好东西这句金玉良言？

莫塔笑了笑，摇了摇头，说，这话简直就是真理。我从小信奉。说男人不是好东西都是客气的。要我说，男人都不是东西。你也不是。莫塔指我，一口烟喷在我脸上。

是，我承认，我比男人还不是东西。

去他妈的男人。莫塔双手插在头发里用力拨了几下，都怪我脾气不好，太急了。要我能再多装逼几天，熬到圣诞节，还能多讹那孙子一笔钱。请大叔你吃大餐。而现在，彻底没戏了，我又成穷光蛋一个了。莫塔哭丧个脸，喃喃自语，我怎么这么倒霉呀，简直衰透了。好不容易傍到一个，没想到吊凯子也有学问。他大爷的。

艾力他人呢？

谁知道，死了最好。

不行，莫塔换了腔调，恶狠狠地说，他还不能死，不能便宜了他，白玩我了？我还没要分手费呢。说这句话的莫塔天真得像个孩子。

赔了吧这次？我取出两罐啤酒，莫塔都抢了过去。哥再送你句箴言，男人还是俗点好，不刺激，但踏实，靠谱，过日子嘛，贵在踏实。

踏实有屁用啊。我是莫塔，我才十九岁。莫塔不屑我的话，她打开啤酒，一饮而尽。

20

那一年的情人节恰巧是莫塔二十岁生日。中午我和她在望京吃韩国烧烤，晚上她的闺蜜们在钱柜给她庆生。那晚雪大得不像话，她喝了不少酒，黄的，白的，红的，可以说只要是液体摆在她面前她一概不拒。喝多的她拉所有人在马路上打雪仗，她像个女土匪头子，率领着部下攻击以我为首的另一方。莫塔指挥得毫无章法，更不讲规则，最后直接用帽子装雪球往我衣领里塞。即使我连喊认输，她还不依不饶，直到众人都玩累了她才极不情愿停止进攻，抱怨我水平太差，一点儿都不好玩。

后半夜在簋街吃火锅时，醉眼迷蒙的莫塔哥们般搂着我脖子说：知道十二点那会儿我许的什么愿吗？我摇头，莫塔傻笑：大叔啊，你真是个老男人。她端起酒杯猛地和我相碰，我喝了没一半，她已把杯子砰的砸在桌上，口号般喊道：从今开始，我，莫塔，立志扎根北京，不靠男人，让那些有钱的臭男人们通通去死吧。莫塔宣言似的话语博得在坐女性的一致认同，她们在莫塔的带领下振臂高呼，活脱脱一群女革命战士。

你怎么不喊？背叛我。莫塔揪住我的衣襟，像抓住叛徒一样对我怒目而视。

我说，亲爱的小莫塔，你喝醉啦。

21

我以为莫塔当时说的是酒话，但她却来真的。她向我借两千块钱用作启动资金，特正经地和我探讨在淘宝开店是多么靠谱的事情。我借给她三千，那相当于我大半月的工资。我告诉莫塔钱不用还，我就当作风险投资。莫塔满心欢喜，说我是她的合伙人，等有天她的店做强做大，按原始股给我分红。

自从莫塔定了二十五岁之前赚到自己第一个十万块这个宏伟目标后，她每天都精力十足地穿梭在北京各大服装批发市场，街边小店。风风火火，乐此不疲。其他的工作她一概辞掉，就连她视为干妈的古丽大妈那也不去了。她完全沉迷在她所谓的事业中，成天窝在屋子里看时尚杂志，服饰网站，每周至少去一次五道口或动物园批货。

每逢莫塔进新货后的那两天，她成为真人秀衣模特，我就是她的专职摄影师。她频繁更换成套的衣物，在公园，学校，我的房间。我给她拍了不同风格造型的片子，然后她挑满意的上传校内，淘宝。莫塔说这样做能刺激人气从而增加销量。果然如她所愿，她收到的订单与日俱增，每天她都要在银行和邮局间来回几趟。莫塔最爱做的事情不再是和朋友出去刷夜，而是趴在电脑前不断刷新页面，查看网银账户里直线上升的数字。就连她的口头禅也从靠不靠谱改为我快要累死啦。

时不时我会调侃她几句。我说：莫总，我已经很老了，在校内里，人人都说你美，对我来说，与你的美貌相比，我更欣赏您敏锐的商业头脑，聪明的才智。从您这惊为天人的外貌我看到的是张优秀女企业家傲视群雄的脸。我仿佛还看到不久的将来，在国贸顶层办公室里的您是如何英姿飒爽、意气风发地鏖战商海。到那时只要能有幸做您公司的法律顾问我就心满意足了，我定将为你鞠躬尽瘁，尽职尽责，肝脑涂地，死而后已。

我怎么就听得那么自然呢。莫塔毫不谦虚地将我那极尽肉麻的赞美全盘接收。

在莫塔的悉心经营以及我精神物质双支持下，很快，她小店的月收入一举突破两千。喜人的形势致使莫塔把五年赚够十万的目标改为十五万。她甚至给我提过想在北京买房的念头，我一笑而过，根本没往心里去，就当她讲了个不好笑的冷笑话。

22

又过了几个月，莫塔搬回学校，那间小屋再次成为储藏室，存放她的货物和杂物。我恢复了一个人的生活。上网时还是会关注她的校内和淘宝小店。在她照片下留言要买衣服的人很多，看上去她生意还算不错。

莫塔赚到五千块时请我去吃贵州菜，算是庆祝。在饭桌上她说辛苦是必然，但看到账户里的数字逐日增加时的快感让她认定再辛苦也是值得。她还告我她的一个意外收获，某家自称京城有名的演艺公司在校内发站内信给她，称她有做平面模特的潜质，有意签她。莫塔给我看那家公司的宣传画册，印刷算不上精美，但不乏一些当红偶像，网络名人。

靠谱吗？我问。

还挺靠谱的。我打听过了，这家公司规模不大，但口碑不差，待遇也不错，反正就是拍照片呗，在哪拍，拍什么还不是一样？况且有钱赚，幸运了还能上杂志，还有比这更好的事情吗？

听你这意思，签了？

还没，不过也就这一两天的事。莫塔压抑着喜悦：大叔，我有强烈的预感，我要红了。

你肯定红，必须红。你这么出色的外表外加冰清玉洁的气质，不红没有天理。等有天你红遍全球，蛋塔家族破千万时，别忘了在北京你还有我这么一个没出息的老哥哥。

莫塔乐得不能自已，她接着我的话说了下去。我们越聊越远，甚至聊到她成为大明星后该取什么艺名，该接哪位名导的戏，以及出哪种曲风的唱片能大卖等一系列不靠谱话题。

从那以后很长一段时间我和莫塔几乎没有联系。她校内日志更像是日程表，千篇一律写着某月某号在某处为某某杂志拍摄照片。但从未见她上传。发短信问她，隔了几天她才回复说那些照片版权属于公司，她也没有。不过同时她告了一个我从没听过的杂志，说下一期的插页会有她的一组照片。到了出版的日子，我找了几家报刊亭，卖报的都说没听过。最后还是在网上搜到。那是本新创刊，读者群针对在校女大学生的流行服饰杂志。只在各大高校赠送，尚未售卖。我特意跑去学校领了一本，薄薄的小册子，不到五十页。莫塔和其他几个姑娘穿着这一季的流行装，在后海，锣鼓巷，798 等地摆着各种或自然或不自然的姿势。她妆浓得我差点没认出来。而她的笑容和眼睛让我确信是她，那个如卡门般的新疆姑娘，莫塔。

23

莫塔的时运升至巅峰时，我却跌入谷底。我的工作合同到期，签新合同前我要求加薪被主管断然拒绝。在办完手头案子的客户答谢宴上，主管喝了很多酒，我替他挡了更多。饭后他在我和小姐的搀扶下，晃晃悠悠地唱着：如果那天你不知道我喝了多少杯，你就不会明白你究竟有多美……或许是被酒精烧坏脑子，或许是受眼前这一幕的刺激，总之在主管解开领带，关闭房门那一瞬间，我失声大喊：主管，我不干了。不干滚蛋。主管一口浓痰吐在我的鞋面上，指着我的鼻子破口大骂，语言粗俗至极，字字涉及生殖器官。这些我早已见怪不怪，倒是夹在我和他之间的小姐面露难色，她连哄带撒娇将主管托进里屋，扔给我一包纸巾后把门迅速关上。

我手扶墙壁，跌跌撞撞的出了酒店。二十分钟前客户给的嫖资，现已成为我最后一个月的工钱。我揣着这笔钱，义无反顾地走入夜色中的长安街。

24

　　我失业了，成为名副其实的北漂，至少在找到下一份工作之前。我又过上大学刚毕业时的生活：白天，去各大律所面试，晚上无休止地改简历、网投，周而复始，忙得不成人形。全然没有心情和精力联系莫塔，而她却在一个周五的下午打电话给我，告我她在火车上，去青岛拍一支啤酒广告。我祝贺她并约她有空吃饭。莫塔说她就想吃烤翅。我说没问题，等你回来，一起去簋街。然而仅过去七个多小时她再次打我电话，开口就说：大叔，我要钱。

　　不给我任何解释，莫塔只让我尽快尽可能多打些钱给她。我照办了，尽管我也很需要钱。

　　隔天一早电话响起，以为是面试通知，是莫塔。她声音消沉，语速缓慢，听得出她有话不想讲。莫塔延续一贯的神秘，只说欠我的钱一定会还，但要给她时间。我说不还都无所谓，她说谢谢，挂了线。

　　拮据的日子过了差不多两个月。存款即将花光时，我终于找到新的工作。依旧是律所，但工作环境及待遇却比先前好很多。不过公司位置偏远，我从城东搬到城西，和同事共租一间。

　　等一切安稳，不再忙碌时，忽然想起莫塔。她好像失踪了，淘宝不见新货，校内也不见更新。我用尽一切方式和她联系，终究石沉大海。过了一个夏天，我意外收到莫塔的校内信。她连发两封。一封信简单说了近况并告我新的手机号码。另一封邀我周末吃饭。算一算，距离上一次见到她将近半年。

　　我准时赴约，莫塔竟比我先到，坐在角落独自抽烟。见我走进，莫塔对我微笑，掐灭烟。

　　马山，你瘦了。她直呼我的名字，我略为惊讶，与她相视一笑，没有说话。

　　莫塔正装素颜，留长了头发。她递给我一个纸袋，轻声说：你的钱。

　　我接过，随手放到一边。莫塔叫来服务生，点了常点的菜，一打啤酒。我接了两通客户电话，莫塔连抽两支烟。她的眼神在我身上飘忽不定，像在寻找什么。她的眼里充满了忧郁。

25

半打过后，微醺的莫塔轻描淡写地讲述她在青岛如何愤然拒绝厂商无耻的要求。经济人暗示她成名需要付出代价，莫塔当即提出解约。相劝无效，经济人冷漠地要她按合同支付违约金。莫塔倔强地取光卡里所有的钱，并用借我的钱替她的好姐妹还清欠款，头也不回地离开。

莫塔没钱再进新货经营她的淘宝小店，她甚至不愿再和包括我在内的任何朋友联系。她换了手机号码，唯一，也是必须做的事只有赚钱。她疯狂搜寻各种招聘信息，时间排得比艺人还满。她忙得吓人，就连期末考试也未参加，成为试读生。但她不在乎。她在乎的有且只有钱，更多的钱。

致使她约我见面的直接原因是不久前的一场房展会。做导购的莫塔看见那个曾和她一同解约，连夜回京的女孩，此时穿着光鲜的她被一个秃了顶的矮胖子搂在怀中看楼盘模型。而那个男的，正是迫使莫塔解约的青岛厂商。

那一刻我恨不得捅死自己，我简直是全天下头号大傻逼。莫塔喝干杯里的酒，又倒满一杯。说真的马山，当时我真受刺激了，比吃了苍蝇还恶心。

你恨她？

那个小骚货根本不值得我恨，她欠我的钱我早晚会要回来。只是，怎么说，她比我还小一岁，竟然和那个死胖子在一起。还骗我来年要考中戏，我他妈竟然信了。我借她钱，买复习资料给她，你说，这世界上还有比我更傻的人吗。莫塔只手托着下巴，把酒杯贴在脸颊上来回滚动。她拉着我连干了几杯酒后，喃喃自语：我甚至觉得她可怜。就算一切工作都没了，至少我还有书读，还有宿舍住。而她要没了就全没了。她高中毕业就来了北京，找各种路子，是活就接，受的罪比你我加起来都多。现在她终于不漂了，我是不是该为她感到高兴？

停了下，莫塔接着说：你说我和她有区别吗？不等我说，莫塔自问自答：没区别，一点儿区别都没有。同一个目标，同一个理想，不同的世界。

我们都一样，都是为了生存，都想留在北京。但怎么留？钱，只有钱。有钱我就是北京人，没有钱一切扯淡。

莫塔激动得快要哭出来，我想安慰她又不知如何安慰。她语无伦次地重复着我就是想不明白这句话，喝完桌上所有的酒又加了四瓶。我阻拦不住，只好陪她往醉了喝。

她想过得更好，这没有错，我也想。只是她走了捷径，这样的捷径我也能走，还会比她走得更顺，更漂亮。你说是不是，马山。莫塔痴痴地笑，醉得两眼眯成一条线。

我撑得难受，肚子里的酒随时会吐出来。眼前的莫塔不再真实，越变越多，环绕在我周围，用各种表情望着我，只见张口，不见说话。

我说马山，你在听吗？莫塔猛然起身，扑到我面前，盯着我的眼睛看了几秒，拍了拍我发烫的脸，满意地坐下。

下周我会去广州参加广交会做西语翻译。这是我费尽心机争取到的机会，我绝不会浪费。

外语院每届到了大三都会派各语系部分学生去广交会做翻译，这个多年的惯例我是知道的，但我不懂莫塔后半句话的含义。

马山，认识你时我才大一，如今我都大三了，真快啊。莫塔趴在桌上，声音渐弱。现在让我干什么都行，只要能弄到钱。我想好了，去广交会找个有钱人，用美人计迷住他。哪怕他再老再丑再无趣都无所谓。反正我不会爱上他。我爱的是北京，是钱。得不到他的心得到他的钱，得不到他的人得到他的钱。大不了再被耍一次。被有钱的耍也是耍，被没钱的耍也是耍，还不如干脆找个有钱人，趁着我还年轻，就当这是生活的一部分吧。你说呢，马山。

我该说什么，祝你成功吗？我笑了。

随便你祝什么，但我要祝你，祝你找个好姑娘，早日成家。莫塔对着酒杯恍神。

我无言以对，一杯接一杯地喝酒，不去看她。

马山，你是个好人。莫塔突然对我说，平静地笑，像滴酒未沾。

26

　　莫塔很快就找到了她的有钱人，王总。在 MSN 上她大致讲了与王总相识的过程，与三流小说中庸俗的桥段如出一辙。我提出要看王总的样子，莫塔说上班时间，王总就坐在她对面，不方便。我按照莫塔说的王总的名字及其公司全称上百度搜索，照片上的王总眉头微皱，深沉内敛，典型的南方商人。照片下方的文章记述了王总的发家创业史，如果文章属实，王总的资产应逾亿元。我问莫塔现在的身份，秘书、翻译、助理，还是……莫塔发了个疑惑的表情，说她也不知道。

　　莫塔约我的日子正是北京入冬后最冷的那几天。她说在广州和王总聊过我，说我是她在北京唯一的亲人。这次王总来北京主要视察分公司的经营状况，百忙之中抽空请我吃饭。

　　他忙他的，大可不必抽空。我说，晚上的球赛我期待很久了，国家队是否出线就此一举。

　　马山，难道在你心中一场破球赛比我的未来还重要吗？莫塔生气了，挂点话前她威胁我说，要是晚上见不到我，她会非常非常难过。

　　在北京有两种饭馆不会出名。一种是街边随处可见毫无特色的小馆子，另一种是走低调奢侈路线的私家菜。王总请客的地方正是后者。不知是他用心还是巧合，那家位于后海一条偏僻胡同里的私人庭院与他同姓。胡同窄小，出租车无法进内。一下车，空中应景般飘起雪花。一身古装扮相的小伙子悄然出现，问清我来意后，一手打着纸伞挡雪，一手提着灯笼照亮，带我前行。莫塔在院外的入口处接我。她身后的迎宾小姐穿着宫女装，婀娜多姿。莫塔递给她们一个看似折扇的物件，宫女仔细查看后搀扶我们上轿。莫塔说那是请帖，私人会所没那玩意有钱也进不来。

　　院内灯火通明，曲径通幽，说穿越时空回到古代未免有些矫情。但至少有身处清戏拍片现场的意境。走了约五分钟，轿子在一间半古不今的房子前停住，轿夫京味儿十足的朝房里高声喊道，贵客到，房门应声而开。金碧辉煌的大厅里，如帝王般的王总坐在主座上，冲我颔首微笑。他背后一排宫女统一屈膝行礼说着您吉祥。我完全被眼前这排场震撼，若不是亲眼看见，我这一辈子恐怕也想象不出耍派能耍到此等境界。偌大的包间内用餐的只有我们三人，服务生却有七八个。我刚一入座，两个宫女又是给我摆餐具，又是给我宽衣，就差解带了。搞得我受宠若惊，极不自然。我故作镇定地看向王总，他也正微笑地看我，淡定地享受着宫女们的伺候。王总他本人要比照片上瘦小。但他精明的眼神、自信的笑容以及胸前那块绿得近乎透明的玉牌无一不透露出他成功商人的身份。

叫我老王。王总亲切地说，拉着我在他左手边坐下，莫塔自然坐到他的另一边。

凉菜还没吃完，王总已彻底改变了我对中年大款的固有印象。他语速极慢，普通话还算标准，每句话都用商量探讨的语气同我交谈，态度和蔼可亲，甚至有些谦卑。更令我惊讶的是他的博学。我和他从沪深两市聊到美伊战争，又从《无极》聊到台海问题。他思维缜密，用词精确，又不卖弄学问，几个回合下来，我居然对他有了惺惺相惜、相见恨晚的感觉。王总也越聊越兴奋，老脸通红地拍着莫塔的肩膀指着我说：年轻人，有学问，人才，不一般。莫塔满脸堆笑，头点得跟捣蒜似的，像是闺女在听老爸的谆谆教诲。

喝着喝着我真实的本性渐渐暴露无遗。进门前莫塔反复叮嘱的矜持、拘束等词早已抛在脑后。王总也真情流露，他搂着我脖子，我拍着他的大腿，天花乱坠地胡侃一通。莫塔不时冲我使眼色，我没空搭理她。她狠狠地瞪我一眼，时而秘书般端茶倒酒，时而如王总的爱人，温柔地提醒他少喝几杯，小心肝胃。

上果盘时莫塔借故去了洗手间。王总打着酒嗝问我愿不愿意去他公司发展。我没立即答应也没当场拒绝，起身像接圣旨一般双手捧过他的名片。这时莫塔偷偷发给我一短信：穷鬼，别就知道喝，趁老王对你印象不错，多少捞点。我在王总结账时快速读完删除。心想这才几天他二人就如此默契，照这趋势下去，莫塔扶正的日子指日可待。

饭后王总要派车送我，我婉言谢绝。莫塔搂着王总的胳膊说：你就别客气了，让你坐你就坐，你住的地方那么远，雪又大，不走没车了啊。

我闹别扭似的回绝了她，说晚上有活动不回家。莫塔不屑地笑出声，那眼神看穿了我的一切。

吕魁中短篇小说选

送走王总和莫塔，我一人在雪地里站了一会儿，心里莫名的躁动失落。于是群发短信，硬拉了几个家住附近的哥们陪我去锣鼓巷一据点接着喝酒打牌。

我点儿背极了，一个多小时输了两百块。出来撒尿时我发短信给莫塔，说她找了一个好归宿，祝她幸福。短信刚发出去她就打来电话，但说话的是王总，不是她。

莫塔去洗澡了，有什么事我转告她。王总柔中带刚，我仿佛听的到莫塔洗澡的水声。

没事，就是谢谢您今晚的款待。

不客气，年轻人。没事早点睡吧。要是想来我这里，不必打她电话预约，直接找我就可以。

我谢过王总，望着漫天大雪，在空无一人的锣鼓巷内抽完身上最后一支烟。

从那以后我再没有主动找过莫塔。莫塔亦然。

27

我开始一段与莫塔全然无关的生活。和这个城市的大多数人一样，周一至周五千篇一律地挤公车、地铁上下班。吃廉价的快餐，三分之一的工资交付房租。周末还是会赴各种酒局，喝酒还是会醉，醉后还是会出糗。偶尔出差，在陌生的城市想念北京，却又说不出为何想念。

莫塔过得相当不错。校内又添加了新的相册，分别是她在三亚、丽江等知名景区的独照以及名牌包、鞋等奢侈品炫富照。我知道给她拍照的定是王总却不见王总照片，不过莫塔连发的几篇日志均是写给王总的情话，小女人自怜自爱的情绪跃然纸上。她隐匿了留言板我也正好不想给她留言。而莫塔却以开玩笑的口吻问我为什么经常偷窥她页面却不留言。我手放在键盘上，半天敲不出一个字，最终还是没有回复。

我又在不同的场合通过不同的方式陆续认识了几个姑娘，都很漂亮，却很无趣，连王朔和王小波都分不清楚，纯粹的胸大无脑。这样空虚了一阵子后，我试图改变现状，重新过上正统小白领健康阳光向上的生活。我办了图书证、健身卡，周末看画展、学法语，积极奔赴公司组织的各种party。我甚至报名参加某杂志组织的京城白领相亲大会。同事们个个躁动兴奋，都憧憬遇到不切实际的一见钟情。我基本上抱着娱乐的心态，像是去玩游乐园或是看场摇滚演唱会。

大会现场虽然秩序不佳但人数不少。在场男女分成几十个小组，我们组女多男少，几个貌似快三十的老姑娘频频冲我放电。为了避免她们真的看上我，玩游戏时我故意骂脏话，尽可能的失误，以此破坏我在它们心目中的良好形象。意想不到的是我越是粗俗她们对我的好感越是增加。其中有个老姑娘还把她自以为很美的大头照附带手机号码贴在我的信息表上面。我哭笑不得，想不通她这究竟是怎样一种心理？看来缺乏爱的女人果真容易变态。玩完几个类似拓展训练的弱智游戏，煞费苦心的主办方让各组围成圆圈坐下，每个人逐一站出来作自我介绍以便促进相互了解。大龄男女青年们顿时兴趣大增，一个个讲演般自我推销，不时笑声一片。我无聊地翻看当天的晨报，寻思如何溜走。

还有两人就轮到我讲，手机显示莫塔来电。我本能地挂断，她再打来。我再挂断，来回几次，我被她的执着打动，接通电话。

你怎么不接我电话。莫塔埋怨。

见客户。

很重要吗？她压低声音。

很重要，有事吗？

莫塔迟疑，我以为信号不好，喂了几声就要挂线时她才开口说话，马山，我有事求你。她声音急迫，又讲出这句我熟悉的句子。

王总呢？

他帮不了我，我想了很久，只有你能忙我。

说吧，我尽量。

电话里讲不清，你先见客户吧，晚上我们一起吃饭。

我突然不想见她，我对她说，今天可能见不了，改天吧。

不能改天，明天就来不及了。莫塔慌张地变了调，求你了马山，今天你无论忙到多晚我都等你，这件事对我非常重要。

我想了几秒钟，看了看表，正是最堵的时段，我在紫竹桥，一个小时内你赶得过来吗。

过的去，过的去。我这就出发。莫塔毫不犹豫，那附近有家新开的泰国菜还不错，晚饭我请你。

挂断电话，我琢磨着莫塔又会找我帮什么忙？为什么我总是无法拒绝她？我正恍神，听见有人叫我的名字，是主持人，他提醒该我做介绍了。我站起身，走到圈子中央，那几个对我有意思的老姑娘正含情脉脉地仰视着我，殷切地盼着我发言。我环顾四周然后抬起头，我说，我叫马山，我无话可说。

28

要不是莫塔奶奶来北京我想我永远没有机会见到王总给她租的房子以及那辆拉风的马自达。

酷吧，上车。莫塔摇下车窗，拍着车门，得意地向我炫耀。

我坐进副驾驶舱，纳闷她何时有的驾照，学会开车。

漂亮吗？包。

我看了眼车后座的LV说，你不一直都这包吗？

这是真货。你看这做工，多精细，A货根本没法比。

你叫我来不会只为了成心刺激我吧。

莫塔脸上闪过一丝落寞，快得几乎察觉不到。去吃饭吧，边吃边说。她强作笑颜，发动车，车里响起感伤的爵士乐。

在极具异域风情的泰国餐厅里，莫塔告我说她的奶奶五小时后到北京。而她明天要去厦门陪王总出席很重要的会议。

奶奶是我唯一的亲人，我最大的梦想就是接她来北京与我同住，现在我有这个条件了，谁想到怎么会他妈的这么巧，莫塔用餐刀泄愤般割着一块鸡肉，所以马山，我需要你帮我。

我能做什么？假装你男友还是你的员工？

呃，也不需要太刻意，顺其自然，心照不宣吧，我想我奶奶看的出你是我什么人。

必需品我都买齐了，你就住我那里，误工费我双倍给你。莫塔不自然地说。

你奶奶会一直住下去？

我也想，但是，你知道，莫塔朝我尴尬地笑了笑，我会去一周，争取不让王总同我一起回来，这样我还能和奶奶多待些天。她眼睛看着盘里的食物，小声自言自语。

我喝着一种说不出味道的酒，莫塔还要点菜，我制止了她。

你同意了马山？

不然呢，饭我都吃了。

莫塔笑了，马山，你还是这么贫，不过我喜欢。

29

十二小时内我连着去了两次首都机场。先是随莫塔接她奶奶，然后又和她奶奶去机场送她。莫塔把她的车、房门钥匙留给了我，过安检时她又塞给我一张信用卡，让我尽可能多带她奶奶逛街，钱不够还会再给我打。我答应了她。

莫塔奶奶比我想象中年轻，不说看不出快七十岁了。老太太是纯正的维吾尔族，身材高挑，眼睛比莫塔还要深邃。我开着莫塔的车带着老太太在北京各知名景点转了一圈。老人很随和，无论我带她去哪里，吃什么，她都满意。只有在天安门广场拍照时，老太太稍有不满，数落我没提前告她，执意回去换了身衣服才肯照。相片中的老太太精心打扮，穿着过节时才会穿的盛装，怀抱着她老伴的遗像，黯然神伤。

老太太从不过问我和莫塔的事情，她只要我带她去清真市场，买来原材料，做了一桌地道的新疆菜给我吃。从老太太那里我得知了莫塔从不提及的身世：莫塔从小和爷爷奶奶生活，妈妈是上海知青，在她两岁时悄然回了上海，剩下她和酗酒成性的爸爸。又过了几年，酒后驾驶的父亲在车祸中过世，年仅八岁的莫塔提前长大。她十岁去爷爷上班的饭店打下手，十四岁以全县第三的成绩考取远在千里之外的新疆班，从此独自漂泊。

像侦探小说读到最后一页，故事很精彩，谜底却没出我的意料。莫塔的经历与我一直以来猜想得大致相同。我庆幸我的猜想得到证实使我重新认识了莫塔。老太太讲这些事时并不悲伤难过，她为她的孙女能在北京而骄傲。她给我看莫塔小时候的照片，多是莫塔参加各类比赛的获奖照。我印象深刻的是每张照片上的莫塔都笑得很甜。就这样，我和老人聊了好几个晚上，话题始终围绕着她的孙女，莫塔。回忆完一段往事，老太太都会停下来感谢我对她孙女的照顾，她多次强调她过得很好，让我和莫塔别再给她寄钱。这让我无话可接，望着老人慈祥的眼睛，我反而有了再给她一笔钱的念头。

每天莫塔都会准时打来电话问我这一天都带她奶奶去了哪里，吃了哪家饭店。我事无巨细地向她汇报，她却在电话里急得直喊：你说温柔点，甜蜜些，时刻记住你现在的身份，别露馅。这样的电话她连打了五天，第六天莫塔说她下午回北京，王总不来。

莫塔回来后我又回公司上班，只有晚饭过去，睡在客厅的沙发。莫塔是个出色的演员，她叫我 baby，对我嘘寒问暖，处处流露出她爱得有多幸福。与此同时，她也极力教我演戏技巧，配合她演好这出只有一个观众的感情戏。我在莫塔的带领下陪着她的奶奶去天津游玩，北戴河看海，出入各大高档消费场所，买名牌，吃大餐，宛若一对孝顺的情侣。

半个月后，王总要来北京，莫塔以我和她同时要出差为由送走了奶奶。直到送我回住处的路上，莫塔还沉浸在与她奶奶分离的情绪中，眼眶泛红。

车在我小区外停下，我掏出未用完的信用卡还给莫塔。

马山，你留着吧，这样我心里还会好受些。

我看她，她仰着头，一口接一口地吸烟。我拿着自己的杂物下车，和她说再见。

马山，身后传来莫塔的喊声，我看向她，她不安地看着我，神经质地问，我们还是朋友吧？

我望着她望了很久，坚定地点了点头，莫塔释然了，说谢谢你马山。她笑得像是要哭。

我摆了摆手，径直朝前走去，没有回头。

30

有天早晨酒醒后我问自己我与莫塔究竟是怎样一种关系。平日我和她各自为了生活奔波，不常相见。但凡她找我，十有八九是让我帮忙，而我总是尽其所能地帮她，从不拒绝。这样的状态一直持续到她大学毕业。有那么几天，她频繁地打电话向我咨询与金融诈骗相关的法律问题。她问得很细致专业，次数一多，出于职业敏感我逐渐怀疑她是否遇到相应的麻烦。而莫塔却说她只是有了考法硕的打算，叫我不必多虑。

然而没过多久，事实证明我并非多虑。当我在某网站读到王总公司涉嫌一起重大腐败案件，举家外逃法国这则新闻时，第一反应是举家这个词包不包括莫塔。我彻底联系不上莫塔，这更让我确信她已随王总去了法国。这样的结局戏剧化得让我无法接受，她走得如此突然，我甚至没来得及和她说声保重，祝她一路顺风。我真不知道该为她感到高兴还是悲哀。

故事并没就此结束，生活远比小说精彩。就在王总出事后的第二月的某天下午。我收到一则陌生号码发的短信。发信人是莫塔，她要我速到锣鼓巷的一家咖啡吧。我想这应该是她去法国前和我的正式告别。可惜我只猜对一半，她再一次不按常理出牌。莫塔告诉我说她堕掉了王总的孩子，在三个小时前。

31

马山，刚才疼得我差点死去，我以为我再也不会见到你了。

尽管是夏天，但莫塔却点了杯冒着热气的柠檬茶捧在手心。她长发垂肩，情绪低落地窝在沙发里，面无血色。

我知道此刻你想问我什么，可我现在什么都不想说。我只想说说我的孩子，莫塔坐直身子，刚死去的孩子。

那个王八蛋去办法国移民时，我不要自尊地哀求他带我一起走。他骗我说等风声过去会派人接我。我居然信了他的鬼话。可是他出逃后我就再也联系不上他。这是我早就想到的结果，可我就是不愿相信，我疯了般打他电话，永远是关机。我发了上百封 email 给他，说我怀了他的孩子，已经一个月，那个畜生肯定看到了我的信却一个字都没回。几天过后，我冷静下来，我知道再求他接我走已经不可能。我向他要钱，要尽可能多的钱，可那个混蛋除了留给我一个孩子外，一毛钱都没打给我。我什么都没了，车子、房子，一切的一切，全他妈没了。我又一次一无所有。当我半夜拖着行李走进麦当劳的那一刻，我下定决心，肚子里的杂种绝对不留。莫塔完全不在意我是否在听，她自顾自地说。

我想过人流会很痛，却没想到会那么痛，有好几次痛的我简直要死掉。你知道吗马山，当我感觉到有东西从我肚子里剥离，我忽然意识到那是我的孩子，我拼了命地往回吸他，可这样更让我疼痛……空白了一阵，我突然发现我肚子空了，我心里难过极了，因为那毕竟是我的孩子啊。我在想，如果我把他生下来，把他抚养大会是什么情形？我自己都快活不下去了，拿什么养活他？那时侯我大概只能去做妓女了，每天我要把他喂饱，等他睡了以后我再去接客换钱养他。很讽刺吧？可是除此之外，马山，还有别的办法吗？

太极端了你的想法。我知道你在说气话。我脱口而出，你太颓废了，建议你大哭一场或者我陪你喝两杯。然后昏天暗地地睡上一觉，再用充足的活力迎接下一个男人。对，下一个男人，没准他就是你的真命天子。热爱生活，相信未来。这话还是你跟我说的。

瞧，以前的我多傻啊，这么幼稚的话都说得出口，莫塔冷笑，不断地摇头。从手术室出来，阳光晃得刺眼，当我看到医生像倒垃圾一样倒掉白瓷盘里那个血块时，我知道我再也不会相信男人了。我曾愚蠢地幻想我会遇到毫不保留、死心塌地对我好的男人，可是我错了，生活一次次教育了我，原来这世界上根本没有童话。男人，无论多优秀的男人，我也失去了信心。与廉价的诺言相比，沉甸甸的物质更让我有安全感。我再也不会爱上谁，也不会相信谁会爱上我。这样想，男人对我一点用处都没有，包括你，马山，如果你现在走到大街上被车撞了，从某种程度上我会难过，但我绝对不会真正在乎你。更不可能为你伤心。

我的笑僵在脸上，莫塔推开窗，望着来去匆匆的路人发呆。

我叫你来是和你告别，明天我就要离开这里，去另一个城市开始新的生活。

离开北京？不会舍不得？我掏出烟，莫塔意外地拒绝。她用手机给我拍了张照片，平静地说，我爱北京，可是北京并不爱我。

长时间的沉默过后，我对莫塔说，无论你走多远，去了哪里，要是有一天想北京了，就别委屈自己，偷偷跑回来看看。

莫塔想了想，不确定地点点头，算是答应。她咬着嘴唇，努力微笑，尽力不让眼泪滴落下来。

32

莫塔消失了，没人知道她去了哪里。可我仍旧留在北京，日复一日地活着。我说不清北京究竟哪里迷人，但也找不出离开她的理由。这个城市是如此的繁花似锦，歌舞升平。有时我欣喜，觉得所有的一切都与我息息相关。这是我的城市。有时我又会沮丧，觉得这一切都那么陌生，不过是海市蜃楼。可这正是她的魅力，如同一个风华绝代的美人，吸引着我，拒绝着我，我得不到，又不甘愿放弃。

还是偶尔会想起莫塔，尤其在喝醉酒以后。有好几次，我都写了很长的站内信给她却终究没勇气发送。莫塔删除了所有日志以及大部分相册，她的页面再也没有动静。系统提示她的状态栏三天前更新，可我明白那至少写于一年前。那是两句毫无关联的话语。一句是，好女孩上天堂，坏女孩走四方。另一句是很少有人听过的歌词：吉卜赛的女儿，在风中坚强。

33

那晚，我在校内网上见到一个至少从照片上看算是漂亮的姑娘。我在她页面留言，赞叹她的美，并索要各种联系方式。她很快回复：呵呵，我认识你，你是马山吧。常听莫塔说你，果然是校内之狼。

她主动和我聊天，告诉我说莫塔去了墨西哥，在蒙特雷的一家语言机构做汉语翻译。她还告我莫塔会在近期回国休假，也许会来北京，也许不一定。我问她要莫塔新的联系方式，她却下了线，没有作答。

34

十月初，我在海淀公园连着看了三天迷笛音乐节。长假过后我也要离开北京南下广州工作。我选择用这种方式和北京告别。

迷笛本身就是个盛大的节日。在这快乐的狂欢节现场，音乐已不重要。我和拖家带口的友人们坐在草坪上打牌喝酒吃肉串，成群结队的年轻姑娘鱼一样在我周围无时无刻地游动，仿佛全北京的漂亮姑娘都聚集在这里争奇斗艳。日落黄昏，人群中我一眼就看见莫塔，她又剪回短发，穿着一身亮眼的红裙站在几个外国乐手身旁有说有笑，肢体语言十分夸张。她还是我们初次相见时那迷人的模样，深邃的目光清澈得让人永生难忘。

我借来一支笔，在门票的背面写上我最想说但从没对她说过的话托友人的小女儿送给她。就在莫塔阅读的同时，那个酒鬼歌手醉醺醺地晃上舞台，像乌鸦在唱：亲爱的朋友啊，当它还不叫平安大道时，我的兄弟对我说，一个人感到悲伤就去平安大道，一个人感到失落就不要去平安大道。

莫塔抬起头，捂着嘴笑了。她喊着我的名字，光着脚在草坪上四下寻找。我背靠在一棵树上，眯着眼，目光随着她的身影晃动。在她快靠近我时，我喊了她的名字，她回头张望，一瞬间，所有的一切在夕阳的照射下温暖如玉，那感觉就像是爱。

大城小爱

1

二月二十号晚上二十三点十五分，我和远在深圳的女友日行一例地聊电话，向她汇报我今天都吃了什么，做了什么，有多想她。

对于我的汇报女友颇为满意，她撒娇说刚才她在削苹果时不小心割破了手，血流不止。我说没事，找个创可贴包下就好。这下惨了，她借题发挥，说我一点都不在乎她。还说写硕士论文压力大，上个月在凤凰古城的那个甜蜜夜晚该不会一杆进洞了吧？否则那该死的月经，为何都四十多天了还没有来？

我半蹲在阳台上，抽着烟，憋着尿，豪气十足对她说：怀了就生，生下来我养。

女友冷笑反问我：得了吧，你知道现在养一个孩子有多贵吗？你一个穷学生，拿什么养？进口奶粉你都买不起。

她的话立刻让我颓了下去，没有还嘴的底气，于是匆忙换了个话题，问她那里天气如何？换季多穿衣。又用近似谄媚讨好的语气，对她说了些爱呀、想呀、永远啊之类的废话。聊到快凌晨，女友说我心不在焉，一点诚意也没有，不是真心爱她。不容我再多解释，她就哈欠连连说困了，要睡了，挂断电话。

我对着话筒大声吻她，然后顾不得腿麻，朝厕所冲刺过去，边跑边解开裤带。

宿舍里，下铺小王已睡熟。另外两个舍友，一个在隔壁宿舍斗地三，还有一个和女友出去开房，今晚是不会回来了。我去水房打了一壶热水泡面，顺手打开电脑。女友发来短信，说忘了告诉我，晚上心情低落，在淘宝买了个包，刷的我的信用卡。然后惯例说爱我，晚安。我本想问她不是上周刚买了包怎么又买？但话打好又删去，回复她的短信换成，晚安宝贝，我也爱你，然后关机。

面已泡好，电脑上显示的时间是二月二十一日零点四十五分。这时离欧洲冠军杯十六强 AC 米兰对巴萨罗那的首场比赛开始还有整整两个小时。我快速吃完泡面，QQ 挂线的同时登陆三国杀 OL，以此来消磨这难熬的两小时。

我的运气糟透了，连着玩了五局，一局没赢。有一次眼看就要赢了，竟意外掉线。这引起队友们的强烈不满，不断谩骂讽刺我，让人心烦。

我想换个房间换换运气，还没来得及退出账号，耳机里响起收到信息提醒的咳嗽声。我这才想起我还开着 QQ 呢。我点击查看，一个叫"午夜罂粟"的申请加我为好友，留言说：哥哥，兼职，需要吗？

2

我的网名叫"沙漠渔夫"。这个 QQ 号我用了七年，这些年，靠它我认识了不少女网友，包括我的现任女友。这些女网友总体来说质量中等偏上，有几个长得确实不赖，我当然不会错过，分别请她们吃饭、唱 KTV、看电影、再讲讲冷笑话，适当的时候绅士一下，也就顺其自然地发生了都市寂寞男女网友见面该发生的所有事情。

这一切都拜我的发小李霖所赐，因为这网名及 QQ 号最初是他的。还在读高中时我就问过他这个网名的含意。大我一岁的他得意地反问我：你说沙漠里会有鱼吗？

没可能啊。我说。

是啊，所以我用这网名随便进个聊天室，就会有女孩主动发话问我，沙漠里怎么会有鱼呢？我就把早已准备好的答案发给她：这个混乱的聊天室就像是一片无边无际的沙漠，而我就是沙漠中那个执着的渔夫，坚信在这里一定会钓到命中注定的那条美人鱼。不知道你会不会是属于我的奇迹？

凡是看到这段话的女孩没有不动心的。李霖得意地说，我听得直咽口水，追问他接着呢？

接着就聊天啊，想办法拐弯抹角跟她们要照片。好看的，就约她见面，不好看的，就直接拉黑。年轻人啊，网络聊天也是门学问，也是需要技巧的。技巧，懂不懂？李霖拍着我的肩，像父辈一语重心长地点着头。

当时我都听傻了。顿时恍然大悟，为何李霖每次聚会总能带个美女且从不重样。高三毕业那年暑假，在我的苦求下，他总算勉强同意把这个非常有创意的网名及附带的五十多位女网友的 QQ 号一并赠送给我。当然，也不是白送，代价是我忍痛割爱，把珍藏多年的徐若瑄正版写真集送给他。那心痛的感觉不亚于将自己心爱的女人拱手相让。

今年寒假回老家过年，在高中同学聚会上我见到了多年没见的李霖。他已是当地实权机关的小领导，有车有房，不愁吃喝，在老家这一亩三分地，走哪儿都会有人给几分面子。

李霖头发稀疏，比读高中时瘦了些。我和他寒暄，问他结婚了没有？他抿了口酒，轻描淡写地说：早结了。

我很意外，惊呼：太不够意思了！结婚这么大的事都不通知我，是不是不把我当兄弟。

他慢慢放下酒杯，抬起头，扫了我一眼，不以为然地说：你喊啥，不就是结个婚嘛，又不是啥大事，有啥了不起的。咋还就看不起你了？

李霖小口喝酒，我没趣地赔着笑，举起杯，敬他酒。他站起身，我随着他赶忙站了起来。他两手把酒杯举高，与双眼平行，直视着我，极其认真地说：这杯酒我喝，我们兄弟俩认识多少年啦，不容易。上次结婚没请你，是怕你学业忙，赶不回来。其实我担心，你一个名牌大学的硕士生看不起我这个连大专都没读完的小人物。怕即使通知你，你也不给我面子赶回来。算了，往事不再提，今天你敬我酒我很高兴，要是你哥我这辈子还会结婚，一定请你。到时候，伴郎、证婚人随你挑。

他重重地拍了拍我的肩膀，动情得眼泪都快流了出来，我不解地问他：什么叫还会结婚？

你不知道？哦，对，你不知道。我离啦，去年离的，孩子两岁，跟她妈过啦！李霖干笑两声，仰头喝干了酒，把空酒杯冲着我，又冲下晃了晃。

我暗自吃惊，不免自行惭秽，一起长大的发小，他都离过婚了而我的婚期却遥遥无期。我也干了那杯酒，学着他把酒杯句下摇了摇。他举起大拇指，做了请的姿势示意我坐。

李霖问我有对象了吗？我说有了。

有结婚的打算吗？

最快也得明年，等我和她都毕业了，到了同一个城市有了工作，稳定了再说吧。

李霖似乎看出来我有点黯然神伤。他搂着我的肩，像当年一样的神态，一字一句地对我说：兄弟啊，听哥掏心窝一句劝，千万别学哥，结婚要慎重，一步踏错，万劫不复啊。

我算看透了，这女人啊、爱情啊、婚姻啊、都好比是这酒。李霖叫来服务员倒酒，指着满满一杯说：你看，这初恋啊，就像你第一次喝酒，不知道是什么味，看别人喝，你馋得也想喝，就偷偷地喝了一口。李霖边比喻边形象地喝着。

你一喝，觉得麻、辣、也不好喝嘛。可细细那么一回味，有味，香！于是你又偷喝了第二口，这第二口你就稍微品出味了。接着你就喝了第三口、第四口，一杯、两杯，一瓶、两瓶，你越喝越上瘾，越上瘾越想喝。喝着喝着，你就喝多了，酒精起了反应，你脸红，头疼，话多。这是什么阶段？

李霖左看右看，看到的是我和众人摇头茫然的脸。

热恋啊！这个阶段你啥都不在乎了。你抱着酒瓶不放，谁要你也不给，再好的酒你也看不上。其实也不是你不想要，是你已喝晕了。你热恋的一高兴，一来劲，什么事你都敢做。结婚、生子、贷款买车买房。多潇洒！多男人啊！可是等你酒醒后呢？你清醒啦！你回忆起醉酒时做的蠢事，你后悔啊，但是一切都来不及了。你都结婚了，老婆孩子都有了。你还得赚钱还贷呢。认命吧，心不甘，这世上还有那么多好酒你还没喝过呢。不认命吧，又不行，老婆、孩子、这个家还得靠你养活呢。你说，你认不认命？

李霖眼圈发红，语速加快。他拍着胸口激动地说：你哥我就是活生生的例子，没喝过啥好酒，顶多喝过一两回五粮液，还是别人请的。可这酒瘾一上来，也不挑了，管他好酒坏酒，有酒喝就行。最终随便一瓶二锅头就把你哥我喝醉，就结婚，有孩子啦。但你哥我不甘心啊！

在座的包括我在内都默不出声地玩着筷子抽着烟，有人频频点头，小声说着真理，真理。

不怕你们笑话，李霖突然笑得有些害羞，我这人不像你们，有理想有追求，我就想留在咱这小地方混吃等死，无虑无忧。

大家压抑已久的情绪借着这个机会终于爆发了。有起哄的，有鼓掌叫好的，有说李霖就凭这"酒理论"都能当大学老师啦。

在哄笑声中，李霖扭头对我说：兄弟，多年前你送我的徐若瑄写真集离婚前被我前妻撕了。我狠狠地揍了她一顿。她长得那丑样，给人家徐大美人提鞋都不配！你回去要是在杭州碰见了给哥再买本，好不好？钱我出。

我说不是钱的问题。这都多少年前的事了，市场上早都没得卖了。再说现在市面上又出了那么多女明星，一个比一个性感撩人，你怎么还痴情怀旧喜欢她啊。

李霖不以为然地摇头：我这个人很专情，爱上一个人不会变心，再说现今电视里那些小明星，露胸露腿跟发廊小姐似的，哪有我们家徐大美人有气质。

李霖动情地说着，不知道还以为徐若瑄是他生活中看的见、摸得着的邻家姐姐。

喝到最后，李霖彻底喝大。我扶他去厕所，他摇晃身子，"爱情不是你想买，想买就能买。"唱个不停，没到厕所就吐了。我拍他的后背，让他舒服些。他用袖口擦去秽物，摆着手说这点酒不算什么。我取笑他还在逞强，他忽然回身严肃地说：对了，我以前给过你的QQ号你还在用吗？

哪一个啊？我装傻，明知故问。

喝多了你？我给过你几个啊？"沙漠渔夫"啊！

你日理万机的忙着赚钱，还有时间聊QQ？

我想拿它做小号，玩一夜情，找找兼职什么的。李霖压低声音，趴在我耳边，满嘴酒气，我现在你一样，恢复单身了，我要重返花花世界，重振雄风。

一夜情我知道，兼职？卖什么的？

卖肉啊！李霖淫笑。我从他的笑中悟出了兼职的含意。

你还真是一心读圣贤书，兼职都没听说过。李霖取笑我。我给他点烟，他边朝门外晃去边给我讲兼职和小姐的区别。我听了听，似懂非懂，便问他：你说的兼职和日本的援助交际是一个意思吧？

不愧是读书人，一点就通。李霖赞许地夸我。

就咱这小县城都和国际接轨了，还有从事这行的？我怀疑。

有啊，小地方怎么就不能有了？我告诉你，这世界上，有男人的地方就有做兼职的。李霖说的俗得有理。

他兴趣大增，在小便池旁，抽着烟给我普及网络买春的相关经验及注意事项。他唾沫横飞地传授我如何通过网名来识别对方是否做兼职，如何砍价，以及一些业内专用术语。

你懂了吧？要有兴趣，我这就给你叫几个过来。李霖掏出手机，作势要拨号。

我连忙制止了他。李霖扔掉烟蒂，兴奋地说，那些兼职，个个长得漂亮，身材火辣，会得花样也多，家禽总比野鸡香，比去歌厅找小姐强多了。当然了，她们美是美，但还是不能和我心中的性感女人徐大美人相提并论。

我和李霖在路口等出租车，喝高了的他滔滔不绝地说着先前他找兼职的每个细节。我站在风中，赔着笑脸听他瞎贫。好不容易等到一辆空车，李霖看了眼正在掉头的车，当胸给了我一拳：操，我说了半天，你到底还不还给我啊？

我费死劲才把他塞进后座，笑着说：密码早忘了。李霖不信，我一脸诚恳，连说了几句不骗你，我要那玩意也没用啊。

李霖听的直摇头，他打了个很响的酒嗝说：可惜啊，可惜。

3

我加了她的QQ号，不需要认证，她即刻就成了我的好友。

我查看她的资料，名字一栏填的是，小小，这让我立刻没了兴趣。根据我多年的网聊经验，仅看这网名就能猜到她八成好看不到哪儿去。

再看她的QQ签名，是去年夏天，从杭州火遍全国的那档选秀综艺节目里脱颖而出的女歌手，唱的一首古灵精怪的歌：来啊，快活啊，反正有大把时光。来啊，爱情啊，反正有大把愚妄。

QQ个人说明里有大段文字：小小，福建人，166cm，44kg，三围是34D……再往后就是她服务的内容和项目了。那些服务项目的名称，有像美军军事行动代号，有像武侠小说中独门暗器，活灵活现，不禁让人想入非非。

我承认我不是什么正人君子，但也都是些小打小闹，不外乎是背着女友偷和其他女同学发发暧昧调情短信，偶尔与一两个女网友见面，两情相悦了才会做爱做的事。坦白讲，买春的经历我可是一片空白，更别说是在虚拟网络。

我故作老练，单刀直入，直奔主题，发话问她：什么价？

没多一会儿，她回复给我：哥哥怎么才理人家啊？紧接着她又发了句：五百每次，包夜八百。

贵了吧。我说，不都是四百每次，包夜六百吗？

也可以啊，她很快回复，这刚过完年，我还没开张，算你优惠价。

都什么活啊，具体说说？反正闲着也是闲着，我继续逗她。

哥哥有诚意吗？

非常有，你是看不到此刻我真诚地眼神。

她回了个表示微笑的图案：哥哥，你的网名好怪哦，沙漠里怎么能钓到鱼呢？

我把那段经典的解释发给了她，她回了个表示惊叹的表情：哇！哥哥好有学问啊！哥哥你是做什么的？

这很重要吗？我反问。

哥哥不愿说就算了，人家就是随便问问。

有你这样随便问的吗？我想了想，骗她说：我在一家外企工作。

哇，是吗？高帅富啊！哥哥在外企赚不少钱吧？

还行，高帅富算不上，凑合混日子呗。我说。

那哥哥可要多照顾小妹我哦。

那得看你长得漂不漂亮了。我发了个坏笑的表情。

绝对漂亮，保证哥哥一眼就爱上我。她自信满满。

你说漂亮就漂亮？我还说我帅呢。我继续逗她。

哥哥不信可以看我的空间相册啊，密码是 I LOVE YOU。哥哥你看看喜不喜欢。

我急忙登陆，输入密码，照片很快显示出来。多是视频自拍照，每张照片的装扮都不同，不过都穿得性感，笑得很甜。

哥哥看到了吗？她连问两遍。

看到了。我说。

喜欢吗？

喜欢，很漂亮，但是你本人吗？

绝对是小妹本人呀。妹妹很乖的，不会骗人，哥哥不信吗？

有点儿，美得不敢相信。

呃，那哥哥等下，我穿件衣服，我们视频吧。

她这句话让我喜出望外，我点着一支烟，想借此克制我那激动澎湃的心情。

不一会儿，她向我发出视频邀请，我同步接受，视频连上，她穿着一套卡通图案的睡衣，长发披肩，像是刚洗完澡。

视频中的她比照片上还要好看。我惊着了，从没想过能在网上遇到这么漂亮的姑娘。我尽量让自己面部肌肉舒缓，看上去像个阅女无数的情圣而不是个没怎么见过女人的小处男。

你挺漂亮的，像台湾女星徐若瑄。我想了很多夸张的赞誉之词但写了删，删了又写，最后还是写出这毫无创意但发自内心的实话。

她灿烂地笑，哥哥也觉得我和她像？

这个也字让我很不爽，还有谁说过你像？别的男人吗？

没有啦，哥哥别多想，妹妹的同学们开玩笑时说过。

你不会还是在校大学生吧？

嗯，算是吧，××大学成人教育学院。她说了个我略有耳闻的三本院校。

瞎学的，混个文凭呗，好听点儿。

她的坦诚让我一时不知该说些什么，随手又续了根烟抽。

哥哥你也蛮帅的，尤其是抽烟的样子，像古天乐。

我笑了：得了，别奉承我了，就我这模样，没吓到你就不错了。

哪有，哥哥真的很帅的，真的。她显得很诚恳，一直笑。

她也点了支烟，我问她抽什么牌子的。

Marlboro。

一样啊，我拿起烟盒，对着摄像头晃了晃。

哥哥也喜欢抽这个牌子的烟？她做惊讶状。

谈不上多喜欢，就是抽习惯了。

那你知道这个烟名的含义吗。

当然知道啊。与此同时我快速百度搜索。

Man always remember love because of roman only。（只因浪漫，才使人对爱情难以忘怀）

哇，你居然也知道？她连着发了七八个惊叹号以示惊讶。

那是，别瞧不起人，我就是因为这句话才喜欢抽这烟的。

她显然兴趣大增，不务正业，夸赞我的 QQ 签名很个性。

和你的一样，也是歌词。我回复她，李志，《米店》。

嗯，我听过这首歌，他是翻唱的吧，我更喜欢原唱的嗓音，更磁性，更有意境。

短短半小时内，这个自称小小的女孩不断带给我惊喜。人生海海，江湖阔处多奇遇，搁一个小时前假如有人告诉我说，我即将会在网上突然撞到一个送上门的兼职小姐，不但漂亮得像徐若瑄还是在校学生并且听过独立小众歌手的歌曲，打死我都不会信。而此刻，这一切竟然是真的，如假包换地进行着。

你叫小小？真名还是艺名啊。

你猜呢。

这我哪儿能猜到，不过你这名字取得不错，让人一下就能想起苏小小。

苏小小？她是谁啊？

你不认识？不应该啊，她算是你们这行的祖师爷了，西湖边上现今还有她的墓呢。说着，我百度百科了苏小小，将该词条的网址复制粘贴给她。

她单手托腮，看得认真。对话框半天没有闪动，我起身去了趟厕所，泡了杯咖啡提神。

哎。十多分钟过去才等到她的回话，有且只有这一个字。

你这是叹气吗？

我先前多少听别人讲过她的故事，只是一时没想起来，她好可怜。

自古红颜多薄命。想了想怕这么说惹她误会，赶紧又跟着写了句，当然，你是例外。

深更半夜聊一个逝去千年的女人未免有点慎得慌。我趁她即将展开抒情前，赶忙将话题扯向别处，说了些诸如我去过你家乡，那里的姜母鸭很好吃等搭讪套磁常备句式。她有问有答，一点也不着急敷衍。后来我们又聊了会音乐、电影、就差聊人生谈理想了。一看表，都凌晨两点半了。怪不得古人说春宵一刻值千金呢，和美女聊天时间过得真他妈快。我一点儿都不困，突然想起一件事，问她：我这和你瞎聊不耽误你赚钱做生意吧？

她愣了下，笑的牵强：不会啊，我"好朋友"刚走，要忙也得是明天了。

那我明天去找你吧。我没多想，顺手就打出这句话。

好啊，她嘴角上扬，兴趣大增，哥哥说话要算数，不许骗妹妹啊。

她这么一说我反而冷却下来，脑子里立刻闪现出卖淫女伙同地痞敲诈好色胆小男网友的社会新闻。我有点儿后悔了，手放在键盘上，盯着屏幕，半天打不出一个字。

哥哥怎么了？后悔了？她一下就将我看穿，我不管啦，哥哥明天必须来。见不到你我会伤心的。她颇为夸张连着发了几个大哭的表情符号。

你那儿安全吗？话刚发出去，我就恨不得想抽自己，真是个傻逼问题。

看来哥哥还是不相信我。她并没有不高兴，撇了撇嘴，显得满不在乎。

诺，这就是我的房间，我一人独居，正规社区，院内有保安二十四小时站岗巡逻的，很安全，哥哥放心吧。

她晃动摄像头，绕着她的房间旋转了一圈，由于速度太快，除了一张大大的单人床及一排衣柜外，其他的一概没看清。

直到此刻我才真正体会到所谓的天人交战的真正含义。我盯着屏幕里的她看了半天，她真漂亮，虽称不上勾魂摄魄、国色天香，但美得丝毫不逊于演艺圈里多数的三流小明星，而且还没怎么化妆。

我动摇了，留个联系方式吧。

她业务熟练，立刻给我发来了她的手机号和她的详细住址，一看就是提前复制好的。我打开手机，储存进通讯录，名字就叫小小。然后发了条短信给她表明收到。

又是一阵闲聊。话题无非是我穷尽各种形容词夸赞她的美，她挂着职业性的微笑，旁敲侧击套我话，打听我具体做什么工作月收入有多少。聊到最后，她伸着懒腰，意兴阑珊，眼看球赛即将开踢，我正想找个借口告别，她却先说：哥哥，我困了，想睡了，可以吗？你也休息吧。养精蓄锐，我们明天见，等你哦。

她对着镜头飞吻了下，然后关了视频，我还没来得及说晚安，她已迅速下了线。

我躺到床上时天都快亮了。那场球我支持的 AC 米兰队二比零干脆漂亮地赢了不可一世的巴萨罗那队。不过整场比赛我压根就没看进去，满脑子都是那个长得像徐若瑄的女孩。想到她那能融化一切的笑容和几近完美的翘乳丰臀就立刻有生理反应，真想马上就去找她。可是五六百块对我来说毕竟不是个小数，够我活半个月了。再有就还是担心是否靠谱，不会真是一诈骗集团设的局吧？万一我要是被她骗了，被从天而降扫黄打非的逮了，或是染个病什么的，那我可就亏大了。况且，这样做对不住已和我相爱三年毕了业就要结婚的女朋友。不管了，对不住就对不住吧，有什么大不了的，又不是没对不住过……我就在这样的胡思乱想中渐渐睡着。

4

我是在一群人的争论声中醒来的。宿舍里站满了人，他们分成两派在讨论昨晚那场精彩的比赛。我摸出枕边的手机，开了机，瞥了眼时间，已经中午十二点了。我穿衣下床，洗漱完毕，以一个胜利者的姿态加入他们的争论中。我坚信 AC 米兰必进八强无疑，邻宿舍的巴萨球迷却不认同，居然还举出了巴萨能在主场翻盘的五大理由来驳斥我。我被他的认真逗笑了。小王走过来告诉我说，刚才我出去洗漱时，我的手机一直响个不停，像是有人打电话给我。我从床上拿下手机，居然有六条新信息。一条是女友抱怨我不久前给她新买的笔记本电脑不好用，一条是银行温馨提醒我本月信用卡账单已出，需还款三千三百块，其余四条都是一个叫小小的发的。

小小？哦，我用了十秒钟想起她是谁，随即逐条查看她发的短信。

哥哥，早安，你几点过来找我呀？

哥哥，你怎么不理我呢？

哥哥，你早点来找我好吗？我很饿……

哥哥，开机后快点和我联系吧，我就要饿死了！

第一条信息是不到十点发的，最后一条是二十分钟前，短信上还有几个哭的表情，和无数个惊叹号。

操，几个小时前我是怎样鬼迷心窍和她互留电话的？我有些懊悔，忽然有了酒醒后才会有的空虚和内疚感。再加上女友的短信及银行催债让我瞬间心烦意乱，于是把手机揣回兜里，没有回复她。

我找出半包不知谁何时吃剩的半包饼干，泡了杯咖啡，同那几个巴萨球迷争论着。说了没两句，手机在裤兜里嗡嗡震动，掏出来一看，又是小小的短信，她可真够执着的。

哥哥，你开机了啊，怎么不理我呢？她撒娇质问着我。

我正寻思要不要回她短信时她又发来一条：哥哥，快来救我，我饿得不行了。

不至于吧，我心想。就凭她这姿色、这职业，只要她愿意，放低姿态，无本万利，只赚不赔，根本不会缺钱花，更别说窘迫到饿肚子了。不知我是动了恻隐之心，还是不胜其烦，或者干脆就是男人本能的好色，仍对她的美貌垂涎三尺，念念不忘。总之我退出人群，走到阳台上，轻掩住门，鬼使神差拨通了她的电话。

喂，哥哥，终于等到你了，还以为你不理人家呢。她不等我开口，就跟被困孤岛的落难者接到救援电话似的迫不及待抢先说。

我清了清嗓，装作若无其事：昨晚通宵看球，睡得晚，刚醒。

收到我的短信了吗？她弱弱地问，普通话不是那么标准。

才看到，不好意思。刚开机。我不假思索地骗她。

一片沉默，我和她谁也没说话。以至于都误以为对方信号出了问题，互相喂了半天。

最后还是她先开口：那哥哥你几点过来？现在来好不好？我真的都还没有吃饭呢，不骗你。

我迟疑了下：十分抱歉，今天不巧没空，改天一定去找你。

哎呀，昨晚不都说好了今天来找妹妹我吗？她的声音又细又小。

下午真的有事，我说，不太方便……

好哥哥，求你了。她打断我的话，就今天来好吗？我真的需要钱。

她声音颤抖，几近哀求。我没回答，望着远处从食堂走出来的三三两两的女生，明媚春光下一张张无忧无虑地笑脸。

那好吧，你等我。

真的？她忘情地喊，音调上扬，哥哥不许骗妹妹啊。

不骗你，你把你的详细住址再发一次给我。

嗯，我这就给你发过去。谢谢哥哥，我等你，待会见。

她在电话的另一端吻了我，吻声很大，还有她开心的笑。

我趿着拖鞋，拿着脸盆去水房洗头，换了身面试工作才会穿的西装，借了小王三百块钱说是交手机费，下个月还他。

我在楼下的便利店买了包烟，口香糖，一小盒避孕套，整装待发。想了想，怕带的钱还是不够，就把卡里仅剩的，上个月在某杂志社实习赚的一千多块钱都取了出来。在校门口，我拍了下上衣内侧的钱包，又摸了摸各个口袋里放的东西，这才放了心，拦了辆车去她约我见面的地方。

她住的小区也真够偏的，我到杭州这么多年还从没去过这么远的地方。车过南山路，太子湾游人依旧如织，西湖永远是那么的温婉恬静。在杭州这么一个温暖如玉、暧昧丛生的城市不来场艳遇实在有愧于这座活色生香的城。

四十多分钟后，我和出租司机一通好找，终于到达目的地。下了车我才感觉到冷，风很大，我穿得又单薄，阳光消散，天说变就变，像是快要下雨。

我发短信给她：我到了。

她问我具体的位置，我说不知道，背后有所小学，路对面有家沙县小吃，我就在这儿等你。

我掏出烟，点了几次总算点着，猛吸了几口取暖。一群放了学的小学生穿着难看的校服，打闹着从我身边走过。紧跟在他们身后的是几个上了年纪的大爷大妈，一手拿着孙子的书包，一手夹着当天的晚报，穿得很严实。

烟抽完她还没出现。我灭掉烟蒂，又往嘴里倒了几颗口香糖，大口嚼了几下，吐掉。说不清是兴奋还是紧张，我突然有点心跳加速。按照以往的经验，为了万无一失，无所事事的我发了条短信给女友：亲爱的，导师临时找我谈论文，晚点和你联系，爱你。

5

她来了，马路对面她踮起脚尖，笑着朝我挥手，活泼雀跃。我以为她会和其他女网友一样，精心打扮，穿着撩人。而她穿的何止是不性感，简直可以视为随意：上身是印有米老鼠图案的黄色背心，黑色阿迪达斯运动外衣，细窄的牛仔裤下竟然是一双毛茸茸的居家拖鞋。尽管如此，只画了点淡妆的她还是美得仿佛从天而降，闪闪发光。

我双手插兜，故作潇洒，目光却自始至终没离开过她。她双臂交叉放在胸前，眉头微蹙，一辆跑车从她身前疾驰而过，她本能后退两步，晃着脑袋左右探望，确定安全了，一路小跑，横穿马路，不看红绿灯。

风吹乱了她的头发，她也不去理会，一蹦一跳地跑到我面前。

嗨，哥哥你来啦。她露出半截缩在袖口里的手和我打着招呼，浅浅微笑。那感觉好像我们不是初次见面，而是在异乡街角久别重逢的恋人。

冻死了，冻死了。她拉紧外衣拉链，原地蹦了蹦，身子发抖。

她个子在南方女孩里算是高的，皮肤白皙，睫毛很长，嘴唇边有颗痣。

想吃什么？你定，我对这片不是很熟。

肉，想吃肉。她急促地说，拉着我，一路向前。

我们进了家颇有特色地新疆饭馆，找了个靠窗临街的位置坐下。几个维吾尔族小姑娘穿着民族服饰在不远处的空地上跳着新疆舞。小小熟门熟路，也不客气，点了一桌吃的，无一例外，全是肉，外加几瓶啤酒。

她确实是饿极了，顾不上吃相，一次性手套也不带，拿着大块的手抓肉，沾着孜然就往嘴里塞。

你怎么不吃啊？她咀嚼着，鼓着腮帮子问我。不等我回答，她忽然怔住，小心翼翼地对我说：你不会是个素食主义者，不吃肉吧？

她像个犯了错的孩子一样，嘴里还含着没来得及吞咽的食物，眼巴巴地望着我。我被她的孩子气逗笑，说真的，要是昨晚没和她聊过，不知道她的真实身份，走在街上遇到她，说是选秀明星或电影演员我都会信。

我吃肉啊，谁说我不吃，不吃肉就不会沾你这荤腥了。我吃着羊肉串调戏她。

讨厌。她强忍着笑，翻我白眼。

菜够吗？不够再点。我点着烟，阔气得像个有钱人。

够了，足够了，吃不动了，撑死我了。她靠在椅背上，长出一口气：能给我一根烟吗。

我整盒递给她，她抽走一只，夹在双指中间，探身歪头等我给她点着。

Man always remember love because of roman only。她盯着烟盒的商标，似笑非笑，喃喃自语。

我为她点烟，她粉红色指甲上面浮雕着抽象的图案，一颗颗仿水钻类的玩意儿在光线的照射下璀璨耀眼。

吃饱喝足，接下来会发生什么，我和她都心照不宣，只不过她没有暗示，我也没有点破，都等着对方先说。

气氛有点尴尬，我翻看菜单：吃了这么多肉，要不要来点饭后甜点？酸奶怎么样？

你想撑死我呀。她嗔怪着对我说：已经够罪恶了，再吃甜食我该胖死了。

你哪胖了？一点儿都看不出来。

那是你没看到我胖的地方，一会儿你就知道了。她扬起头，冲我调皮坏笑。

我内心暗爽，知道是时候了。

又闲扯了会儿，我叫来服务员结账。小小要了个打包盒，把没吃完的几块肉和半份炒饭装在一起。顺便出示了她的会员卡，说能打九折。

出了饭馆，小小不再叫我哥哥。她改口叫我恩客。她说在她们家乡，把对自己有恩的人都称为恩客。

冷风阵阵，衣着单薄的小小冻得低下头，躬着身，步伐快速。我接了个电话，房产中介推销住宅，说得天花乱坠，毗邻西湖，采光好，户型佳，南北通透，仅售四百万。四百万还他妈仅售？这显然是在成心羞辱我这样的穷光蛋。我没好气地挂断电话，小小指着飞在半空中的塑料袋，嘟囔地说：这是什么鬼天气啊，在我们老家这会儿早都短袖拖鞋了。

我随声附和，也抱怨天气不佳。走了一个街区，我问：咱们这是去哪儿啊。

你说呢？她眨着长长地睫毛，想了想说：你要不想去我那儿也行，不过这附近没有什么像样的酒店。

她想多了，就我兜里那点钱哪儿够去酒店。我得便宜卖乖，接着她的话说：我记得离这不远有家希尔顿吧？算了，这么大的风，不找了，还是去你那儿吧。

她笑着点点头，我和她并肩前行，很自然就牵了她的手，她的指尖冰凉。走了没几步，我又顺势搂了她，她乖巧地靠在我肩上，我们宛如一对恩爱的情侣，走进她住的小区。

6

小小租住的房子严格来说算是地下室。一间客厅，两间小得只够放床的卧室。小小说，她和一个老乡合租，房租还算合理，两人均摊。

那个姐姐大我三岁，身材比我还要好，但没我长得好看。小小洋洋自得，找来电茶壶烧水，她在一家私企做行政管理，钱不够花，欠卡债时偶尔也做兼职。

欠卡债？信用卡吗？我接过她泡的乌龙茶，坐在床沿问她。

是啊，不然呢？

那你，我欲言又止，还是问了，你也欠很多吗？

还好，只是这次欠的多了。说着她伸出三根手指在我眼前晃了晃。

三十万？

晕，我买什么也花不了那么多钱啊。她瞥了我一眼，是三万。三万已经够我还的了，要是欠三十万我就去死好了。

三万也不是个小数目了，这么说她比我要有钱。我有点别扭，却装作若无其事继续问：买什么了，一个月能花三万。

我以为她会像都市言情小说或独立电影里的卖淫女那样，编个母亲重病缺钱，或替深爱男友还赌债之类的理由敷衍我，没想到她很随意地拉开那很窄的衣柜门，拨弄着挂放整齐的一排衣服以及几个半旧不新的名牌包说：就买这些喽，还有上个月回老家过年，手机被该死的小偷偷了，就又换了台新的。再吃吃饭，和姐妹们去去酒吧什么的，不知不觉就把卡刷爆了。

她轻描淡写地说着，一副没什么大不了的样子。

我越来越喜欢她了，真诚可爱，是什么就说什么，一点儿也不装。

那你这一次五六百，什么时候才能赚够啊？

她缩了缩脖子：谁知道，有的赚总比没有强，那你多给我点啊。

我干笑了下，视线从她身上移开，环视着她的小屋。这是间典型的女孩闺房，屋内家具摆设多以粉色为主，干净、明亮又不失温馨。门背后，简易的鞋柜上，几双高跟鞋和十来个各种品牌的购物纸袋摆放的井然有序。

我在枕边桌上的一堆时尚杂志和娱乐报纸中翻出一本青春文学杂志以及两本新闻周刊，我随手翻看说：藏挺深啊，文艺女青年。

小小愣了下，才不是呢，她小声辩解，这是一个朋友留在我这儿的。

朋友，男朋友吧？我逮到她眼中一闪而过的忧伤。

要你管。她像只受到攻击的小兽，猛地从我手中夺走那沓杂志，蹲下身，胡乱掀开一个纸箱，塞了进去。

我去洗澡了。小小当着我的面脱衣服，我有意侧过身子，她被我这一举动逗笑，赤裸着丰满的胸部，仅穿了条内裤从我身前经过，走进浴室。

我听到哗哗的流水声，看到不远处强光下，磨砂玻璃后小小曼妙的曲线。这当然不是我的第一次，可不知为什么，我莫名兴奋的同时还有点轻微紧张。我点着烟，胡乱抽了两口就把半支灭掉，又大口灌着凉掉的茶水，拆开新买的那盒避孕套。正想着要不要临阵磨枪，猛做几个俯卧撑，凸出肌肉线条，使自己看上去更有男人味些，这时水声停住，小小柔声曼语，不无挑逗地隔空传音：你还不进来吗？

她为我做了很多事让我感到无比快乐。先前她QQ个人介绍里那一个个神秘的名词瞬间转化成带给我无限快感的动词。成人电影里的经典场景此刻真实上演，她的卖力配合，让我成了最佳男主角。

最后那一刹那，小小双臂紧紧地环抱在我背上，射里面吧，没关系的。她轻咬嘴唇，像个胜利者般扬起头笑。

我累得不想动，小小说她有点冷，让我抱她再紧些。我和她几乎快融成一体，她枕在我胸口，手在我的肚子上来回画圈。

我隐约听到手机响。我推开小小，她却赌气似的搂得更紧，撒着娇不让我下床。我吻她额头，说了很多肉麻地情话。她嘟着小嘴，极不情愿地松开我，用力踹了我后背一脚，毫无防备地我闪了个趔趄，手机差点掉到地上，狼狈的样子引得她呵呵直笑。

是我女友，我半裸着走到窗前背靠小小接听。她劈头盖脸地问我怎么半天不接电话？我脱口而出，骗她说我在导师办公室，说话不方便，她嘟囔了几句，信了我的谎言。

没别的，就是告诉你我月经来了，这下你放心了吧。

嗯，那好，你多喝水，好好休息。

又是多喝水，多喝水，感冒了你让我多喝水，胃痛你说多喝水，来例假你还是说多喝水，喝那么多水有屁用啊，你烦不烦啊。

我无言以对，更不想和她争吵破坏我此刻的愉悦心情。

好了，先这样，导师在，我晚点打给你。我压低声音说。

哼，不用了，我同学过生日，我们去唱歌。

我放松下来，祝她玩得开心。

你想我吗？她忽然又问到这重复了一万遍的问题。

想啊。我本能地回答。

那亲我一下。

我回头看了眼小小。她像一尾青鱼，修长双腿裸露在被子之外，面无表情对着天花板发呆。

快点嘛。

我迟疑了下，对着话筒发出了亲吻的声音。女友撒娇，说没听清，让我再大点声。我只好又大声地亲了次。

她总算满意，笑着夸我乖，挂了电话。

我关掉手机，转过身，小小坐着，背靠床沿，长发遮住半张侧脸。

女朋友？她微笑地望着我，我点了点头。

你爱她？

爱。

那刚才你还说爱我。

我也爱你啊。我胡乱地笑。

行了吧，留着你的甜言蜜语给你女友说吧。小小朝我翻白眼。随后又黯淡下来。

你们会结婚吗？

或许吧。

挺好，那祝福你。

小小问得我很别扭，她直视我，平静地对我笑。

给我根烟吧。她坐起身，穿上内衣。

我递给她烟和烟灰缸，她熟练地吐着烟圈：恩客，你看看，外面还下雨吗？

我拉开窗帘的一角，天色昏暗，地面湿漉漉。

好像停了，我说，你怎么知道下雨了？

刚才那会儿太安静了，静得我只听得到下雨的声音。说这话的小小目光深邃的像个女诗人。

过了好一会儿，小小问我：恩客，你学什么专业的？

我怔住，她报以我原谅地笑容：你都说见导师了，还有，你的学生证掉在地上了。

学金融。我顺着她手指的方向将学生证捡了起来，音调随之减弱，不好意思啊。

这有什么不好意思的，其实见你第一眼我就猜到你还在读书。

是吗？你看人真准。我站在她面前，讪笑着说。

小小摇摇头：我眼光才不准呢，经常看错人被骗。只是你带给我的感觉，和他太像了。

他？感觉？我想了下，问道：前男友吗？

男友算不上，算是曾经一个熟客吧，都过去了。她双手环抱膝盖，目光呆滞，陷入回忆中。

几分钟沉默过后，小小翻身下床，重新拿出刚才那藏起来不让我看的杂志，指着一篇时政报道作者的名字问我。

恩客，知道这个人吗？

我看了眼，很陌生，于是摇了摇头。

那这个作家呢。她又翻看那本青春文学，这是那他的笔名。

我继续摇头。

小小眨着眼，凝视我，那眼神像是在问我确定吗？

我快速读完那篇小说的开头，写得很一般。我合上书，问她：他就是你说的那个熟客？

他是我来杭州接的第一个客人。小小折着书角，他和你一样，名牌大学高才生，新闻专业。他第一次来找我的时候还在读硕士，没什么钱，甚至还没我有钱。不过他每次来都会给我带我爱吃的糯米糕和水果，还会讲故事给我听。开始那几次我还收他的钱，后来他来得多了，我喜欢上他，也就不再要他的钱了。每次我都让他射在里面，就像刚才我们那样，这会让我感到温暖。

小小停顿了下，又点燃一支烟，傻呵呵地笑：有一次我好笨，算错了安全期，不小心就怀上了。也不知哪来的勇气，我就是想把孩子生下来。可他说我太孩子气，还说自己没有做爸爸的准备和能力。那阵子他对我可好了，又是给我买衣服，又是请我吃好吃的，还翘课带我去上海玩了一圈。最后他掏了一笔钱，找了家有名的医院，做掉了。

我默默地听着，她默默地抽烟：也不知道是男孩女孩，不过那时候我要是坚持生下来，现在我的宝宝都快两岁了。小小盯着手中的烟蒂，慢悠悠地说，他最爱抽的烟也是 Marlboro。

后来呢？

后来？没有什么后来啊。去年一入秋，他就再没来找过我。圣诞节前夕，他在网上给我留言，祝我圣诞节快乐，说他去了广州，在一家杂志社做实习记者。

你爱他？我明知故问。

是呀，我很爱他，但那又能怎么样呢？

爱他就去找他啊，又没什么大不了的。

小小转过头来，像看怪物一样盯着我看。半晌说：我和他不是一路人，差太远了，不可能走到一块的。

你哪儿差了，不也是大学生吗，还长得这么漂亮。

我才不是什么大学生。小小打断我的话，假的啦，学生证也是假的，在网上三十块钱办的，说自己是学生好多赚点儿。

她的话并没让我感到意外，我还是没忍住，问了她一个或许最不愿意听到，回答的老套的问题。

那你怎么……

你是想问我怎么就做了这一行，做上兼职吧。她见怪不怪，我从小在福建大山里长大，我妈死得早，我爸把我养大却得了重病付不起医药费，我弟弟上学又得交学费，就出来做了，就这么简单。

我信以为真，小小直视着我，忍了不到半分钟，像个恶作得逗的孩子般笑出声来。

骗你的啦，怎么可能这么倒霉？我告诉你，你今后再碰到像我刚才那样说的千万别信，这只不过是骗取他人同情心好多要点儿钱的台词。

至于为什么做这个，没为什么啊，我倒是想像那些好命的女孩一样，坐在写字楼里吹冷气，喝咖啡，当白领。可我书读得少，脑子笨，爱玩人懒又怕闷，高职没读完就去混社会了。我当过平面模特，只要有钱赚，我什么活都接，淘宝网拍、夜店 dancer，我都做过，可是赚得都不够多，买个包包化妆品钱就没了，就顺便做兼职赚点外快了。

小小漫不经心地说着，像是在转述他人的经历。

喂，我要说我也挑人接的，你信吗？

那我很幸运。

嘴可真甜，那我说我想嫁给你，你敢娶吗？小小似笑非笑，嘴角上扬，目光挑逗。

敢啊。我停顿了下说。

行了吧，你都迟疑了，真假。她冲我翻了个白眼，好了，不说这些废话了，讲真的，你开心吗？

开心啊。

开心就好，你开心，我有的赚，各取所需，谁也不欠谁。小小莞尔一笑。

我再一次从小小身上下来时，窗外已一片漆黑。

我扣着衬衣纽扣，小小仍蜷缩在被子里，分别用闽南语和那并不标准的普通话接了几个电话。

不知从何处飘来的饭菜香惹得我有了饿意。要不要再一起去吃点东西。我穿戴整齐，向小小发出邀请。

对不起，恐怕要让你失望了。小小冲我抱歉一笑，刚接到电话，有个很熟的哥哥待会儿要接我去陪他见个客户，我答应他了，不好意思啊。

没关系。我摊手，耸了耸肩，假装满不在乎。

小小换了套新的内衣，盘腿坐在床上，手拿化妆盒专注地化着眼线。我掏出钱包，数出八百块钱放到桌上，想了想，将剩下的五百块也都留给了她。

恩客，谢谢你啊。背后传来小小的声音，我摆了摆手，转身前行。

记得再来找我，我会想你的。她急促地喊。

我答应她，却没有回头看她。打开房门，径直离去。

天黑透了，路灯已全都亮了。我淋着小雨，沿着路边行走，差点迷了路。我摸出身上所有零钱，在路灯下数了数，不到十块，连一包 Marlboro 都买不起。

我买了包四块钱的中南海，站在公车牌下，一根接一根抽着，等末班车到来。

不远处的商店放着台湾女歌手陈绮贞的《花的姿态》：我的花让我开，我的花让我自己开。你拥有你的，我拥有我的，姿态。

我发短信给小小：我爱上你了。

等了一会儿，等来末班车却没等到她的回复。一种失恋的感觉混杂着深冬的气味一阵阵扑面而来，弄得我莫名伤感。

7

那晚过后我就再也没联系上小小。她的电话不是关机就是欠费。我发了许多短信给她，她一条也没回过。我在 QQ 上留言给她，每晚等她等到很晚也没见她上线。我很想见到她。

一个周末的晚上，我同舍友吃完消夜喝至微醺，回到寝室再一次上线等小小无望时在另一个账号上碰到李霖。情绪低落的我趁着酒劲对李霖说：我想起"沙漠渔夫"的密码了，还给你。

李霖竟然谢绝了我，他说他注册了个新号，想到了一个比"沙漠渔夫"更吸引女孩的网名，并且已成功约见了多位女网友。

我和李霖有一搭没一搭闲聊，一时兴起，我传了几张小小的照片给他看，问他像不像我们共同的女神徐若瑄。

一点儿也不像，看面相就是个苦命。李霖像个算命先生般点评着。

听他这么一说，再看小小的照片，盯着看久了，似乎真的没有很像徐若瑄，忽然有些释然，也就没有那么迷恋她。

三月十三日，我又是一夜没睡。欧洲冠军杯十六分之一比赛第二回合，我支持的 AC 米兰竟然不可思议以零比四的比分被巴萨罗那逆转翻盘，淘汰出局。看来这个世界上真的没有什么所谓的奇迹，这让我沮丧。

翌日早上，我在课堂上睡着了。快下课时，小王把我拍醒，他兴奋地给我看他新买的 ×× 新闻周刊。他说封面上有个女孩长得漂亮极了，很像明星徐若瑄，可惜是个兼职卖淫女。

小王指给我看的是一篇关注网络卖淫的报道。文章的压题图片和小小空间相册里的页面是一样的，写那篇文章的记者，和小小当时指给我看的那个名字也一模一样。

托斯卡纳

1

去年，或许是前年，总之我记忆中护城河边的垃圾场荡然无存，像童话故事里的巫师挥动魔法棒，取而代之的是托斯卡纳——全市最奢华的高档小区。复式独栋、车库泳池、英式管家、私家园林，诸如此类广告语高频率大密度地出现在各种传播媒体上，海陆空三维立体全方位轰炸宣传，想不记住都难。

我去过那里几次，都是去找大钱或是被大钱带进去的。漫步在人工开凿的"天鹅湖"畔边，一想起脚下的鹅卵石小路下没准还埋着尚未腐化降解的垃圾，我就哑然失笑。再看楼盘宣传片则彻底笑出声来：依山傍水，欧陆风情，毗邻高等学府……这些套词吸引外地人来此投资安家不成问题，但对我这种土生土长的本地人来说，则是个还算不错的冷笑话。欧陆风情暂且不表，所谓依山傍水，说穿了其实是背靠二十世纪末开采金矿、如今早已荒废的南山；干涸的护城河像进入风烛残年却尽职尽责的老用人，绕着小区外墙吃力地流淌。而高等学府无非是几个大专技院，以及一所高中的分校。小区四周飘散着古怪的气味，有人说那是金子的味道……

托斯卡纳大小户型总共一百余套，大钱占了三套，而他整个家族则买下东面向阳的那两排所有大户型，面积占整个小区的七分之一。我曾坐在大钱悍马车的副驾驶位子上，半开玩笑地说，干脆搞个园中园，找几个工人在空地上弄个中式仿古门，砌道墙，朱红木门外搁俩滚绣球的石狮子，门上挂灯笼，再找个书法家求幅墨宝，写上繁体的"钱府"二字，烫金制匾，挂在门楣。冬季落雪，秋日结霜，就像古代大户人家那样。大钱嘴角上扬，眯着本来就不大的眼睛，嘿嘿傻笑。他自始至终没接话，叼着烟卷，直视远方，手指随着车内激昂的摇滚乐有节奏地敲打着方向盘，一副胸有成竹的样子。

不只是家乡的托斯卡纳，远在千里之外的首都，大钱和他的亲戚们依旧住同一小区，只不过由对门改为楼上楼下。该楼盘位于西二环，若不堵车，一刻钟内便可到达天安门广场看升降旗仪式，接受爱国主义教育，这是当初促使大钱购买那些房产的主要原因。那个高档社区无论硬件软件都远超托斯卡纳好几个档次，可大钱却只把它当作每次来京办事住的酒店，他坚定地认为托斯卡纳更有家的感觉。

夏天的一个傍晚，在托斯卡纳，大钱的私属庭院内，我和他各躺一个摇椅，喝着冰啤酒，逗着湖里不知从哪儿买来的黑天鹅。我问了大钱一个我自己也不确定的问题，你说真正的托斯卡纳究竟在哪儿？

真有这地方？大钱反问我。

应该有吧，要不这名从哪儿来？

在美国。大钱咽了口啤酒，音调上扬，目光笃定。

美国吗？但你这不是欧陆经典吗？我手指不远处的灯箱广告牌，抽出一根烟给大钱。大钱接过去深吸一口，朝半空中吐出一个不规则的烟圈说，在巴黎。

法国？我半信半疑。

对，法国，离巴黎不远，托斯卡纳，海边小城，盛产葡萄酒的地方。大钱说得自信。他倒满啤酒，愉悦地与我碰杯，就好像此刻我们置身于真正的托斯卡纳酒庄。

2

我与大钱的友谊能追溯到二十世纪九十年代中期。大钱是墨县人，高二上学期转学而来。大钱的老家墨县，省级经济强县，进入二十一世纪以来，时不时以或正面或负面的新闻出现在全国各大报刊上，就连国外各大媒体都纷纷报道过。这一切都得益于祖先恩赐：偌大一个国、一个省，却将几代人取之不尽、用之不竭的煤炭资源独独藏于墨县地下。在墨县，但凡和煤沾边的人财富都成倍激增。昨日还是工厂钳工、小学老师，只要胆识过人，敢借款下本赌对煤矿，一夜之间便身价暴涨，摇身一变成为千万富翁。有了钱的墨县人多数如其祖辈一样，低调本分，克俭持家，但还是有些煤二代，比老子会赚钱，但更比老子会享受。他们以"人生苦短，及时享乐"为信条，除了竞相攀比购买名车、四处购置豪宅外，还干过"山路交通不便，购买飞机代步""为争夺某二流女星芳心一掷千金"等蠢事。然而就是这些人，莫名其妙地成了墨县甚至我们省的代名词。

不过这都是近些年的事了。读高中那会儿，所有人都呆头呆脑，穷得兜比脸还干净。那时候我对富人没有明晰的概念，只知道大钱家乡产苹果也产煤，仅此而已。同时，在大钱身上也看不出半点儿有钱人的气质。首先，从外貌来看，大钱个儿不高，寸头，略胖，无处宣泄的荷尔蒙憋出一额头青春痘。他不喜名牌，更不讲究吃喝，常和舍友结伴去食堂打饭，水房排队打水的队伍中也能时常见到他手提暖壶、满头大汗的窘样。

高考前夕，备考无望的差生中，家境不好者已留心南方工厂的招工信息，准备自谋出路；家庭富裕、父母为官的，则喝酒打牌，去录像厅、台球室消磨时光。大钱成绩不好，每次模拟考都是倒数几名，可他没有自暴自弃，数学、英语学不会，就趴在桌上念古文、背历史，学累了就抱着足球去操场和低年级的学生踢上一会儿。

高中毕业后，在我再一次见到大钱之前，我对他的印象就是，落日余晖中，他身穿 AC 米兰球服，拖着敦实的身体，一脸不服输地追着球跑。正式踢起比赛来，身穿 3 号球服的大钱和他的偶像马尔蒂尼一样踢左后卫，尽管他的外形和球技与伟大的马尔蒂尼相去甚远，但我们还是喜欢叫他"钱尔蒂尼"，至少大钱在场上顽强的作风以及不知疲倦的奔跑还是令人钦佩的。

高中时期的大钱似乎偏爱穿球服，那年头足坛球星云集，高考时又正逢世界杯，男生们都有各自喜爱的球队，穿球衣以示支持不足为奇。而像大钱那样，隔几天就换一套不同俱乐部球服的，却没有几人。米兰双雄、曼联、皇马等豪门俱乐部的队服大钱都穿过，且一穿就是一身，专业程度毫不逊色职业球员。但这也没让人觉得有什么奇怪的，毕竟球服多为本地小型服装厂加工仿造，一套也不过百八十块。大钱不去游戏厅，也没早恋，省几周早饭钱满足收集球衣的爱好也在情理之中。直到好多年后的同学聚会，老同学们回忆读书时的趣事时，我听到同样也喝了不少的大钱追忆说，那些年，他穿的那些队服全都是欧洲原厂正版出品，多是他家人出差到北京、上海的品牌专卖店购得，每套至少千元。

3

高中毕业后我就再没见过大钱。确切地说，高中还没毕业我就没再见到他。高考前几天他就没再来学校，最终是放弃了高考，还是如传言所说，他雇枪手替考就不得而知了。那年七月，我考到南方海边一所二本院校，学了四年经济学。大学毕业随当时的女友北上京城，在一家外企做了一年半财务工作。无奈赚钱太少，买不起房，女朋友暗中找了个有车有房的北京土著，理所当然地和我分了手。我痛定思痛，为了改变命运，现实点说，是为了能找到薪酬更高的工作及一纸户口，我决定辞职考研。玩命苦读外加稍许运气，我一举成功，研究生一读又是三年。这期间，在学校食堂、街边小馆，我陆续接待过数位来北京出差、游玩的高中同学。老友相逢，能聊的也只剩往日时光，追忆青葱岁月。每次说完昔日班花近况，就有人迫不及待地提到大钱。讲述人一口一个钱总，崇敬之情溢于言表，这让我恍惚了好一阵才反应过来，他们口中的钱总就是当初那个独来独往、寡言少语、喜欢踢球和发呆的大钱。

听得多了，我也就渐渐梳理出大钱的近况：高中毕业后，大钱去了澳大利亚，不过究竟是读了几年预科、未混下文凭，还是一举拿下学士学位后学成归国，就暂无定论了。他在澳洲的第四年，他的父亲因一场车祸意外身亡，身为长子的大钱毫无心理准备，匆忙回家，继承家业。在此之前，他只是知道家里有煤矿、钢厂，真等他继承了这一切，成了公司的董事长，才确切清楚自己身价几何。

大钱虽不像商战片里少东家那样毕业于名校金融系，但有海外留学背景的他，与其家族那些只有小学或初中文化的叔叔表哥们相比，俨然称得上是专业精英。大钱掌管整个企业后，实施的系列整改措施很好地证明了他的能力和学识。他先是从深圳高薪聘请职业经理人，将作坊式的家族企业建成现代化的公司。接着，他又说服和其父亲同时期创业的公司元老、家族长辈，拿出大笔资金投入此前从未涉足也并不被人看好的资本市场。大钱选股独到，入市神准，又正好赶上千载难逢的大牛市，一年下来赚得盆满钵满，收益毫不逊色于煤矿产值。这下迅速提升了大钱在公司中的权威，先前那些质疑者集体噤声，而市里乃至省里的媒体对大钱竞相采访报道，溢美之词层出不穷："少年股神""资本市场的哈利·波特"。但大钱头脑清醒，并没骄傲自满，他把目光又投向了娱乐服务业，相继在县城乃至市区投资入股多家酒店、KTV、洗浴中心等。五年不到，大钱的产业遍布全市各县，为本市每年 GDP 增长做出了卓越贡献。

当我和多数同龄人还在为生计奔波时，大钱已成为富甲一方的商界才俊。即便如此，大钱还是尽可能地低调内敛，以至于很长一段时间都没有人知道本地神秘新贵就是自己高中的同班同学。若不是在市财政局工作的我们的老班长，在大钱旗下的酒楼用餐时认出了他，恐怕还是不会有人相信，如今的钱总就是当初那个普通到让人毫无记忆点的大钱。

钱总就是大钱的消息很快在同学圈中传开，大家在惊诧之余更多的是喜出望外，似乎有了这么一个富翁同学，自己撞运发财是早晚的事情。从此，每个人都十分肉麻地和大钱套近乎，都努力地从记忆深处挖寻与大钱有关的陈年往事、点滴细节。就连只在读书时一起踢过几场球的邻班校友，都敢到处宣称自己和大钱是患难之交。据说，真有人打听到大钱的联系方式，开口就向他借钱、要项目，托他找工作，就好像大钱是万能且慷慨的救世主。大伙心照不宣地达成共识，在这四方小城，只要大钱点头答应，就没有他解决不了的事。此外，婚丧嫁娶、同学聚会更是以大钱的酒楼为据点。母校五十年校庆时，众人以班级的名义捐赠了一座两米来高、寓意"桃李满天下"的镀金雕塑，以谢母校培育之恩。当然，说是集资，实际上出钱的只有大钱一个人。

大钱想低调也低调不成了。市电视台、报纸上每隔几周就能看到有关他的新闻报道，以他名字命名的各种爱心基金、公益活动更是层出不穷。

茶余饭后，酒局牌桌上人们热衷八卦大钱的私生活，猜测大钱究竟继承了多少家产，又在此基础上创造了多少财富。如果本市出版一本娱乐周刊，那么大钱会毫无悬念地期期上封面。我远在北京，只有逢年过节才会回乡探亲，无论是空间距离，还是财富悬殊，我都以为我和大钱此生注定不会再有交集，可没曾料到，因为一个女人，我与大钱再度相逢，而且越走越近，最后竟成为无话不谈的至交。

4

再次见到大钱是北京奥运会前夕，我们班长的婚宴上。大钱一出现，风头完全盖过新郎，人们争先恐后地站起身，像追星一般挤到他身前与他握手寒暄。我坐在靠角落的那一桌，左手捂耳，手机紧贴在另一只耳朵上，满头大汗地听着手机里远在香港的老总训斥，唯唯诺诺连声认错。刚挂线，正欲爆粗口发泄心中不满时，肩膀不知被谁重重拍了一下，毫无准备的我差点从凳子上摔下去。

马山，大记者，还记得我吗？我可没忘记你。

迎面而来的是一张自信又不失谦卑的笑脸。我与他握手，一边干笑应和，一边在脑子里将这张既熟悉又有些陌生的面孔与当年老同学的名字一一对应。这时，一位精心打扮过的女同学救了我，她一摇一摆地走了过来，说，钱总，有日子没见到老同学你了，真是日理万机啊。

钱总你好。我恍然，与大钱握手，像是被领导接见。

你就别跟着他们瞎起哄挤对我了，我听着别扭，太陌生，有距离感。大钱摆了摆手，制止我像刚刚摇曳离去的那位女同学一样称呼他。叫我大钱，或者像当年一样叫我"钱尔蒂尼"，我喜欢这个外号，好多年没人这样叫我了。

十年没见，大钱胖了许多，头发有些稀疏，凸起的肚腩把有质感的白衬衣顶出一弯弧线。挂在小腹中央的GUCCI皮带扣锃亮耀眼。

告诉我你的手机号，晚上给个面子，老同学好久不见，吃个便饭，聊聊天。大钱从上衣内兜掏出他那价值数万的Vertu手机，输入我的号码。

我明天一早的飞机，这次就算了，下次等你来北京，我去找你。

知道你忙，可你明天早上的飞机和今天晚饭有什么关系？等我电话，我来安排。大钱拍了拍我的肩膀，径直向前方走去。

我想不出大钱约我的目的何在，大钱应该知道我只不过是在京城某二流财经杂志混口饭吃的文字记者，若是想让我帮他或他公司写篇软文肯定指望不上，也没那个必要。莫非真如他所说，只是单纯的老友重逢，叙旧闲聊？待新郎携新娘到我所在这桌敬酒时，我的手机适时振动，是大钱的短信，他说，晚上六点半，晋府，到时我会派司机去接你。我起身透过人群向主桌望去，大钱的座位空空荡荡，餐具原封不动，摆放整齐。

5

说真的，若不是大钱请客，我真不知道也无法想象，短短几年，中国中部一个不起眼的三线小城竟然有如此奢华高档的私家会所。

车开出城差不多十余里地，一栋极具历史感的院落安静地坐落在一片金黄色的麦田深处，看样子似乎存在了好几个世纪。庭院内装修十分讲究，一眼看去还真辨别不出那些瓷器、家具是现代仿品，还是价值连城的老物件。院内灯火通明、雕梁画栋、曲径通幽，身着缎面旗袍的迎宾小姐个个身材高挑，面容姣好。

在领班的带领下，我来到一间半古不新的厅房。她清了清嗓，音色甜美地朝房里喊道，钱总，您的客人到。房门应声而开，金碧辉煌的大厅内，如帝王般的大钱坐在一米多高的龙椅上讲着手机，见我进来，他冲我颔首微笑，示意我坐到他右手边的位子。

偌大的包间内，用餐的只有我、大钱以及大钱的司机，服务生却有五六个。我刚一入座，两个女侍者又是给我摆餐具，又是给我宽衣，搞得我受宠若惊，极不自在。我瞥了一眼大钱，他继续讲着电话，很自然地抬起双臂让女侍者将餐巾掖在衬衣领上。

你还是老样子，没怎么变。大钱的手机几乎就没消停过，他趁着接完一通电话的间隙起身与我碰杯。

你也没变化。我仰头喝干大钱倒给我的满满一杯白酒，不，你还是变了。我停住，大钱也抬起眼睛，疑惑地望向我。你越来越低调了，都身为钱总了还这么平易近人，没有忘记老同学，太不像话了。

你还是那么能说，不愧当了记者。大钱拍打我的肩，豪爽地笑出声来。

大钱的话并不多，更谈不上有钱人的张扬，按照心理学，他可以被归类为防守型性格。与多数老同学不同，大钱既不追忆读书时的美好时光，也不感慨青春不再，他除了接电话，就是与我一杯接一杯地喝酒，间或礼貌性地询问我几句近况。

你现在还踢球吗？

早不踢了，赚钱都来不及，哪有那闲工夫。我拧灭烟蒂说。

那球也不看了？还喜欢曼联队吗？

我咀嚼海参的同时摇头。大钱若有所思地微微点头，点上一根烟说，我也不踢了，跑不动了，不过闲下来有空时我还是会看看球赛，德甲、西甲、英超都喜欢，中超、国足从来不看，一帮窝囊废，越看越搓火，净是黑哨假球。

还是 AC 米兰球迷？钱尔蒂尼？多喝了几杯的我放松下来，搂着大钱的脖子，就像高中时并排坐在草地上那样。

我们钱总是忠实的 AC 米兰球迷，去年欧冠决赛，钱总推掉一切工作应酬特意飞去希腊，亲临现场目睹米兰夺冠。大钱的助理兼司机，那个大个子平头男插话说道。

我朝大钱看去，他调出手机相册，画面上的大钱身着 AC 米兰经典的红黑条纹队服，背靠奥林匹亚体育场，手比 V 字形，开心大笑。

钱总可是米兰的铁杆球迷，他精辟地总结了 AC 米兰球队的球魂：顽强拼搏，奋斗不息，并且把这八个字贯彻到整个公司，成了我们的企业文化，每一个员工都深受感染……平头男滔滔不绝地说着，他从足球扯到公司治理，又从公司治理聊到国际经济、能源价格、东亚政治格局，似乎没有他不知道的。大钱也没有丝毫制止他的意思，任他海阔天空说个不停，偶尔很有威严地补充几句。我在一旁埋头吃着各种名贵料理，心想，要是在古代，这小子一准会成为出色的门客或是得宠的师爷。

这顿饭如同大钱本人带给我的感觉一样，表面低调，暗藏奢贵。几道凉菜是由北方不常见的蔬菜调拌而成，两例精致主菜的价钱抵得上我一个月的工资，我们喝的是陈酿年份比我年纪还久的高度白酒。大钱及其助理并没有要翅鲍，取而代之的是两大碗优质羊肉面以及切好洗净的蒜瓣葱段。最后一杯酒喝光，果盘上桌，大钱依旧有一搭没一搭地东拉西扯，我脸上赔着笑，心里还是找不出他请我吃饭的理由，索性抽着他给的烟，喝茶醒酒。

你和马伊娜这几年还有联系吗？趁助理出门结账，大钱低下头用毛巾擦手，貌似不经意地问我。

我的大脑中放空数秒，才回想起大钱说的马伊娜是谁。那是个相貌平平、穿衣打扮颇有几分民国范儿的女文青。高中时无论大小考试马伊娜一直稳居前三甲，大学时马伊娜和我同城不同校，高中时我和她算不上很熟，互动也不多，但初到陌生城市，又是老乡兼同学，自然联系频繁。大一、大二那两年，每逢节庆假期或老乡聚会，我们都会叙旧聊天。大三下学期，我谈了女朋友，又弄丢了手机，和马伊娜失去联络。直到前两年在北京的一场同学会上与她再度重逢，彼时她已是人民大学博士，且出版了多本学术著作。

听说她目前也在北京，你和她还有来往吗？大钱双眼半眯，透过弥漫的烟雾似笑非笑地盯着我。

我没她的新手机号，不过找到她问题不大。我低头咬了口西瓜，怎么也没法将大钱和马伊娜这两个完全处于不同世界的人联系在一起，实在搞不懂他为何要找她。据我所知，大钱早已成家，况且像他这样的人，平日里肯定不乏主动献殷勤的姑娘，按常理来说不会缺女人。

也没什么，都是老同学，这么多年不见，就想找到她叙叙旧，聊一聊天，就像你我此刻这样。你可别想歪了。大钱像是看穿了我的疑惑，用牙签插了一瓣哈密瓜，不问自答。

我心领神会地冲大钱挤眉弄眼，借着酒劲向他许诺，明天一回北京我就立刻去找马伊娜，一定会把你的问候带到。

也不用这么着急，你先忙你的，只要能联系得上就好。看样子大钱似乎很满意我的表态，仰头将桌上最后一杯酒喝掉。

饭后，大钱又邀我去他旗下的娱乐城唱 KTV，三四个女孩花插着坐到我和大钱中间，极具服务意识地为我们倒酒点烟。大钱脱掉西装，只手叉腰站在空地中央，动情地唱着《爱江山更爱美人》。姑娘们显然对大钱唱的老歌提不起兴趣，她们像一个个美丽花瓶，安静地坐着，不时鼓掌称赞，露出职业笑脸。我喝了几杯啤酒，渐渐有了困意，大钱助理凑到我耳边告诉我，接下来去泡澡洗脚吃夜宵，他说但凡贵客大钱都会如此安排。

翌日清晨，大钱陪我吃完早餐又亲自开车送我至机场。分别时递给我个信封，我接过一捏，厚厚一沓钱，没有一万也有八千。大钱不容我多说，执意塞进我的行李箱，说是连本带利还我高中时借给他的一百块钱。

6

我没费什么周折就联系上了马伊娜，约她在人民大学西门外的咖啡馆会面，她很爽快就答应了我的邀请。入座后，通过闲聊，我得知她已离异，无子，到美国某大学做了一年访问学者，归国不久。

除了多了几分成熟女人的妩媚外，马伊娜变化不大，仍然是五四女青年的齐耳短发，只不过曾经的黑框眼镜被某名牌金丝边眼镜代替。初见冷场，我没话找话随口问起中美文化的差异，没想到马伊娜进入角色，面带微笑，十分学术地系统对比起来。经她允许我点着烟，像专业捧眼的相声演员那样"嗯啊"不停，心里嘀咕，大钱怎么会惦记着这么一个姿色普通、寡淡如水的女人呢？

所以，归根结底，中美文化的差异还是儒家文明与基督文明的不同。马伊娜扶了下眼镜，做总结。

你还记得钱总吗？大钱，高中时爱穿 AC 米兰球服，和你坐过一学期邻桌的那个转校生。我趁马伊娜抿咖啡之际赶忙见缝插针，直奔主题。

他呀，咬着勺子的马伊娜用了五秒钟恍过神来，记得，那会儿他不爱说话，但很有礼貌，每次问我问题时都会用他那并不标准的普通话说"请""麻烦您""谢谢"等敬语。听说他现在是大老板了，有同学在 QQ 群里留言说，大钱都进福布斯了？

暂时还没有，不过也快了。我接过马伊娜的话，随便挑了两个与大钱有关的段子，稍加演绎讲给她听。书读得多就是不一样，马伊娜并不像我等俗人初闻大钱生活方式时那样惊诧羡慕，她眉头微皱，专注倾听，不时轻轻点头，比我更像是记者。

你是说，大钱，他找我？马伊娜用手指了指自己，又用疑惑的眼神问我确定吗？

我不假思索地点头，顺便又补充了些大钱是如何找到我，又如何叮嘱我务必找到她的一些细节。

这都十多年没有联系了，他找我做什么呢？马伊娜盯着桌面上的咖啡杯，将一缕掉落在前额的头发拨至耳后，喃喃自语。直到这个时候，她那平静如湖面般的脸庞才泛起一丝不易察觉的微澜。

我也很想知道，已是省内数一数二的有钱人为何突然要找你这么一个与他完全不是活在同一个世界的女同学……我当然不会傻到把心里话说出来，我又给马伊娜续了杯咖啡，灭掉烟，清了清嗓子，像机场书店的电视里那些秃头大师一样，口若悬河、眉飞色舞地说着早已烂熟于心的台词。

我那点儿小伎俩轻易就被马伊娜博士看穿，还好她给我留面子，没有揭露我，装作被我游说成功，很配合地告诉我除了住宅电话外的其他联系方式。并让我转告大钱，等他再来北京时，只要他有空，随时可以和她一起喝茶聊天。事情进展得如此顺利反而使我有些不安，我诚心诚意地留马伊娜共进晚餐，她却以晚上开会为借口婉拒，这进一步加深了我的内疚感。

我和马伊娜在她办公楼下挥手道别，望着她尚未远去的背影，我迫不及待地掏出手机拨通大钱的电话，以邀功的心态，事无巨细地向他汇报了我所了解的马伊娜的近况。

听声音大钱并没我预料中那么兴奋，他安静聆听，除了略为惊讶地插了一句"马伊娜离婚了"之外，剩余的通话时间内，他不发一语，好几次我都以为讯号中断，连"喂"数声，大钱才不急不慢地说，你讲，我在听。这让我有那么一点儿沮丧。

我将马伊娜的各种联系方式编辑成短信发送给大钱，很快就收到他的回复，说择日来京当面谢过。说实话，临上飞机前大钱塞给我的那一万块钱，是迄今为止我赚得最轻松的一笔。只不过是帮他找个念念不忘的女同学，他就对我出手如此大方，我算就此明白了大钱的处世哲学、经商之道。

一周后，刚从外地采访回京的我在机场大巴上接到马伊娜的电话。她语气略显焦急地说，给你打了一下午电话你都关机。我还没来得及解释，她又说，一会儿去五道口吃日本料理吧，我有事麻烦你。

我猜她找我八成与大钱有关，但也心存疑虑，大钱不会这么快就来北京同她见面叙旧了吧？果然，还真是如此，冷盘还没吃完，马伊娜就从包里掏出一张信用卡，推到我面前对我说，请帮我把这卡转交给他，告诉他，这钱我不能要。

我瞄了一眼桌上某银行的金卡，大致清楚是怎么一回事了。

仅一周不见，马伊娜有了新的变化，她戴上了隐形眼镜，做了新发型，化了淡妆，红色长裙及好闻的香水味使她多了几分性感。

这不合适吧。我面露难色，把卡又推还给她。

没有别的办法了，昨天他给我时我就坚决不收，他钱再多也是他自己赚的，我没有拿他钱的理由。说这番话时马伊娜并没看我，一束柔和的光线不偏不倚地照射在她脸上，她如同舞台中央的话剧演员一样，深情地独白着。

后来我才发现他趁我不注意偷偷把卡塞进我的随身包里，我不好意思直接找他说，想了想，还是得找你。解铃还须系铃人，要不是你，我和他也不可能重逢。

我看着马伊娜，马伊娜看向我，有那么十几秒钟我和她谁也没说话，就那么对视着。我没想到大钱会这么快就飞来找她，更想不到大钱会豪气地直接给她一张信用卡。会有多少钱？十万？二十万？还是五十万？或许，会是一个完全超乎我想象力的金额。

要不这样，我现在就给他打电话，但这事还得你亲口对他说，由我说来真的不是很合适。我真诚得不能再真诚地望向马伊娜，她轻咬下唇，停顿数秒，点头应允。

我拨通大钱的号码，响了两声，他挂断电话，但很快就回拨过来。

刚才在招待领导，不过现在方便了，我在走廊，有什么事你说吧。

电话那端传来节奏强劲的动感舞曲的声音，听上去像是在夜总会。我乱扯一气，装作不经意暗示大钱，此刻马伊娜就和我在一起。大钱显然喝了不少酒，一直笑，舌头打结。但还是很快就反应过来，他压低嗓子说，你叫她接，我跟她说。

马伊娜接过手机时略显慌张，一不留神抬手碰翻茶杯，水流一地。我识趣地走到几米外的落地窗前，同穿着日式和服的女侍者搭讪，抽完一根烟回头望去，只看见马伊娜唇动，却听不见她在说什么。再看去时，她不再出声，手机紧贴在耳朵上，像个乖顺地孩子，不时点头。

我的第三支烟抽完，马伊娜才挂了线。我回到座位上，看她双眼放空，若有所思地小口喝茶，就没去打扰她。

我吃着美味的生鱼片，那张银行卡照旧摆在桌子中央，有那么几分钟，四周安静得只听得到酒精炉上海鲜煲的蒸腾声。

要不要再来一壶清酒？马伊娜忽然开口，她挥手叫来服务生的同时，另一只手自然地将银行卡塞回包中，像什么都没有发生。

7

至今我也不清楚那张卡的额度，更不知道在那一段时间内大钱与马伊娜之间到底发生了什么。不过答案并不重要，反正如今大钱已经全家移民澳洲，而马伊娜也二度出嫁，且已有身孕。

或许在寻找马伊娜这件事上我赢得了大钱的信任，也就是从那时候起，大钱频繁往来老家和北京之间，每次一来，处理完公务他都会单独找我喝茶聊天，吃饭小酌。一来二去，短短半年间我和大钱越走越近，从多年不见的老同学逐渐成为能掏心掏肺、互诉衷肠的铁哥们儿。

二〇〇九年，我以大钱助理兼好友的身份，随他进出京城各大星级酒店、高档酒楼。应酬一多，也就难免去一些娱乐场所。据我观察，大钱并不迷恋女色，至少比包括我在内的多数男人要有绅士风度。那些莺莺燕燕，在大钱的眼里更像是同事或是下属，他甚至还劝身边的姑娘多吃水果少喝酒。这就更让我好奇他与马伊娜之间的关系。说来也怪，自从那晚和马伊娜在日本料理店分开后，她就杳无音讯了，大钱也再没主动和我提起过她。直到那一年冬天，在京郊某私人会所的温泉浴池里，不知怎么，我们就从地产股市聊到娱乐圈。我忽然来了兴趣，凑过去坏笑着问大钱，不是有人找你投资过电影吗？说实话，和女明星闹过绯闻？听到我的问题，鼻子以下都浸泡在水中的大钱像一只翻身的水獭，猛地浮出水面，水花四溅。

她们眼光很高，哪儿会看得上我这个没文化的粗人。大钱歪着头，不断摇头晃脑，看样子像是耳朵进了水。

我晃了晃食指，像个伤过无数女人心的情圣一样对大钱说，绝大多数女星在屏幕上演技很烂，但在现实生活中都是表演艺术家。她们不会因为男人有文化，就忽视这个男人有没有钱。她们见到有文化没钱的男人，最多谈谈文化就对这个男人腻味了，一旦她们遇上有点儿文化又有些钱的男人，比如像你这样的，便再也无法装矜持高贵，一个个像跳水运动员一样排着队，扑腾扑腾向下跳。我上岸给大钱倒了杯可乐，又给自己倒了一杯，那些口口声声说只要人好、钱不重要的女明星，其实一个赛一个的物质。钱的多少决定了她们的安全感、归属感，是她们评判异性的唯一标准，也是她们活在这个世界上唯一的价值观。

大钱不置可否，你说的没错，但我也是来了北京后才懂得，在这里，即使有些钱也并不意味着能活得有尊严、随心所欲。再说，比我富裕的大有人在，我这点儿家底算不了什么。在那些阅过无数男人、见过各种大场面的女明星眼里我只不过是个土大款、暴发户而已。这点自知之明我还是有的。

大钱如此坦率，反而搞得我一时语塞，不知该怎么往下接话。他披了条粉色浴巾，在我身旁的躺椅上坐下，点了根烟缓缓说道，要说婚后真没动过心那是假话，前两年遇到过一个女孩，浙江人，舞蹈学院读大三，比我小整整一轮。那是在一次聚会上认识的，一个朋友酒喝多了打电话，用卖弄的口吻对我们说，他叫了几个艺术院校的校花过来助兴。不多时，果真有一排年轻貌美的姑娘推门而入，每个都身材高挑，气质不凡。她是最后一个进来的，齐耳短发，略施粉黛，她穿得最保守，也不是其中最漂亮的，可我眼中看到的只有她一人。当时我喝了不少，总觉得她像一个人，但具体像谁又说不上来。于是我就借着酒劲一直盯着对面的她看，盯得她都有些不自在，低下头自顾自地小口喝酒，后来干脆玩起手机。

讲到这里，陷入回忆中的大钱似乎想起了什么，轻笑出声，他又倒了杯可乐，继续说道，像李宗盛《鬼迷心窍》中唱的："曾经真的以为人生就这样了，平静的心拒绝再有浪潮。"当我遇到她时，瞬间又有了无法克制的爱的冲动。我很清楚那不是欲望，是爱，是想占有、呵护、疼爱、睁开眼睛就希望能看到她微笑的奇妙情感。这些年来，各种场合我也接触过不少女人，却单单对她一见钟情。我说不清这是为什么，就像说不清爱情究竟是什么一样。不过，我浅薄地认为，爱情之所以迷人，令每个人心醉又心碎，就在于它的神秘、不确定性，不是吗？

大钱双手抱在脑后，仰望璀璨星空，神情严肃专注得如同一位哲学家。我很少见大钱这般侃侃而谈，且逻辑缜密，佳句频出。若我和他不相识，初次相见听到他讲这番话，说他是大学教授或情感专家我都会相信。

你说那姑娘长得像一个人？像谁？

后来有一次我去广州，白天见客户喝了太多咖啡，夜晚彻夜难眠。索性不睡，打开电视机，按着遥控器想找场球赛看。忽然看到一幕熟悉的场景，定格后看了几分钟想起来，那是我高中时期在录像厅里看过的香港枪战片，女主角是我当时的偶像，梁咏琪。

我一口可乐差点儿没呛出来，硬是把笑憋了回去。

大钱没注意到我，他又说，那个浙江女孩和刚出道的梁咏琪实在太像了，尤其是侧着头、扬起眉微笑的样子，简直就是一个人。

后来呢？

后来，哪儿他妈看什么后来。后来就是我照旧过我的日子，在外请各路神仙吃饭喝酒，回家陪老婆孩子，伺候老妈做孝子。闭上眼睛惦记着要给那些跟着我混的弟兄们一口饭吃，睁开眼想着从哪儿找钱给银行还贷……那姑娘去年结婚了，邀请我了，但我不巧在成都，没去婚礼现场。听说找了个好人家，上个月生了个闺女，发了彩信给我看，眉眼很像她。

甘心吗？

这有什么不甘心的？就算不甘心，又能怎样？大钱反问，我在飞机上的一本杂志上看到，无论是平庸还是优秀的男人，一生都不可能只去爱一个女人。这是天性决定的，改不了。当然，爱是一回事，敢不敢付诸行动就是另一回事了。

那你既然这么爱她，就该不顾世俗，抛弃所有，大胆去追求她。

大钱坚定地摇了摇头，马山你还没结婚，等你有了家庭，尤其是有了小孩你就不会这样想了。

爱情与婚姻是两码事，在我看来，婚姻只不过是一种需要履行的契约责任，而爱情则要简单得多。它就该是你第一眼看到浙江姑娘那样，回忆四溢，天雷地火，时间静止，那一刻，你的眼里，天地之间有，且只有她一人。

大钱斜侧着身子，嘴巴半张，欲言又止，仰视我，一脸不可思议。

我朝洗手间走去，背后传来大钱的声音，你不觉得马伊娜也有点梁咏琪的味道吗？

我怔住，一瞬间似乎全都明白了。我回过头对大钱说，既然你这么喜欢梁咏琪类型的姑娘，那你还不如干脆去香港追她本人得了，据我所知她尚未结婚。

大钱忽的一下从躺椅上弹起，接着挠了挠头，略带羞涩地笑了。

8

大钱的太太小廖和大钱算得上是青梅竹马。还在上小学时，大钱就知道了低他两级的小廖，而小廖却不认识大钱。小廖的爸爸也是煤矿主，只是生意做得没有大钱父亲那么大。而县城就那么大点地方，又是同行，山不转水转，两个人很快就在酒桌上相识，喝了几顿大酒，彻夜长聊几次，知心人话投机，没多久就互以兄弟相称。

二十世纪八十年代末期，大钱、小廖的父亲秉着有钱一起赚的朴素想法，集中所有的人脉资源和现金，联手做了几笔令人瞠目的大买卖，一举奠定了他们在江湖中的地位。但友情归友情，两个人自始至终都是各自经营打理旗下的产业，并未像人们期许猜测的那样强强联手，合并成集团公司。不过两家人时常互相走动，节假日更是相约聚餐或一同出游。大人们聊天谈事，孩子们自然就玩在一起，久而久之，大钱和小廖就这样相知相识相熟了。大钱谈不上多喜欢小廖，但也不至于讨厌，更多只是把她当作妹妹看待。少年时期的大钱当然爱上过不少姑娘，比如虚无缥缈的梁咏琪以及长得有几分神似她的马伊娜，到头来都只不过是青春期的一场梦。直到大钱的父亲去世，二十出头的大钱以长子及法定继承人的身份从澳洲匆忙飞回来料理后事的某一天，大钱的母亲以及小廖的父亲分别单独找大钱谈话，希望他能尽快和小廖结婚，说这也是大钱父亲的遗愿。这之前大钱已有四五年没见过小廖，不知道她是否还在读书，变成什么模样，有怎样的性格和爱好。尽管如此，大钱还是很爽快地应下这门婚事。

半年后，大钱家族在其县城举办了规模最大、档次最高的一场婚礼。

直到今日还有人津津乐道大钱婚宴的奢华：烟是软中华，酒是茅台酒，由各种品牌豪车组成的迎亲车队浩浩荡荡有二十多辆，一眼望不到头。县电影院前的广场上，流水席开了两百桌，摆了三天，无论男女老少，不用礼金，只要道声喜，坐下便能吃饭。最令人吃惊的是，担任婚礼司仪的是从北京请来的某知名相声演员，证婚人则是某位省级官员。那些平日里在电视上才能看到的过气歌星竟活生生出现在眼前，站在用几块铁皮板拼凑搭建的临时舞台上，任凭台下宾客们大声喧哗、喝酒划拳，十分敬业地唱着二十世纪九十年代中期的流行歌曲，为大钱的婚礼助兴。

平心而论，小廖长得不算难看，若化化妆、好好打扮一下，也称得上是美女。我只见过她两次。一次是大钱带我参观他北京的家，碰见小廖正协助保姆给小孩换尿布，见我进门，冲我微笑点头，转身就抱着啼哭的婴儿去了卧房，再没出来。还有一次是大钱喝醉，深更半夜我送他回家，小廖不但没生气，反而过于客气地一口一句"谢谢，给你添麻烦了"，她吃力地和我一左一右将大钱扛上楼。

小廖个儿不高，很娇小，属于那种时刻都散发出浓郁母爱的贤良型女人。她本科毕业于一所三本大学，学的是经济法专业。我调侃大钱，说你们是绝配，万一哪天生意上遇到麻烦，嫂夫人亲自出马，都不用花钱请律师。大钱不以为然地摆摆手，用不着她抛头露面，她在家带好孩子就好。事实亦如此，定居北京后小廖就没出门工作过。她心甘情愿地成了全职太太，生活重心完全放在孩子身上，每周都会准时带着不满三岁的儿子参加各种收费昂贵的早教课程，月末去朝阳、海淀那几套自己名下的房产收房租，偶尔会为北京户口心烦，担心房产税的来临。

9

因一场轰轰烈烈的煤企改革，大钱家族经营二十余年的煤矿被国企兼并收购。大钱并不像其他煤矿主那样愁眉苦脸、忧心忡忡，他反而像是得到了某种解脱，出售了部分股权，并将董事长的位子让给伦敦政治经济学院学成归来的二弟，然后举家北上。

初到北京时，大钱并没确定下一步投资方向，他时不时约我陪他去见各种人。这其中有尚未入流的北漂导演，能耐不大，野心不小，夸夸其谈；还有自命不凡、神秘兮兮的中年男子，张口闭口都是大人物的名字，暗示自己是"皇亲国戚"。来北京这么多年，这种嘴上说得天花乱坠，真正办起事来严重不靠谱的人我见得太多了，而大钱，即便对方说得再离谱，他还是温文尔雅地颔首微笑，间或提问，知性得好像谈话节目主持人。我不止一次提醒他，那些人个个都是老油条，没有一个不是想骗他钱的，千万别头脑发昏，交昂贵学费。大钱笑着拍拍我的肩，不做解释，就又开动他的路虎车奔赴下一个饭局。

我最近一次见到大钱是在二〇一二年夏天，这之前差不多有大半年没有他的消息，只知道他去了南方，具体做什么不是很清楚，他不说，我也就没多问。大钱走后我又恢复原有的生活，日复一日打卡上班，熬夜写稿，轻易会喜欢上一个姑娘，但很快又会失去爱情。我从没幻想过能成为像大钱一样的有钱人，只希望能早一天买得起房，扎根北京。

盛夏某个周五的傍晚，我的手机上显示了一串久未出现的号码，是大钱，他说他早上到的北京，现在在我单位楼下。

晚上有没有空，找个地方一起喝一杯。他的声音沙哑，听上去略显疲惫。

大钱剃了个寸头，晒黑不少，胸前一块翠绿的玉佛引起我的注意。大钱说这是在香港，当地朋友引荐的大师赠给他的。大钱从这块玉佛说起，给我讲他在南方这一年的经历。我委婉地向他求证朋友圈里传言他在东莞投资 LED 显示屏被人设计下套而导致亏损的事，大钱坦然承认，吐着烟圈，慢慢悠悠说，没事，都过去了，两千万看清一个人，值。

不怕你笑话我，钱对我来说真的只不过是数字而已。说到底，钱无非是能满足人的各种欲望，钱越多，欲望越容易满足。可是钱再多也有个数，而欲望无极限。

你完成一个梦想，很快又会有新的梦想冒出来，这就是人生，生命不息，折腾不止。大钱干了一杯酒接着说，这两年基金股市不景气，餐饮酒店等服务业对我已没有吸引力，我不想像我爸我叔那样活一辈子，挖煤，采煤，运煤，卖煤，钱是不少赚，却一点意义也没有，那不是我要的生活。虽然 LED 显示屏投资我赔了，可我至少明白了这一行是怎么一回事，这也就够了。现如今我最看好林业项目，我在广西承包了三十万亩林场，种桉树，可产纤维板，给纸厂生产纸浆。

大钱流露出只有在谈论 AC 米兰队时才会有的兴奋表情，他解开白色阿玛尼衬衫最上面的两颗纽扣，任汗水从脖颈流淌至胸口也不去擦，毫无保留地说着他对林场的投资计划。

我们家挖了这么多年煤，现在我来种树，算是弥补，为生态平衡可持续发展做点微薄贡献。大钱不和我碰杯，猛喝干一大杯冰镇扎啤，持续地打着酒嗝。

那一晚，在胡同深处的新疆小酒馆里，空酒瓶一地，最后究竟喝了多少瓶我记不清了，总之我和大钱都醉了。他抬起手腕看表，我随口夸他的百达翡丽好看。喜欢吗？喜欢送给你。说着大钱将表摘下来非要送我。

我受宠若惊地说，大钱你喝多了。

大钱手一挥，你喜欢就戴着，一块表嘛，又不是什么，就当作个纪念吧。

这话说得，又不是再也不见了，做什么纪念？

大钱不理会我，如同执行命令的士兵，硬是一丝不苟地把表戴到我手腕上。

一语成谶，那夜之后我再也没见过大钱。偶尔能接到他的节日问候短信，平日里就只能通过他不常更新的微博知道他人在何地。大钱的行踪飘忽不定，今天还在广西林场，明天就身在越南，后天又飞回澳洲家中。他没再来过北京，也没回过老家。

巧的是，上个月，我去香格里拉酒店参加马伊娜的二婚婚宴，当穿着洁白婚纱一脸幸福的马伊娜和她那马里兰大学生物系教授的美国丈夫互换婚戒时，我刷新看到大钱于十秒前 @ 我的微博。照片上，大钱戴着硕大的墨镜，赤裸上身，背对湛蓝海面，做展翅高飞状。他配图写道：我在意大利，托斯卡纳，这里盛产顶级葡萄酒，有好吃的海鲜，还有令人心旷神怡的碧海蓝天，以及久违的自由。

少年行

1

阳光滑落在小城的另一边，蓝就会隔空出现。

四号院二号楼楼顶的平台，我们三个从不在夏天穿上衣的少年坐在上面。

我们上空的浮云大片大片飘远。每朵白云后都藏着宇宙飞船，胖子说。

小我一岁的胖子就坐在我的身边，他捡起脚边的石子漫无目的地砸向楼下，肚子上的赘肉颤得很有节奏。

我笑他，眼睛却瞟向独坐楼沿的军伟。大我两岁的军伟总是让我崇拜。他的双脚荡在空中，垂直于地面。军伟很少说话，只是不停地喷着烟圈。我歪着身子，出神地望着他那比我宽厚的后背。

来了，来了，她来了。胖子站起身，兴奋地大叫着。

我紧随他站起来，看着他朝有蓝的方向掷去一颗颗石子。他这样做无非是想吸引蓝的注意。但是蓝所站的楼顶边沿与我们的距离却很远很远，远得就像不存在。

胖子奋力扔出手中最后一颗，石子在空中倔强地旋转又宿命般地陨落。我看见军伟笑了。他是看着远处的蓝在笑。

蓝，是我们给她取的名字。蓝是属于我们三个的。

赤脚走在楼沿的蓝，长发总是挡住她的脸。没人看得清蓝笑的样子。军伟说，蓝太忧郁了。

可惜那时的我实在太小，小到连忧郁是什么意思都不明白。我只知道，蓝在我们三个人的脑中都有属于各自的想象。

可蓝又是谁？她为何总会出现在顶楼的黄昏？蓝来自哪里？又扮演着什么？答案好像对那时的我们并不重要。

蓝有太多的不确定。

蓝就是那个一身蓝裙，选择在黄昏出现的未知女孩。

有时蓝只是在楼沿来回地走，那时她的脸会垂得很低，闪着光的双臂一次次伸向天幕，舞动着。

蓝是夕阳的孤独舞者。一圈圈旋转的蓝，凉鞋挂在手上，裙角飞扬，洁白的小腿音符般地跳动着。早已透明的身影被残留的日光洒在路中央行人那慌张的脸上。

蓝，蓝，去告诉每一个爱着你的人，就说你的侧脸在夕阳下是那样的动人。

蓝动人地舞着，任我们醉生梦死地陶醉。

直到树与树的空隙中再没有风的声音，跳累的蓝才会满意地转过身，绑着散开的长发，踏上凉鞋，轻轻地消失不见。

而我们这三个散了场的观众，未尽兴地准备离开，期待着下一次有蓝的黄昏。那一刻，我才能体会到夕阳无限好的真正含义。

那悬挂在空中的宇宙飞船也都不知到哪里去了。

军伟站起身，把烟头弹向远方。那七彩的夜景像是被这道完美的弧线点亮。

随便看看算了。看着我们留恋的样子，军伟笑笑，揽着我和胖子的肩。他就是如此的比我们成熟。

我想这个故事应该开始在我十五岁那年的夏日黄昏。

我想让这个故事开始于十五岁那年有蓝的夏日黄昏。

如同金子般燃烧的夏日黄昏。

2

五层的楼，我住三层，军伟楼下，胖子楼上。

每晚我一睡下，楼下就会传来熟悉的吵骂声。我习惯了，盯着天花板，猜测军伟这次被打的理由。

军伟的父亲，曾经的连长，现在是爱跳夜场舞的酒鬼。老酒鬼打他的儿子其实是不需要理由的。

你再和老子顶一句？你又和别人打架了是不是？

我就是伴着这样的声响长大的。

一个晚上，只听见老酒鬼打军伟的声音却没听到骂声。我好奇地问军伟：怎么了？

喝多了，我刚睡着就被他打醒。

你怎么不反抗？胖子瞪大了吃惊的眼睛。

反抗个屁，我老子当过兵。军伟从口袋摸出烟，谁让他是我老子。

那把你打死了怎么办？

打死算了，反正是他生的。军伟没点着烟却笑出声来。

这就是我从不敢去军伟家找他的原因。更让我胆怯的是军伟的母亲，那让整个四号院都厌恶的老女人。

在我现存的记忆中，搜索不出那个老女人脸上哪怕是一丝的笑容。想起的只有她肥胖的身躯，头发像晒黄的海带可有可无地挂在脑后，浑圆的脸上涂满了多种颜色，汗水从额头流到地面时，她的脸总会有道道深深的痕迹。肥厚的脚掌套上了肉色的薄丝袜，硬塞在那满是灰土的黑色高跟鞋里，如同硕大的肉粽子。有肉从中淤出，她吃力弯下身，扶着墙，抓着脚掌的痒。

在浮躁又漫长的炎夏，老女人随时随地都会爆发，我和胖子甚至是陌生人都被她骂过。当我听到老女人咒骂老酒鬼在外鬼混时，当我看到老酒鬼殴打老女人时，我总会想他和她有没有相爱过？哪怕是曾经？不过，老女人和老酒鬼打骂的时候，是见不到军伟的。

谁也不知道他去了哪里。除了我。

3

一个午后，我和胖子在楼口追逐玩闹，不小心的胖子撞在了老女人臃肿的身上。

死胖子，没长眼睛，急着投胎啊！老女人用手指戳着胖子的额头恶毒地骂着。

撞死算了。老女人恨恨地上了楼。

胖子握紧了拳头，怒视着她肥得冒汗的背影。而他能做的也只有这些，谁让她是军伟的母亲。

好了，好了，去你家玩吧，我说。

胖子的家我是经常去的。很喜欢。喜欢的是胖子家的安静，还有胖子的妈妈，许阿姨。

我没见过胖子的父亲就像没有在胖子家见过阳光一样。

在我和胖子做朋友的开始我就知道胖子家只有他和许阿姨，我从没问过关于他父亲的任何问题，可胖子和我们在一起却总有意无意地说起他的父亲。胖子说他父亲在很远的地方做很大的生意，赚很多钱，多到可以满足他任意一个愿望。军伟听后只是点头，笑，并不回话。

直到懂事那年，妈才悄悄告诉我：在胖子两岁的时候，他的父亲就和许阿姨离了婚。那个男人在十二年前一个飘雪的早晨离开了四号院。从那以后就再也没有人见过许阿姨笑，也很少见她出家门，也没有人再见过胖子的父亲。有传言，说他确实在西部赚了大钱，有了新的家。也有的说，那个男人早在一次车祸中死去了。不知这些流言胖子和许阿姨又听到多少？但愿他们不会相信。

许阿姨的房间暗得几乎没有光。有时会从未拉严的窗帘里漏进几缕阳光，有时只有弱弱的烛光。我很好奇她为何要把白天的房间弄得比深夜还要黑？每次去胖子家透过门缝，我看到的许阿姨几乎都是同一个姿势：双手合十虔诚地跪在佛像前的草垫上，不时会取下手腕上的佛珠，喃喃自语着。佛珠一圈圈在手中轮回，她的眉头总不舒展，烛光随时可能灭掉。佛像的上方一幅不知出自谁手的草书：苦海无边。

你又偷看！胖子猛拍了我一下。你怎么又偷看我妈？不是说好不再看了吗？胖子不满地冲我嚷。

我无话可说，红着脸走进胖子的房间。

这可是最后一次了啊，胖子没好气地带上了房门。

我坐在他的床上，不好意思地笑。胖子取出象棋，在地上摆开。

胖子棋下得很好，在四号院很少有人能赢他。

这一盘我肯定又要输。我满脑子回放的都是许阿姨那古怪的举止。才开局，我就丢掉了一车一炮。

你就不能用点心？胖子冲我嚷嚷。我笑，依然没回过神来。重新开战后，我仍盲目地走着。你是不是也觉得我妈有点怪？胖子突然抬起头狡黠地冲我笑着。

我茫然地看着他诡异的样子，连笑都挤不出来。

4

象棋再好玩，也有玩腻的时候。再说赢棋的总是胖子。

那个夏天，只有和军伟一起度过的时光才不会让我厌倦。

在那一个个静寂沉闷的午后，军伟总是能在不经意间带给我和胖子无限的惊喜。走，去玩游戏机！我们无聊地坐在院中，军伟从石凳上跳下，随意地说着。胖子扔掉嚼在嘴上的树枝，不可思议地望着军伟掏出十块钱。

我和胖子兴奋地笑了。紧随着军伟远去的背影跑了过去。我和胖子从未想过军伟为什么总是有用不完的钱。这个问题对玩得入神的我们没有任何意义。军伟也不愿多说，他只是把买来的游戏币平分给我俩后就一个人静静地去玩我和胖子从不玩的游戏。有时他甚至不玩，叼着烟，独自站在一旁，看我和胖子随着游戏的进展大呼小叫。那时候的快乐就是如此的简单，人生的全部哲理和幸福只需一两个游戏币就能解释清楚。

直到有火烧云的那个傍晚，我和胖子才终于明白了这个问题的答案。

那躲在云后的宇宙飞船都失火了。胖子边和我开着玩笑边走进院子，看到的却是老酒鬼的黑皮鞋一次又一次地踩在军伟的肚子上。

让你他妈再偷老子的钱！老子踢不死你！

老酒鬼的白袜子一闪一闪地急速露出来，又躲了回去。一串钥匙在腰间一跳一跳的。

军伟横在地上，手本能地护在腹部。一个挂着红线的小佛像贴在那溢满汗水的胸口。我和胖子愣在原地，不知该怎样才好。只好和周围那些看热闹的乘凉者，一同看着。

终于有人去劝老酒鬼，把他朝楼里推；喝多的老酒鬼显然还没踢过瘾，即使是在两三个人的拉拽中，还是猛踹了军伟几脚，晃着身，骂骂咧咧地离开。

看热闹的人挥着扇子，摇着头，彼此聊着，陆续散开。先前拥挤的空地此时只剩我和胖子两人呆呆地站着，傻傻地出着神。一阵晚风吹过，有叶子从树上飘落，这样的画面对于此刻的我们未免太过凄凉。

军伟静止般地躺在地上，凌乱的长发遮盖住了他的左脸，那个小佛像却依然挂在他的胸上，冲我们仁慈地笑。天红得厉害。我和胖子一前一后走近军伟。看到他没有落泪让我多少有些欣慰，他那没被长发遮住的右眼死死地盯着天空的远方。我和胖子谁都没敢去伸手拉他，也抬头望向天空那片片红云，好像都想找出那失了火的宇宙飞船究竟藏在哪片云彩的后面。

下雨了。雨水打落在我身上，滴在军伟的脸上，与他眼角的那滴泪混在一起。

你们看，还有阳光。军伟指着上空，有半个滑出在红云外的太阳。

5

就算在军伟没有钱的日子里，他也依旧能带给我们魔法般的新鲜。

午后的小城睡得很安详，空荡的街道像平静的海面，骑在单车上的我们就是那深海里流动的青鱼。

骑在最前面的当然是军伟。他身上的白衬衣在那旧式的单车上像旗帜一样随风飘展。

军伟骑单车的时候是一定会穿上那件白衬衣的。他说这件衬衣是他攒了半年的钱买来的。他还说，等到九月，他一定要穿着这件衣服去新的学校报到。

我很喜欢，甚至爱上了那飘在单车上的白衬衣。军伟从不系衣扣的，他把双脚搭在车架上，破旧的脚蹬自动飞快地旋转，那件白衬衣像充满气的热气球，炫耀似的膨胀。

每当下坡的时候，军伟就会高声喊着，大笑着，然后撒开车把，像是要把风冲破。住在街边，没有午休的人们会打开窗，探头向外张望，慌张地寻找着那放肆的笑声；被吵醒的怨妇们，站在滚烫的阳台上，边打着哈欠边对着军伟即将消失的身影恶毒地咒骂。夏日午后，单车上裸露胸膛的军伟，用本该属于这个年代的笑声给昏暗的小城染上了活的色彩。

而晒得快被蒸发掉的我和胖子，却陪衬般地跟在军伟的身后。路远得没有尽头，我已渐渐地失去耐心，我开始越来越烦躁，恨这炎热的午后，虽然它是无辜的。

其实我是在嫉妒风中的军伟，我没有理由不去嫉妒风中的他。

我趴在车上，眯着眼，缓慢地蹬着我妈那红色的女式车，应付着胖子的话题，浸透汗的背心早已失去了原有的颜色。

我真想穿上军伟那件白衬衣，骑在黑的反光的单车上，幻想着像他那样，敞开衣服，任长发纵情飞扬在夏日撩人的小城。即使所有的怨妇都站在阳台上咒骂我，我也愿意。可是真不知道这美好的愿望哪天才会成真？是不是也要等到军伟这个年龄，也要经历一些事情，长大成熟后才能拥有这单纯的梦想？

谁知道？

到了一天中最热的时候。我和胖子都喊着要渴死了，骑不动了。

那买瓶水，歇会儿。但两点之前必须回去，我爸要发现他车不在，又要往死里揍我了，军伟说。

我们锁好车，坐到路边的树荫下。我和胖子脱掉背心，用它擦着身上的汗。军伟却没舍得脱去那件勾人的白衬衣，尽管那白衬衣紧贴在他早已湿透的后背上。

三个人凑在一起的钱只够买一瓶汽水。汽水很快就喝干了，每人却喝不了几口。运气好时，军伟会捡到一两颗烟头，他摸出火柴点燃，猛吸几口后才扔掉。他曾递给过我，说是好烟，让我也尝尝，我觉得脏，拒绝了。他也不再勉强。

总会有打伞的夏日女孩从我们眼前悠悠走过，胖子站起身，坏笑地吹着口哨。

那划破天空的凄厉口哨声像是叫醒沉睡小城的准点铃声。

睡醒午觉的人逐渐多了起来，他们带着一脸的倦意和不满，谩骂地骑在各式的车子上，不知要骑向哪里。

走过我们身边的女孩越来越多。她们的装扮各不相同，但裸露在外的小腿和胳膊却是相同的雪白。她们身上发出的香味一股股溶进我们浅浅的荷尔蒙中。胖子执着地猜测着女孩们的年龄和身份，当看见令他惊艳的女孩，他就会急促地摇晃我的胳膊，给我指着那一个个诱人的背影。我附和着他的激动，却还是会留意军伟的表情。

再好看，穿得再新潮的女孩军伟也不会多看一眼。他低着头，拨弄着长发，不时左右张望着，不安地像是怕被谁看见。他怕被谁看见？

6

午后三点的四号院，对于我们如同灰姑娘的十二点。大人一走，空旷的楼群成为我们的独立王国。

车子被母亲骑走，我却并不觉得失落。军伟也蔫坐在楼梯口，上身依复赤裸，呆呆地看着老酒鬼骑走那辆车。他这样的神情反而使我心里多了些平衡。

来，来，来。我们照相。胖子用旧式相机的镜头对着我和身边的军伟。我俩摆着手，不配合地拒绝着。

就剩这几张了，照完就洗了。胖子教给一个小孩如何拍照，交代完后跑到了我和军伟的身后。

三个人都没有穿上衣。我和军伟斜坐在楼梯上，胖子半蹲着，两手分别搭在我俩的肩上。叠在一起的我们像是一个众字。由于强光，每个人都眯着眼，微微地皱着眉头。要不是笑容还挂在嘴角，那这张照片简直没有任何的可看性。照完最后一张，相机快速倒卷。听着像是时光穿梭机的声音，三个人相视着，默默地笑了很久。

四点钟的风最是好闻。顶楼的风很大，空中的云只有散散的几片。树冠被日光转换成金色，像片片鱼鳞闪动着。我们三个围坐着，闻着混合在一起的花香。

搁在脚旁的单放机旧的外壳早已损坏。旋律随着暖风悠扬地环绕在我们的身边。听来听去唱歌的也只有刘德华。军伟把歌词抄写在封皮印有周慧敏的红色笔记本上。歌词和歌词之间空着大片的白，连接它们的是一张张刘德华、周慧敏的贴画。字很歪斜，没几句就会有错别字，却还是看得出他在抄写时的认真。

等我有了孩子，是男孩就叫张德华，女孩就叫张慧敏。军伟看着周慧敏那甜腻的笑容，许诺地说着。

军哥，你说蓝像周慧敏吗？胖子望着蓝出现的地方，虔诚地问着。

军伟转过身，笑笑地隔空望去。

等我有了钱，我一定带你们去找刘德华，看他的演唱会，然后再找周慧敏做我老婆。

做谁老婆？胖子问。

军伟像是被胖子的话逗笑了，又假装生气的样子，用脚踢着胖子的屁股。胖子来不及躲开，夸张地用手拍着屁股上的土：做你的老婆，你的。胖子对军伟傻笑着。

7

星期天。这该死的日子！我讨厌它！

爸不在家，妈在耳边唠唠叨叨着。

说过多少次了。别去找张军伟。你就不听。他是要读职中的人，你能和他一样？开学你就读初三了，还要考重点高中，你以为一中是那么容易考进的？压力那么大，你还天天出去玩！以后少出去……你看他爸那死样子天天喝酒、跳舞，他妈那泼妇一点理都不讲。爸妈都那么没出息，他能好到哪？你看他头发留那么长，穿衣服从不系扣，在外面和人打架，在家偷他爸的钱，一天到晚不学好，你和他在一起早晚会变坏。哎，我说话你听着吗？你去哪？你……

厕所！

这样的话我哪能听得进去。我烦极了，把门重重关上，郁闷地站在家门口。恍惚中我看见靠在楼梯拐角处穿着白衬衣的军伟。领口那几个扣子照旧没有系上。他歪着头，没有表情地吐着烟。逆光的侧脸被长发整齐地挡住，几颗灭掉的烟头躺在他的脚边。

不知道刚才妈说的那些话他是否都听见了？我紧张地望着他。

上楼看蓝吧。军伟猛吸了最后一口烟，用脚把烟蒂踩灭，涩涩地对我笑着。我无话可说，本能地跟在他身后。

8

那是我迄今为止见过最唯美的一组镜头。

下着小雨的天，青蓝得像要被打开。凉风中的细细黄叶流星般地碎碎静落。清新的空气中回荡着撕空的鸟鸣声。谁在放着那首伤感的歌曲？黄昏正在上演。

双手插兜的军伟昂着头，恋恋地望着隔空梦幻的蓝。蓝，像是和军伟约好一样，长发顺在肩，赤脚站在楼沿，纯纯地笑着。

雨水顺着发梢淌过军伟的脸庞，他笑得很明媚。蓝也迷离地笑着。双手背在身后，被雨打湿的裙摆晶莹贴在腿上，一隐一现。雨幕中两个熟悉的陌生人会心地默契着。雨斜斜飘洒，花朵缤纷落下，在刘德华的歌声中，两个人诗般地相视着。静静地笑了很久又很久。临街工地的红旗迎风绽放，如蚁般的路人匆匆地躲雨赶路。一只褐色的野狗却格外悠闲，嗅着一个又一个垃圾桶，寻找着属于它的晚餐。我着迷地看着，看着他和她绝尘的暧昧，彼此深邃的笑容，像是等待了千年的恋人。

我就这样幸运地欣赏着，时而自言自语地安慰自己。雨中的傍晚，一只青鸟从我的上空疾飞而过，飞得好看。

9

爸的白衬衣歪斜地套在我的身上。我极力挺直身体，使劲地把衣襟朝下拉，可那已不明亮的白衬衣仍旧松垮地吊在我的肩上。即便如此，我也不舍得脱去它。

我推着新买的单车背对着市一中的校门，我刚报到出来。

已是初秋，淡黄的树叶拂过脸庞。骑在单车上的我只系了最下面的扣子，把胸口裸露在外。我狂野地超越了一个又一个同路人。下坡时，我模仿着去年夏天的军伟，猛蹬几下，撒开了车把，让秋风尽情吹乱我已留长的头发。我毫不在乎路人异样的眼光，让他们嫉妒吧。我只想哼着不成调的曲子，自在地享用十六岁沁人心脾的味道。我当然不会这么早就回家。我还没骑够这辆梦寐以求的单车，我还没让更多的人嫉妒我那已能遮住侧脸的长发，那飘在风中的白衬衣。

小城杂乱得没有秩序，我却沿着我自己制定的路线，穿过风景各异的街道。军伟和胖子没有陪在我的左右这使我多少有些失落。可这样的感觉似乎很多余。这一刻，我单车上的白衬衣就是全世界。

我无法前行了，前方拥挤的人群堵住了我的去向。我刹了车闸，单脚踩地，把车停了下来。我掉转车头，几个如同蝴蝶般的小孩，嗑着手中的冰棍，迎面朝我跑来。

看死人去。快，快，看死人。孩子们笑得很动听，他们跑得快了起来。我扶住车把，回头望向沸腾的人群。卑贱的好奇心驱使我随着孩子们过节般的笑声骑去。

那幢居民楼灰暗得随时都会倒塌。落日绚烂的光线被窗户反射成破碎之花。人多到要爆炸，我在一棵树下锁好车，走进堡垒般的人群。各色的人围成了一层层不规则的圆圈，我奋力地拨开前方的人群，但细窄的空隙迅速合拢。我脱下心爱的白衬衣，缠在手上，用赤裸的上身扛着身前那一个个黏热的后背。我胸前的汗急速地向下滑落，我终于挤进了最内层，却没看见什么死人，只有一个精致的粉红凉鞋躺在空空的水泥地上。

哪有死人？我问身边年龄和我相仿的少年。

那边，看见没，楼口。少年也赤裸着上身，头发蓬乱灰暗，脸很脏，身上。散出一阵阵恶臭，他兴奋地笑着用手指着楼口。

通过他墨黑的指尖我看到了众人的期盼——死人。我拼命地跳着身子，却还是没看清死者的脸。她的上身被素白的床单覆盖着，身下是殷红的血。我只看到深蓝色的裙摆下优美的小腿。那赤裸的双脚被绚烂的光线笼罩着，像一个发光的寓言。我想离开，却发现逃脱很难。

听说这个女孩吸毒……

失恋了吧？肯定是男朋友不要她了……

胡说。我就住她楼下，最了解她，她呀，是个神经病，考了几次舞蹈学院都没考上……

穿着肥大衣服的老妇女，鼻尖冒汗的无业青年，退休的老人，卖水果的小贩，工地上的民工，下班路过的小职员，放学回家的孩子们……

他们热烈地谈论着，这让我产生错觉：一张张眉飞色舞的脸让我置身于即将上映的影院。鸡，兄弟，她绝对是个鸡。满口黄牙的少年拍着我的肩，肯定地说着。

我是看着她跳楼的。就刚才，她先是跑了几圈，然后在楼沿走来走去。最后站在楼边，直直地朝远方看去。愣了几分钟，也不知道她在看啥。我正纳闷呢，就见她一只手拿着一只鞋子，张开双臂，刷地跳了下来……

他越讲越激动，唾沫横飞。很多人围了过来，兴致勃勃地听他说着。他把跟我说的那些话，又手舞足蹈向四周重复着。

尸体已被抬走，一切又恢复了平静。人群逐渐稀疏，我大口地吸着新鲜空气，先前浑浊的气味压得我喘不过气，很难受。我绕过还在议论的人群，站在了那幢楼的楼口，蓝刚躺过的地方。我抬头望着灰暗的旧楼。有水从楼顶不断滴落，打在地面上发出清脆的响声。我走了进去。

这幢楼和我的二号楼极其相似，甚至散发出的霉味也很熟悉。每一层也是三户人家，每家门口也都放着一个纸箱用来装垃圾，门上的春联早不知被哪个淘气的孩子撕掉了一半。楼道中，不知从哪个门里传来了洗牌的声音，男男女女放荡的笑声。我停留在五层，昏黄的光线中三扇旧房门几乎完全一样。我根本辨别不出哪间是蓝住过的。我把耳朵贴在一扇扇门上，却都听不到一点声音。我无奈地用手轻轻抚摸着其中一扇，想哭却傻傻地笑。

11

爬过冰冷的铁梯，再从一个四方的缺口钻出，我就站在了蓝的舞台上。

蓝的舞台不大，却堆满了很多破烂的家具。几根铁丝上挂满了晾晒的床单，发黄的底裤，泛白的球鞋。只有靠近楼沿的地方才有块空地。我闭上眼，回想着关于蓝的每个细节，那勾魂摄魄的动作。冲动的勇气使我站到楼沿。我像记忆中的蓝那样，在这截并不长的楼沿来回走着。在一盆枯萎的花前，我蹲下身，看见坚硬的地板上刻了句柔美如飞的话：带我走。

蓝不是他们说的那样。蓝一定是跳乱了舞步，微笑地去了天上。我直起身，仰视着湛蓝如洗的天空。望着行将老去的城市，我终于懂得所谓的忧郁是种致命的伤。先前看蓝的那层层人群又聚在楼下。那个给我讲蓝的赤裸上身的少年，大声地冲我叫着。我被他们的可爱逗笑，我知道，他们以为我会像蓝那样，满足他们没有看到的遗憾。我想起那少年给我描述蓝死前的样子，决定给好奇的人们开个善意的玩笑。我尝试地学着蓝死前的举动，张开了双臂，平视着前方。

太阳没有彻底地消融，月亮却已浮在天上。就在日与月的交集处，我看见了那差点让我流泪的身影。他颓废地站在天的另一边，右手夹着烟卷，仰着头，冷冷地抽着。

第二章

1

军伟说，这个仇一定要报。

你哪天考完一起喝酒，军伟坐在路边，摸着点点的毛问我。

后天下午。我推着车认真回答他。

那好，考完过来，我们好好喝它一次。军伟站起身说。

这段对话发生在我高一期末考前。我是在去往学校的路上遇见了坐在街边的军伟。他垂着头坐在一家眼镜店前抽烟。周围的一切和他好像不再是同个世界，他始终没抬头，任点点讨巧地舔着他的手。点点是他捡来的流浪狗，他的宠物。

军伟从职校毕业后和他的几个朋友在外合租了房子，搬出了四号院。关于离开的原因他不说我和胖子也都明白。他留下了呼机号，让我和胖子有事随时呼他就成。他的住处，我去过很多次，每次去都是在我心情不好的时候。无论什么时间去，他都会在。半盒没抽完的劣质烟，一包散装瓜子，我们就能闲聊一个下午。听他讲些趣事心情也就慢慢变得愉快，笑出声来。和他住在一起的那几个朋友都比我大，都不再读书。去得多了，也就知道了他们的外号和曾经或许惊人或许平淡的经历。

他们都有各自的女孩。每当聚会时，那些妖艳的女孩会乖顺地靠在他们身上，有时就直接坐在他们腿上。我不喜欢那些女孩的装扮，那暴露的衣服，红黄色的头发，夸张的耳环，浓浓的妆。恶俗的香味混杂在拥挤的小屋中，难闻得令我窒息。军伟的身边只坐着我和胖子，没有女孩。我猜他就不会喜欢这种类型的。

军伟从不劝酒给我和胖子，他知道玩得再晚我俩还是要回家。我也从没见军伟喝醉过。而军伟那些兄弟稍微喝一点酒就会把怀里的女孩搂得更紧，高呼乱骂着一些我从没听过的人名。有时做出的举动会让我不好意思多看。军伟笑着骂他们：注意点，忍不住进屋去，这里还坐着小孩呢。可我却不爱听军伟这样说，我总想喝醉，也搂着热辣的女孩做着疯狂的事情，也摔碎他几个酒瓶，抬手时碰到悬挂的吊灯，使它剧烈地摇晃，照乱每个人糜烂的笑脸。

而现实总是不给我机会。我和胖子能做的也只是喝一两杯啤酒，吃大量的食物，在快十点的时候拿着书包匆忙离去。进家门前用口香糖遮掩嘴里的酒气和烟味。要是我妈问今天怎么回家晚了？我就胡乱找个借口应对过去。躺在床上一时是睡不着的，满脑子想的都是军伟小屋里多彩的夜晚。我暗暗告诉自己：这是最后一次，下次，下次一定要喝醉，让军伟和他的朋友知道我早不是个孩子，是和他们一样也能喝醉酒混在一起的男人。

我就带着丰富的幻想睡去了，等被闹钟叫回庸俗的清晨时，我早已忘记昨晚许下的种种誓言，冲出家门。没来得及整理衣服，丢失信仰般的飞驰在去往学校的路上……

在那个闷热的傍晚，散漫的夏日淡淡地逝去在窗外，厚重的音像低沉的歌声迫使我感到莫名的空虚。我问床边的军伟，毕业了，怎么想的？找工作？

找个屁工作，哪那么好找？

一遇到类似这样的对话，军伟都会迅速转移话题。我知道，他不愿回答，更不想让空气变得尴尬。

晚上想吃点什么？我叫他们买回来。军伟说。

军伟那些朋友，让我好奇了整个夏天。他们每晚都会喝醉，醉到第二天的中午才三三两两醒来。裸着上身抽完第一根闷烟，套上衬衣，抓走一把瓜子，在接近黄昏的时候出门远去。军伟说，他们是去干活。赚钱换酒肉，养自己的女人。他们究竟去做什么？军伟像是故意回避，没详细说过。

晚上喝酒。军伟逗着怀中的点点，笑得很满足。

我不再多问，只好迎合着他的笑，等着急促的敲门声响起，期待着又一个放纵的夜晚。

2

你们猜最后怎么了？我喝干了杯里的酒，环视着一桌人的表情。

快说快说。他们不耐烦地冲我喊。我把目光落在军伟的身上，他摇着头对我笑。

她还是把胎堕了，听说她换了所学校，还准备高考。

那男的呢？被开除了？一个黄发女孩急切地问着我。

没有，他是校长的侄子，哪会被开除？再说那女孩还傻得痴情，非说和那男的没关系。

真他妈够傻的。那黄发女孩怨恨地骂着。三宝，你要敢对我这样你小心点。

我哪敢，你多厉害。搂着她的少年装作害怕的样子。

不过便宜那小子了，是吧军伟。三宝恢复了坏笑，问着军伟。军伟只是不停地笑，并没说话，而三宝怀中的女孩却不断地警告着他，轻打着他的脸。

这是我喝的第四瓶，身子缓慢变轻了。我不想再吃东西，只想不停地说话，讲故事给他们听。

军伟劝我少喝点，我不听。他不再劝我，点上了烟，侧着身听我讲那些辗转流传在校园里的青春往事。

我又陆续地喝了不少，桌上的菜早已吃得干净。也不知已经几点了。这个晚上好像就我一个人在说。

军伟掏出钱，让三宝再去买点吃的。

不许去，不许去，谁都不许走。我拦住即将出门的三宝和他的黄发女友。故事还没讲完呢，不买了，来，来，听我讲，听我讲。我拉着三宝入座，脑后却不知挨了谁一巴掌。

喝多了吧你！你倒是吃饱了，我们还什么都没吃呢。不能喝就别喝，三宝，你去你的，别管他，他喝多了。

我没多，军哥，真没有。我扬着笑脸向军伟澄清着。三宝和他的黄发女友又揶揄了我几句，笑着带上了门。

我还在一遍遍说着我没醉。但没人理我，他们抽着烟，玩着手中的筷子。

你要是想吐就吐，别硬憋着难受。军伟喝干了我杯中的酒，倒了杯热茶放在我的桌前。

我没事，军哥，真没事，还没喝高兴呢。

你把茶喝了再说。军伟严肃了起来。都别给他倒酒了，听见没。他们答应着，我也知趣地没再出声，端起那杯热茶，小口喝着。气氛沉闷了下来，有人翻看杂志，有人去了厕所，还有一对情侣向大家告别。屋里除了我，只剩军伟和另外两个人了。我听不清他们在聊些什么。军伟不时地看向静寂的窗外，桌上一片狼藉。我有些困了，我把空杯子放回桌上，带着怨气问：我睡哪？军伟笑了笑：睡我床，要吐就吐，单子在枕头下。冷就盖上。我看都没看他，低头朝里屋走去。

一声巨响震得我回头看去。

是那个黄发女孩，她没进来，站在门外，惊恐的双眼溢满了泪，泪水在暗黄的灯光下像一粒粒饱满的玉米。

军哥，出事了。

3

我还没来得及反应，屋子里瞬间就站满了人。一张张坚毅的脸安静地听着黄发女孩不成句的叙说。随着那女孩惊慌的哭泣，我想象着她描述的景象。里屋就在这个时候响起了不规则的忙乱声。我快步走进去，还没看清发生的全部，却已呆站住。

每个人都把酒瓶握在手中像握剑将要去决斗的侠士。军伟用枕巾把一根锈黄的铁棍绑在手上，猛吸着烟朝外快步走去。看见这样的军伟让我暗暗激动，这才是我期盼的场面。我紧跟上去却听见军伟沉沉地说：你去睡觉。

我不睡，我……

我让你去睡觉！已经走出门的军伟转过身冲我怒斥着。

我被他的吼声震伤了。张着嘴却没敢说出话。握着酒瓶的他们随着军伟从我身前一个个急速走了出去。我能感觉到旋转中的热气。

我垂下了头，僵在原地，清楚地听见门被锁住的脆响。

我爆发了，把椅子踹翻了很远，沮丧地发泄着。未被开启的酒瓶被我摔得粉碎。酒花溅湿了我的脸，血顺着胳膊朝指尖流去。光影明暗晃动，我的心在涌动的闷响中剧烈跳动着。这燥热的空间立刻就会炸开。我尝试着让自己冷静，手却失败地发着抖。我走近窗边，夜空下霓虹闪烁，疾驶的汽车如同匆匆赴约的夜归人。月光纯白圣洁，月影下的军伟他们又会经历怎样精彩的故事？衬着黑到透明的玻璃，我问自己，是不是真的喝多了？

4

关于老丧的传说我很多年前就听说过。但也只是听说，从未见过。每当看港片时，黑社会中大哥的潇洒满足了我对老丧的全部好奇。我给军伟说过我对老丧的种种想象，军伟听后直摇头，狂笑到咳嗽。

你他妈电影看多了。军伟拿瓜子砸我。

我没闪躲：那老丧什么样？那晚你们……

老丧？老丧他就长我这样，军伟望着天窗，抽动的嘴角还在微笑。

军伟说，这个仇一定要报。

三宝和他的女人一直走到了巷口才注意到点点跟在身后。两人完全忽略了点点的存在，继续暧昧地调着情，走向路尽头的小吃街。他们买了不少熟食。往回走时，三宝才想起了点点。他和他的女人再次进入小吃街，喊着点点的名字，一左一右搜寻着。在路尾的烤摊前，三宝听见了点点凄惨的叫声。看到坐满人的小桌旁，在众人的叫好声中，一个光着上身的背影抡起座椅，狠狠砸在点点挣扎的哀鸣声中。三宝抄起邻桌的空酒瓶，愤怒地打在那裸露的后背上。而三宝手中的酒瓶很快就被人夺走，自己也被人按倒在地。先前被三宝打中的那个人，拿着从三宝手中夺来的酒瓶，用砸点点的方式砸向三宝。三宝用胳膊挡了一下，但血肉还是模糊了他的眼……

当军伟赶到时，那伙人早已不知去向。邻桌一个认识军伟的人给他讲了事情的经过，告诉他，打三宝的人就是老丧。军伟打听到三宝被送去哪家医院后便快速赶去。在街口的路灯下，军伟看到肚子上爬满苍蝇的点点。炙热的路灯被多情的飞蛾误以为是火海，一层层环绕着飞着。点点的头上不再有血流出，眼睛已闭住，腿却还轻微抽动着。军伟看着垂死的宠物，没有言语，更没有举动，默哀般吸着手中的烟，回忆着点点和他在一起的日子里，带给他的种种快乐。记忆中的影像随着最后一口烟雾飘散，他把烟蒂拧灭在贴着小广告的电线杆上，看了最后一眼点点，抬起头，握紧了手中的铁棍，径直走进夜的前方。

军伟对跟在他身后的兄弟们说：这个仇，我一定会报。

还记得你十七岁那年夏天发生过的一切吗？若是忘了，现在开始回想，运气好，也许还会想得起那美妙的片断。我是不会忘掉我十七岁那年夏季的每一天。它真实得过于离奇。

在银色的夏日，不管你是否情愿，在每个路边街角，你都能遇见围坐成群的少年。你能很轻易地从这伙人中认出哪个是我。不是染着黄发，穿着拖鞋的那个，那是黄毛。也不是夹着烟卷儿，笑得肆无忌惮的光头。你再往后看，一排自行车后，佯装看报的人才是我。我听他们闲谈着各种有趣或无味的话题，附和着他们对路过的各色女孩的评价，假假地笑着。

装个屁，回家学习去。光头夺走我手中的报纸，笑着骂我。我没法给他解释，只好尴尬地冲他笑。他不会了解，我只是把那张无趣的报纸用来做隐藏自己的道具。因为如果这个时候被爸妈看见和军伟他们蹲在一起的我，那我真得学习去了。

庆幸整个夏天我的谎言没被识破。那个夏天，我并没去参加所谓的补课，而是整天和军伟在一起，等待着证明我已长大的机会。

7

老丧，一帮热气腾腾的少年随时都会杀到你的面前！

军伟右脚搭在树上，衬衣照旧只系最下面的那个扣子。纯粹的日光中，他弓下身子，透过落肩的长发只看得见他手中的烟。缓缓地吸几口，他会将下头发，眯起眼，皱眉凝望远方。

我坐在热风中的护栏上，用脚钩住栏杆的底部，抽着从军伟那讨来的烟，烟很呛。我昂着头，仰望着无云的苍穹，强忍着难受不让自己咳出声。蹲在我和军伟中间的胖子被强光晒到皱眉。他遵循着自己制定的游戏规则，捏死了仓皇逃离出他影中的只只蚂蚁，笑着打发无聊的时光。剩下的他们或坐或蹲闲散地聊着。分享着同一根烟，哼着跑调的曲子，又把口哨吹给那个匆忙飘去的粉色裙角。

在盛夏残忍的日光中，每个人迷茫的影子都被晒得那么干，雕刻得那么长。

时间在军伟呼机响起的那一刻是停滞的。一瞬间所有人都整齐地向树下的军伟看去。从树缝中漏出的点点日光打在军伟的脸上落成一道光影。日光里的军伟如同舞台中央追光灯下的独白演员，冷静得没有丝毫慌张。

他扔去烟蒂，拿出挂在腰间的呼机，逐字逐句认真看了几遍后才把它塞回原处，边系着衬衣的扣子边朝我们走来。我们自觉地把他围在圈中，急切询问着他看到的内容。

笑天录像厅。军伟骑上车，把放在车筐中的包打开，取出用报纸包好的砍刀，别在身后。在知了震颤的鸣叫声中，一群单车上的少年呼啸远去，留在那个街角的是满地烟头，被风吹动的破旧报纸……

8

价值十五元钱的利锋牌砍刀没有用来剁肉也没拿去切西瓜。此时它裹在被汗水浸湿的报纸里，在颠簸的单车上躁动地表现着自己的锐利。刀刃穿过报纸，刺透军伟黑色的裤子露出刀尖，看上去像是一滴未被蒸发掉的奶油，更像是没来得及擦去的粉笔白。我想和军伟骑成平行，告诉他那把刀已经划破了他的裤子。可是张开嘴呼出的却是干痛的热气，没有了说话的欲望。我只好继续跟随着他的背影，骑在他的身后。胖子并没坐在车座上，他身子悬空，整条街都能听到他的怪叫声。不知被他从哪弄来两根木棒斜躺在他的车筐里，看得出他很盼望接下来能发生点什么。我也期盼能见到传奇的老丧，可我并没像军伟那样孤傲地骑在最前方，也没仿效胖子那古怪的举止。我不紧不慢地骑在队伍的中间，只有在经过我爸单位时才低下头，快蹬了几下，猛冲了过去……

昏暗的录像厅里上演着不知放了多少遍的港产枪战片，而观众们却永不生厌地爱着它。在此起彼伏的嗑瓜子声中，军伟和黄毛他们点亮着手中的打火机，一排排快速地寻找，大步向前走去。我跟着他们，紧握着手中的木棒，迎接一触即发的战斗。

打火机亮了又灭，却不见军伟把刀从腰后拔出。也许军伟收到的消息不可靠，或许是老丧在我们来的路上也收到了消息及时逃走，多半个录像厅找完，也没有搜到他。这样平淡的结局不免让人失落。幸好，临走时，胖子看见了坐在第三排拐角处老丧的表弟，我的校友，王强。

军哥，怎，怎么了？王强居然还能装出若无其事的笑脸，可他那紧张的口吃轻易地就把他的伪装出卖。

没事，出来聊聊。军伟背过身，走向出口。

黄毛搂住王强紧随着军伟往外走去。两个人亲密无间的样子更像是出生入死的好兄弟。王强尝试着挣脱却被黄毛搂得更紧。夹在人群中的他不断重复地问着：军哥，怎么了？怎么了？

看你妈看，有什么好看的！胖子用手中的铁棍指着几个看热闹的初中生，都给我老老实实看录像去！

那些初中生没错，他们明白，即将在门外上演的场面比他们看过的任何一部影片都要精彩。

9

狭长的过道潮闷得压抑。一台结满蜘蛛网的老式排风扇挂在墙头孤独得苍老。

过道的一端堆满了喝空的汽水瓶，满地的废纸，一只毫无生气的老猫，从我脚上爬过，停在一个发霉的纸箱里，懒懒地舔着尾巴上的毛。

王强的后背紧贴在斑驳的墙壁上，额头上的细汗密密麻麻如同一层麻疹。黄毛和光头分别把他的两只胳膊死死地按在墙上，他根本不能动弹，只能粗粗地喘着气，惊恐地望着面前的军伟。

军伟歪下头，发梢盖住了他点烟的样子。

老丧呢？军伟叹一般地吐出一口烟。

谁？

装傻是不是？黄毛甩了他一巴掌。

军伟扭过头冲我们笑了笑又转过脸对王强说：这个人你认识吗？军伟欠过身，王强看见的是左臂缝了九针杀气十足的三宝。两个人短兵相接地对视了几秒钟后，王强把目光停留在三宝右手的酒瓶上，耷下头低声自语着：认识，宝哥。

还宝哥。军伟学着王强的语气，冷冷地笑着。军伟把没抽几口的烟向王强的嘴里塞去，他惧怕地晃了下头，却在黄毛又一次的骂声中把烟噙在嘴上。他无法去抽那根烟，被熏青的脸无助地看着它无声的自燃，一寸寸变短。

军伟走到三宝身边，悄声对他耳语着，三宝会意地点着头，双眼紧盯着残光中的王强。

怎么样，愿意告诉我老丧在哪了吗？军伟把烟从王强口中取出，弹掉了长长的烟灰，放回嘴中，深吸了一口，眯着眼，把烟雾喷在王强的脸上。

军哥，我不骗你，我真不知道……

小子，你够硬。军伟赞许般地拍着王强的肩，扶他靠在墙上。告诉你哥，是男人就别躲，有种就出来见我，把事情解决了，听见了没有。

听见了。王强顺从地回答着。

听见就好。军伟也冲他轻点着头，却突然把手中的烟头拧在王强的胸口上。空荡的过道中顿时响起烟火灭在汗水中的声音。王强的脸扭曲地变了形，手臂上的血管和青筋凸露在外，立刻就会炸开。军伟扔去烟头，背着王强，直直地朝前走去。

我的视线随着军伟的移动飘移着。他在那个发黄的纸箱边蹲下身，把那只倦懒的老猫抱在怀中，顺着它身上卷曲的毛，享受着它在怀中献媚般的撒娇。

一阵闷响的破碎声又把我的视线转回王强所站的地方。三宝手中的酒瓶只剩下三分之一，王强的脚边一地碎片。王强瞪大的双眼定格在三宝报复的脸上，他软软地向下沉去，有血从他的身上涌出，他的衬衣开始变红。

军伟把猫放回在纸箱中，头也不回地走了出去。受到惊吓的猫迅速躲了起来，无辜的叫声中胆小的模样更像只怕猫的老鼠。

三宝扔去了酒瓶：黄毛，走了。黄毛和光头又踢了王强几脚，边向前走边回头警告着他和老丧。

胖子奋力把木棍砸在王强的身上，双手扶在腿上，虚脱地喘着气快走，胖子拍了下我，快步朝外走去。我漠然地看着王强如何挣扎地想站起身却又绝望地倒在地上。

那颗烟头没灭得彻底，还有烟雾在半空中缓慢地散开。

你还站在那干吗？等死啊。胖子站在出口对我怒骂着。

就在我慌忙朝外走出时，似乎有句熟悉的台词从身后的录像厅传来：我不会让你一个人去拼死，因为你是我兄弟。

10

八月二十七日，午后两点，烈日当空。三点，天阴。四点，大风，纠缠不清的电线隐喻着谁的命运。五点，飞沙走石，世界末日。

两个八你要吗？

不要。

两个六呢？

不要。

一个 Q？

你走。

还不要？那你输定了。什么破牌啊你。

我是输定了。我手里只剩下两张三，怎么赢？

一下午我们都在打牌。最简单的玩法，我却连着输了好多局，被他们惩罚到麻木。

军伟睡着又被胖子赢牌后得意的叫声吵醒，他躺在床上，翻看着一本没封面的杂志。

我操，这他妈什么天？要爆炸啊？胖子走到窗台，头伸到窗外，左右张望着。

这风！胖子用力地关了窗。还没输够啊？胖子取笑着我，夺走了我手中刚点着的烟。

牌还没发到每个人的手中，军伟已经开了门，把刀别好在身后。都别玩了，快走。三宝呼我，说在一中门口看见了老丧……话还没说完，他已冲进风中。

风吹得人无法前行，五个人挤在一辆矮小的出租车里。车里响着一首很熟悉却想不起名字的歌曲。我犹豫着车到了一中后我该怎样去做？那可是我的学校，我的同学们即将结束一天的补课放学回家，如果他们看见本应也该补课的我却手握木棒和军伟他们出现在校门外……

一会儿你们先下，我付车钱。我故作轻松地说出这个绝妙的借口。我用余光瞟着坐在我左右的光头和胖子，他们并没接话，出神地望着车外的昏天暗地。

你身上钱够吗？坐在前排的军伟又一次给我解了围。车还没停稳，车门却被打开，军伟和他的兄弟们镇定地乘风杀去。

那也许是我唯一一次能看清老丧模样的机会，却因为灰色的风中他急速飞去的身影而失去。确切地说，我是和出租车司机一同透过车的前窗观赏军伟是如何把刀举到平行，又如何在快靠近校门口时冲几个人影狂奔过去。

我下车，望着已消失成光点的背影，有些自责但更多是解脱。再转身看向我的学校，还好，才有零散的几个人推着车艰难地朝校外走出。可是，等等，那棵摇摆的榕树下怎么会伫立着一位雕塑般的女孩？

我逐渐拉近了和她之间的距离，彻底忽略了拼杀在前一条街的军伟。

我看到了多么美的一位少女。

她手中紧握着一个黑色的琴盒，眼失神地盯着地面。长发零乱地飘在微微张开的唇上，粉色的裙子未遮住带扣的白色凉鞋。

我停在她的面前，等故事发生。

她注意到我，轻缓地抬起睫毛，红了的眼中有泪流下。街道过于冷清，低空的鸟群迷失地飞着，又一阵风吹过，吹开了散落在她身后草丛中的书本一页页。我们的背景是沙漠似的天气，暴风从四方汹涌袭来，扫起的纸屑就像下雪。两个人木然地看着对方，谁也没有说话。

一个黑色的塑料袋在周围旋转了几下，腾空而起，像气球，颠簸在很脏的空中。

11

自从传来老丧缝了九针的消息后，胖子更加佩服军伟。他执意认为军伟人好，刀法更好，才让老丧一针不多一针不少地也缝了九针。而对于我没有目睹老丧被砍的过程，胖子连连摇头说可惜。此后的那几天，不分场合、听众，胖子见人就会渲染复仇的经过，赞叹着军伟的为人和刀法。

然后军哥就一刀狠狠向他腿上砍去，老丧立马就跪倒在地。都把我们看傻了。军哥也就只砍了他这一刀，转身就喊我们走……

军哥，老丧腿上的口子得有这么长吧？胖子冲着军伟夸张地比画着。

滚一边去，别胡说。军伟不爱听地教训着他。

又过了些日子，开学前的一个下午，屋子里只有我和军伟两人在抽烟，聊天。军伟带着我回忆了很多童年趣事，怀旧中的我们笑得很放肆。一个话题结束，军伟又给我点燃了一根烟，漫不经心地问：打老丧那天，你有没有在学校门口看见一个女孩？

我愣了一下，看着他堆满笑的脸，接过烟，说有。

哦，军伟若有所思地轻点着头。你来，给你看个东西。军伟灭掉烟，示意我走向他里屋。他在床边摸了几下，把一个浅红色的钱包递给我。

我好奇地接了过去。还未打开，已闻到清香的气味。很小巧的钱包却分了很多层，纸币按着从零到整的顺序整齐地叠放在最内层，第二层是我学校的饭卡和借书证，都是很新的样子。最外层的塑料薄膜上贴着一张很帅气的刘德华。我取出了薄膜后的身份证，照片上是我忘不了的那双眼。我记住了她的名字：林小丹。

这是从老丧那得到的。军伟说，那天我追到老丧，他以为我是为这个女孩来打他的。

他边从口袋里掏出这个钱包，边向我求饶……军伟顿了一下，继续对我讲：这几天我想了想，觉得应该把钱包还回去。我估计那天老丧那王八蛋又在你学校外勒索恐吓，要不是刚好我们出现，那女孩还不知会被怎样……

我想起那天林小丹受到惊吓后的样子，明白了她为何泪流满面却又略带仇恨地看我，也明白了那些书本散乱在风中的原因。

你说我说的对吧？是不是应该还给人家？军伟打断了我的回想，我赞同地点着头。

那你开学后去找找这个女孩，把东西还给她。不过你别详细告诉她这钱包你是如何得到的，就说是你捡到的好了。

我说行。

好，我就是觉得小女孩东西被抢后肯定会害怕的，再说她还是个学生。军伟多余地解释着，笑得有些拘谨。

12

开学的当天，我就托朋友四处打听林小丹，但得到的回复都是不认识。我也试着寻找过几次，在校园中也见过几个形似她的人，但终究不是林小丹。没多久，随着课越来越紧，各种琐事越来越多，我也就暂时忘记了她。也没有空去军伟那里，告诉他那个浅红色的钱包依然安静躺在我的书包里，每天陪着我上下学。

入秋后，天一天比一天凉，一个下午，上晚自习前，我无所事事地晃荡在校园里打发着闲适的时光。快接近小卖店时，我遇见了从里面走出的林小丹，落日的秋风中，她纯美怡人。

她还是穿着我第一次看见她的那身长裙，只是鞋子换成了布鞋。长发依旧散开在肩，侧脸的缕缕秀发被晚霞映得金黄，随风飘摇。

我暗自欣赏着她的点滴，看她把一个冒着热气的煎饼放在嘴边，一下下地吹着。有几根头发滑落下来，她抹在耳后。她低着头，小口咬着手中的煎饼，慢步朝我走来。她与我擦肩而过，我闻到了溢在空气中诱人的香味。

林小丹，我转身，叫了她的名字。

她迟疑了一下，没有回头看我，也没有继续往前走。她的头沉得更低，像做错事的孩子，双手缓缓垂放下来，煎饼攥紧在手中。我一步步向她走近，她像是有所察觉，快步地走开。我想喊她，却发现她像是在躲我。在快进入教学楼时，她居然快走了几步，跑了进去，跑到我再也看不见。

第三章

1

在我再次见到林小丹的第二天，也就是她的钱包陪在我身边的第十六天，我说服自己，必须要把它还给它的主人，林小丹。

一下课，我带着她的钱包站在她所在的班级门外，我麻烦了一位貌似学生干部的女生去叫教室里的林小丹。玻璃另一侧的林小丹在看书，听到有人叫她，她看向窗外的我，又迅速看向别处。她再次低下头去，神色慌张。我定定地看着不安的她，我猜她根本看不进书，她一定会出来。

几分钟过去，我倚着护栏，把那浅红色钱包拿在手上，倒计时地数着。若是数到一她还不出来，我会把钱包托人还给她，先前的种种幻想宣告破灭。当数到五时，林小丹把书反扣在桌上站起身，幽怨地扫我一眼，犹豫地走了出来。

你好，林小丹。

她没任何表情地垂下眼。

这个，你的吧？

她接了过去，并没立刻打开看，也没看我。

谢谢。她的声音小到不会有第三个人听见。

我的笑僵硬地悬在脸上。

行色匆匆的陌生人来回在我和她之间，她继续默不出声，把钱包捏在手里。这样的尴尬完全出乎我的意料，我虚构了捡她钱包的逼真假象，无法开口对她圆谎。

再见。

还未等我的再见说出口，林小丹已回身进了教室，坐了下来。头埋得更低，看得清的只有散开在桌上的她的长发。

我悻悻地笑着走开，转弯时，一不留神和一个高大的男生撞在一起，好半天都没回过神来。

2

把钱包还给林小丹的那个周末，我去找了军伟。

你有日子没来了吧？军伟埋怨我。

刚开学，事多也忙。

胖子也是刚开学，可他天天过来陪我……不过也能理解，毕竟你读的是重点高中，不像胖子……

我把钱包还给林小丹了。我赶忙转移话题。

谁？

那个钱包，我还了。我提醒着军伟。

哦，找到她了？说什么了？

我说林小丹只说了两句话：谢谢，再见。

再没说别的了？我摇头，军伟像是想不甘心地问下去，却勉强地笑了。

看得出军伟藏有不想告诉我的秘密。

事情过后的一星期内，我几次在放学的时候见到军伟，像是在等谁。和他打招呼，问他怎么会在我校门外？他掩饰地笑，不断地说是刚好路过。我知道他是在撒谎。

谜底揭开在课间林小丹突然找我的对话中。

谢谢你。林小丹对我感激地笑。

我局促地回应着不自然地笑。

你，能不能把照片还给我？

照片？什么照片？我被她这句简短的话击中，乱了本来就不顺的思绪。

哦，没有吗？那算了。林小丹泄气地失望着说。她的脸又恢复成我熟悉的冷漠，眼神向别处飘去，不再看我。

我笔直地注视着她的身影，在她即将从我视线中消失的那一瞬，我下意识地把照片这个名词和一个与我亲密的人名联系到一起，无法逃避地联系在一起。

3

事实再一次证实我的直觉忠于我的猜想。当我把林小丹找我要照片的细节讲给军伟听，他边听我的叙述边窃笑着，像做了恶作剧的孩子终于被人识破后的喜悦。他用袖口擦拭桌面，然后从外衣的内兜里小心翼翼地取出一个很薄的小纸袋，抖动着手腕，几张不同年份的一寸照片相继落在桌上。其中的一张，还打着半个钢印。照片上的林小丹长发绑在脑后，甜美地笑着。

那天给你钱包时，不小心掉下来的。

我冲军伟笑，笑他那粗糙的谎言，幼稚得可爱。

军伟难堪地挠着头，自己给自己解围，他没抬头接我的笑，含笑看着桌上静美的林小丹，脸红得反光。

你拿去，还给她。军伟一张张捏起，排好在手心里，又装回袋中。

我怎样给她解释？我有些为难。

军伟还在笑，装有林小丹照片的纸袋此时就摆在我们之间的小茶桌上。

要不你别去了，你带我见她，我给她解释，不为难你了。

军伟这句让我始料不及的话深深地刺透了我心中最软的地方，他说这句话的样子轻松得像吐出的烟圈。我宁愿相信这是他现想出的理由而不是蓄谋已久的计划。我无奈地看军伟把林小丹的照片装回上衣的内兜里，极不情愿却又一次顺从地点头答应他的要求。军伟没有理会我情绪的变化，轻拍着我，满意地笑了。

我鼓足勇气又一次去找了林小丹，吞吞吐吐地把军伟教我的台词演给她看。林小丹当然不愿去见军伟，她说那些照片她不要了。我急着辩解，说不仅是还你照片，更重要的是有些误会得给你说清，其实那天发生的事情不是你想象中的那样……

尽管在去往校门口的路上林小丹后悔、犹豫，甚至生气过，但在我近乎丧失尊严的请求下，她还是随我走了出去。怀揣她照片的军伟斜靠在路对面的单车上。我冲他做着只有我和他才懂的手势，暗示着身后低着头的女孩就是照片上的林小丹。他用笑容表扬我完成任务的精彩。我们不说话，他有点紧张的笑脸滑过我的身边，滑向林小丹。我默默地推走他的单车，停在第一次见林小丹时的那棵榕树下，坐在路沿，透过车轮间的缝隙看向羞涩的军伟，不安的林小丹。我听不到军伟在说什么，也没看清军伟是否掏出照片还给了拘谨的林小丹。

军伟灿烂的笑，林小丹想逃走的眼神，我寂寞地看天，天空如往常一样宁静。路人很少，秋风中飘荡的黄叶怎么也落不下来。时间不知过了多久，也不知我这样寂寞了多久，并不远的军伟和林小丹却还在聊着。我看见林小丹笑了，军伟也把双手插进了裤兜，两个人陌生的气氛渐渐淡化，我掰断了手中的树枝，在地上画着不成形的图画，一种无法表述的感伤环绕在我周围，漫长得没有终点。

4

八月二十七日我第一次见林小丹时，她手中拿的乐器盒里装的是小提琴，那天也是她来一中报到的日子，是她来我们这个小城的第五天。林小丹的家是在我们这个小城西边一百多公里外的一个镇子上。林小丹学了十多年小提琴，她来我们的小城，是为了补习一年的文化课参加来年的高考。她当然希望考上一所不错的艺术院校。而这个小城对她是陌生的，在这里她唯一认识的人还是三年没有见过面的姑妈。那天下午她刚从学校里出来，就遇到了校门口的老丧。她还没来得及害怕，老丧就被军伟追杀到另一条街。等看到我，她才清醒过来，才发现扔在地上的书本，已被抢去的钱包。她理所当然地把我误认为和老丧是一伙，直到军伟详细说给她听后，她才半信半疑了那个不愿意再回忆的下午……

她说她也喜欢刘德华。军伟补充地说着。

她还说什么了？

她还说，我长得很像刘德华。军伟得意地笑出声。

她比你小一岁吧？我明知故问着。

军伟点着头：你觉不觉得她很像周慧敏？

我没回答。拿走他没去抽的那根烟，低头猛吸了几口，浓浓的烟雾很快弥漫开在我和他之间。

5

接下来的日子里，我是一个侦探，一个小偷，更是一个偷窥者。我送恋地猜测军伟和林小丹，他们是否开始相爱？我从未在军伟口中听到林小丹的名字，更没见军伟把她介绍给我们。而林小丹，也没任何变化，依然单独一人出现在校园里，照旧冷冷地顺着路边走。然而，尽管如此，军伟和林小丹还是爱得不够缜密，还是显露出两人关系不一般的痕迹。

有两个微小的细节更加让我认定他们恋爱了：军伟买了两盘刘德华的正版精选辑藏在抽屉底层被我无意翻出。这反常的举动引起我极度的猜疑：他买刘德华的专辑往往只买一盘而且都是便宜的盗版，可这次他却买了昂贵的正版还买了相同的两张。我固执地坚信其中的一盘将会是林小丹的。还有一个微妙的细节，那是十月里的一个黄昏，我在离军伟住处不远的十字路口等着红灯变色。在不到一分钟的等待里，我幸运地看到斜对街树荫下，坐在车后座的林小丹，她手捏着骑车人的衣角，像恋爱中所有女孩一样，满足地笑着。棉质的长裙绽开在微凉的街中。而那个骑车人的背影以及侧脸像极了一位我敬重多年的大哥。

6

我越来越可以频繁地见到走在一起的军伟和林小丹了。我越是想躲，却越容易碰见他们。每一次的遇见都会让我很难堪，出一身汗。军伟身边的林小丹从没对我说过一句话，我也始终不敢和她对视。倒是牵着她手的军伟，笑容灿烂得像秋日里的暖阳。

有天在我和军伟等林小丹下课时，他问我：你们学校还有没有别的男孩追求她？我骗他说没有。他轻轻地笑了笑，又问：你喜不喜欢她？我慌乱地直说不喜欢，不喜欢。眼睛却看向别处。军伟也没有再多问，搂着我的肩，点燃了一根烟，塞进我的嘴中。

那天下了晚自习，我在教学楼楼梯的拐角处撞见了正在和军伟接吻的林小丹。昏暗的光线中林小丹的脸上似乎闪过一丝不安，却很快恢复了平静。我愣在那里，呆呆地看着，脑中一片空白。被军伟吻着的林小丹，直视着我，像是笑了，又像是没有。

7

秋末的日子里，我已习惯了在校园里看见神采飞扬的军伟。见到他时他都是在篮球场和一群人打球。半场球下来，他会被换下，深沉地坐在空地上，双眼不去看谁。有时也会见他躺在小树林里的长椅上，看着一本没开头也没结尾的小说。可是过不了多久，那本书就会盖在他的脸上，再滑落到地上，露出的是他早已熟睡的笑脸。坐在教室里的我，根本听不进讲台上的老师在讲些什么。满脑子想的都是此时寂静的校园里落单的军伟会在做什么？他不去找工作，也不去别的地方，天天闲荡在我的学校里是为什么？是为了满足他从没读过高中的虚荣心，还是为了笑起来很好看的林小丹？

其实我是知道标准答案的，只是自欺欺人，不愿意承认而已。

见多了，也就不再每次都打招呼给他，看他在玩球，我会低下头，快步从球场边离开。有时甚至不想去面对他，有他在的地方，我尽量少去，绕道走开。他应该也见到过我，但也都假装没看见，任我快步离去。一段日子里，我再也没去过他住的那里，没再在一起喝酒、聊天。他，也没有来找过我。

就这样，我和他有了一层谁也不愿意去捅破的隔膜。

入冬后的一个傍晚，胖子忽然出现在我教室门前。他额头上一层汗，喘着气问我吃过晚饭没？我说还没有，他拉着我就往楼下走，说军哥请吃饭。

不去了吧，我挣脱开胖子，晚上还有自习。

自个屁习，你还是兄弟吗？快走。胖子不容我争辩地拉着我走下楼，走出学校，走到离学校不远的一个饭店。

那是个高档饭店，豪华到我路过时从不会多看一眼。香味四溢，胖子推我进入一个包间，超大的圆桌坐满了军伟的弟兄们。军伟坐在正中间，身旁坐着精心打扮过的林小丹。军伟见我进来，喊着让我和胖子靠着他坐。已经在邮局上班的三宝和我寒暄，说已有日子没见过我，问我怎么不找他们玩，还未等我搪塞，军伟就说：人家可是重点高中的学生，哪能像咱们这么闲。他侧身看着我，半开玩笑地说着。

大家又开了不少玩笑，有几对情侣甜蜜地呢喃着。我靠着椅背，看着他们的表演，陪着笑。所有的空杯都倒满了酒。说话声渐渐小了下去，每个人都自觉地看向坐在中间的军伟。

军伟左右环顾了下，拿起酒杯站起身来。

知道今天为什么把兄弟们聚在一起吗？军伟滴酒未沾，脸却开始泛酒光。

大家好奇地猜测着。有说军伟肯定找到了好的工作，有说军伟发财了，还有的开玩笑说，军伟准备和林小丹结婚了。

军伟笑着听着各种版本的答案。他问胖子，胖子摇头。他又笑着扭头看我。

你生日？我说了个最俗的答案。

军伟并没说我回答的是否正确，他笑出了声，仰头喝干了杯中的酒。在座的兄弟们这才在他喝干的酒杯中恍然明白。纷纷举杯要庆祝军伟十九岁生日。

来，兄弟，军伟站起身，把酒杯对着我，还是我兄弟最了解我，干了。军伟骄傲地说着。没容我说话，他喝净了杯中的酒。我不好意思地笑，祝军伟生日快乐。

二十多分钟，军伟都没坐下身，和每个朋友碰着，喝干了一杯又一杯。我在敬酒人和军伟的胳膊下，埋头吃着。军伟的衣角几次蹭进我的碟子，我也顾不得理会，嘴里填满了舍不得下咽的美食，不顾一切地吞食着。一圈喝过，军伟才坐下，可没吃几口，就又放下了筷子，迎接着第二圈的敬酒。在热闹的人群中，我假装无意地向林小丹瞥去。她很少说话，不断地掩着嘴笑。我又喝了不少酒，先前的那点忐忑，逐渐被这沸腾的气氛所取代。桌上排满了空的酒瓶，军伟点了几次烟都没点着，我听见林小丹劝军伟少喝点酒。军伟却高喊着服务员，吵着要续酒。

兄弟啊，忽然，军伟醉眼朦胧地搂住了我，我的亲兄弟，我和你做兄弟多少年了？从你会叫妈时我们就是兄弟了？对不对，哎，你说对不对嘛！军伟红烫的笑脸，贴在我的脸上，喷着酒气。

还有我。瘫坐在一旁的胖子，放肆地大叫，提醒着军伟。

对，对，有你，有你。军伟反身拍了下胖子，算是安慰他。我们在一起，没有十五年也得有十三四年了吧。军伟便是说给自己，嘴里喃喃地数着数，扳着一根根手指。十四年！十四年了。我这才过十九岁生日，我们都在一起十四年了……军伟语无伦次地说着。他表达不清，就又仰头喝干了杯中的酒。

这么多年来，你们是我最亲的兄弟，最亲的。军伟口齿不清地重复地说着最亲的，最亲的。这让我很别扭，不知该说什么好。只好不断地点头，任凭军伟拍打着我的肩。

但你不理我。在你学校里，你见了我都躲，我都知道。可是你为什么躲我？你不想见我？怕我丢你人？我……

我最怕的一刻还是无情地来临了，军伟说得激愤起来，带着哭腔控诉着对我的不满。

为什么不理我，我不容易，你不理我，你不懂我，没人懂我，没人……军伟泄洪般地哭了，他靠在墙上，越哭越凶。他没擦脸上的泪水，袖口全是油渍，胸口也露了出来。我无措地看着他号啕大哭，想安慰他，却不知该怎样安慰。

我低下了头，抠着用来铺桌面的塑料布。有人轮番上来安慰军伟。林小丹对我说：他喝多了，别上心。我挤着笑，说怎么会。胖子还算清醒，他递给我杯热茶，让我端给军伟喝。我犹豫着，磨蹭到军伟身前，还没把茶放到军伟手上，他却猛地弯下腰，口中的污秽哗地吐在我的裤子上。这样的突然让我毫无防备地立在原地，无法挪动。军伟顺着我的腿往上看，仰视我想躲却无处可逃的目光。他站起身，两手紧紧地抠住我的肩，颤抖的眼泪一颗连着一颗急速落下。残渣还留在他的嘴角，嘴唇抖动得厉害。我听不清他呜咽地在说些什么。他一把拉过我，扑在我的身上，哽咽地打着嗝，用力地拍打着我的背。他身体的抽搐，心脏剧烈地跳动，我都能清楚地感应到。我也想轻拍他的背，只是手中的茶杯让我无法拥抱他。我的手臂只好悬空，环绕在他身后，让他在我身上痛快地哭着。

8

酒醒后的军伟又恢复了原来的样子，对于那晚发生的一切和说过的话都不再提起，而他和我却又重新黏得很近。有空没空，我们都混在一起。每周我都会去找他玩，他见到我来，很高兴，拿出很好的烟让我尝，临走时还让我多带走几根。他再来我学校，我都会主动陪他打球。一起打球的人，他不管是否认识都叫兄弟，轮到我方进攻时，他都会兴奋地对带球的陌生人大喊着：兄弟，哎，兄弟这里，这里，传球！传球！好球！

汗水中的他笑得很开心。

那莫名其妙的距离感来得快去得也快。就在我和军伟都还没清楚它究竟是怎样一种感觉时，它已悄悄消失了。好在军伟和我谁都不承认我们曾疏远过。

那段尴尬的日子累积成没有意义的记忆。军伟已渐渐成为我心中无人能代替的特殊符号，敏感得不能触碰。在友谊的名义下，我们的感情成熟地长大，心照不宣地亲密。只是每次看他缩在冷风中横穿马路，离我远去的背影时，我都会摇头，轻轻地笑了很久。

至于林小丹，他不说，我也不问。

在一个冬季难得的下午，日光温和，阴霾的冷气被冰雪融化的气味代替。我和军伟刚结束一场激烈的篮球赛，并排坐在场边，喘着粗气，大口地喝水，等身上的汗蒸发。周末的校园里行人很少，不远处的空地上，几只灰色的鸽子在忙着觅食。军伟用凄厉的口哨吸引着阳光下的鸽子，可警惕的鸽子却相继惊慌地飞进藏蓝色的天空。军伟仰头目送一路向北飞的鸽子，自嘲地笑了。我没有话说，捏着手中的空瓶，打发着无聊的时光。

天很快就暗了下来，路灯昏黄且微弱。越来越静的校园里似乎只剩我们两个，军伟说，抽完这根烟我们就走。我盯着路灯发呆，独自等待那根烟的熄灭。

敲击水泥路面的声音就在这个时候响起，节奏越来越动听，清脆的回音荡开在薄雾中。雾气中的轮廓从远走近，湿了头发的林小丹逐渐清晰地呈现在我们寻声望去的注视中。红色毛衣紧裹着她的上身，修长的牛仔裤下一双塑料拖鞋。她怀抱着一个放满洗澡用具的脸盆向我们匀速走来。冬季傍晚的薄雾中，刚洗完澡的林小丹摄人心魄的迷人。她紧靠着路边走，路灯拉长她一个又一个前行的影子。水珠混合着雾气贴在她松软的长发上。她十指扣在盆边，清爽的笑脸像暖风一样让人舒服。

林小丹已和我们没有了距离。她微微弯下身，对坐在路边的我们笑。散发着浓厚皂香味的林小丹和满身是汗的军伟紧紧地抱在一起，旁若无人地吻着。我转过身，朝前快走了几步，把手中的空瓶奋力扔进远方的黑夜。

9

黄昏时飘起的那场雪很快就覆盖了烂在地上肮脏的旧雪。阴郁的房间里，军伟哈着白气，神秘地对我和胖子说：快吃，吃完带你们去个好地方。

像突然停电，世界转瞬被黑色湮没，雪在月光的染色下深蓝得剔透。吃饱饭的我和胖子，打着饱嗝，抠着牙缝，迎着怒放的雪花，走在军伟的两侧。

无论我和胖子怎样轮番问军伟这究竟是要去哪里？他都吊足了我们的好奇心，指着前方朦胧一片的楼群，说，就到了，就到。

在军伟重复的强调中，我们相继穿过灯火通明的大街，深邃无光的小路，迷宫般的窄巷。黑得越来越浓，我和胖子的耐心一步步地少去。在我再一次抱怨的同时，军伟引我们进入一个毫无特色的小区。在一座普通居民楼前的枯树下，军伟蹲下身说：到了，就是这儿。

我环视着四周，并没找到什么新奇之处。楼房矮小的腐朽，破旧的砖墙上涂着猩红的拆字。我疑惑地看向军伟，军伟执着地盯着一扇比黑夜还要黑的窗户，笑冻结在眼中。一间屋子一瞬间明亮变暖，橙色的光线透过玻璃温柔地洒在我们身前通透的雪地上。

军伟反射地站起身：看，快看，听，你们听。一个模糊的身影拉上了厚大的窗帘，漏在雪地上的射线奄奄一息。旋律绚丽地飞扬，声音不大却足够盖过其他噪声。一段欢快的曲子后，一曲倾诉般的缓拍，低沉、悠然地飘落。军伟专注地聆听着，敲击在腿上的指尖配合着脚下溅起的雪花，享受着节拍。你们在干吗？胖子不解地问。

你听。

胖子侧耳听了几秒：听什么？

小提琴。

无聊。听了我回答后的胖子不满地斜眼瞪我。他问几点离开。军伟并未理会，喜悦地陶醉着。

胖子跑去玩自制的雪球。在音乐停住的间隙，军伟侧身问我：她这拉的什么？

我说不知道。军伟意外地看我：你不也是重点高中的？怎么能不知道？

学校又不教拉琴，再说我也不是学音乐的。我尝试着解释给军伟，却发现这很困难。

她怎么只拉不唱？她唱歌肯定好听。

这种曲子没歌词的。我笑了，军伟也被我感染得笑了。

那她怎么不拉刘德华的歌？她也爱听的。

胖子跑来强迫我们离开。军伟说再等一下，听完这曲再走。

军伟掏出烟分给我和胖子。风太狂傲，烟无法点着。胖子和军伟双手围成圈，让我点燃了烟，然后用那根烟对着了他们口中的烟。

三个微弱的烟头，在飘雪的旋律中，从左到右，明暗交替着。

10

初夏，林小丹的高考一天天地临近。好像就在这时，军伟和林小丹的感情起了微妙的变化。

军伟很少来接送林小丹。偶尔在校门口碰见他们的那几次，林小丹的笑容似乎也不像先前那样欢快明朗了。有次我甚至看到了他们激烈的争执，林小丹边喊边甩开了军伟的手，赌气似的跑进学校，看起来样子很生气。而军伟也低下了头，推着车，黯然离去。

有天黄昏，教室里几对男女嬉笑玩闹在一起。燥热的空气中，一种莫名的烦躁感使我无法静下心看书。我干脆出了学校，骑车去往军伟那里。

还没进军伟家的巷子，我就看到了巷子里穿着邮递员制服的三宝，他缓慢地蹬着车，一副心事重重的样子。我叫住他，半开玩笑地问：不好好上班，又跑军哥这打牌啊？三宝勉强地笑了笑，反问我：你不也一样，不上课，来这干吗。我们都笑了。我注意到他车前的筐子里装有很多信件和包裹，就拿了几封翻看。三宝急忙从我手中把信夺走，说怕我把信的顺序弄乱，耽误他去送。我没趣地埋怨了他两句，问他：军哥在家吗？在，在。他含糊地回答我。是不是出什么事了？我盯着他看，他的眼中有藏不住的慌乱。没事，没事，你快去吧。我走了。三宝急着要走。我拽住了他：说吧，都是兄弟，有事还瞒我啊。我点了根烟给他。三宝接过烟，猛吸了几口，吐了烟圈，看着我极其认真地说：好吧，我告你，但你一定要替我保密，不能乱传，更不能让军哥知道是我说的。我向他保证，他还是不放心，我又发了誓，他这才把事情一五一十地说给我听。

三宝说：年前林小丹去省城考专业课的事你知道吧？我点了点头。三宝继续说：前些天，军哥对我说，林小丹专业课通过的可能性非常大。他嘱咐我说，如果林小丹的成绩单下来，让我别送学校，直接送给他。当时我挺犹豫的，这事可非同小可啊。但军哥说，是兄弟就帮他这个忙。我也实在无法开口拒绝，只好答应了……这不，今天上午她的成绩单到了，我就趁送信时，给军哥送来了。看军哥读信时那表情，她像考得不错，通过了。

三宝断断续续地讲完了。他长叹口气，拍着我的肩说：兄弟啊，我明白这事是我做得不对，但我也实在没办法。你可得替我守住秘密，要知道，这事要真泄露出去，搞不好我是要蹲局子的。我机械地点着头，嘴上说着知道，知道。三宝还是不放心，又说了很多话给我。但我一句也没听进去，脑中乱极了。他又叮嘱了我几句，骑着车，渐渐骑远了。我点了烟，没抽两口，就扔在地上。我朝着军伟所住的地方看了看，掉转车头，离开了。

<h2 style="text-align:center">11</h2>

　　不知是因为炎热的天气，还是其他的什么缘故，自从三宝告了我那个令我震惊的秘密后，我的心中忐忑不安，整天处于恍惚的情绪中。当我在校园里看到迎面走来的林小丹时，我低下头，紧张地快步走开。好几次，望着林小丹忧郁的身影，我真想冲上前，把我所知道的一切，全都告诉给她。可是我没有勇气，也不敢这样做，只好在林小丹一次又一次的远去后，我迎着灼热的日光，颓然地坐在路边。

　　有那么几天，我竟然有种强烈的负罪感。我再也没去找过军伟，甚至害怕见到他。在学校，我也刻意避开林小丹会出现的地方，尽量躲着她走。这样的尴尬的局面在林小丹生日的聚会上达到了高潮。那一天，军伟所有的朋友又都聚齐在一起。大家都看得出军伟对林小丹是多么的在乎。聚会的饭店档次很高，军伟订的蛋糕和玫瑰花也很漂亮，引起在座女生们一阵赞叹。那晚我始终不敢抬头正眼去看他们，而主角林小丹也喝了不少酒。醉了酒后的林小丹哭了。她哭着说自己命不好，用心学了这么多年琴，到头来，一封通过的成绩单都没有收到。看到她在哭，我心中很不好受。我瞄了眼军伟，他只是低头喝酒，脸上毫无表情，一句话也没说。三宝的女友安慰着林小丹，三宝给我使了眼色，我站起来，拿着酒杯，小声地祝林小丹生日快乐。

　　离高考不到一个月的那两天，我听到林小丹想要放弃高考，回老家复读的消息。我斗争了很久，最终还是无法忍受那痛苦的煎熬，决定向林小丹坦白。我用午休的时间，拿左手给林小丹写了封匿名信。在信里我把事情的真相全都写了进去。在下午上课前，我让朋友托人把信转交给了她。

　　信一送出我就后悔了。巨大的恐惧感使我惶惶不安过了一节课。下课铃声刚响起，我就跑到林小丹的教室外。他们班还没有下课，但她的座位却是空的，林小丹并不在。

我彻底慌了。想象不出接下来会发生什么。我逃了课，失神地向军伟家骑去。一路上，我边骑边想，见到军伟后，我能对他说些什么？他又会怎么做？我就在这样的极度惶恐中，到了他家门口。

我一进到院里就听到林小丹在歇斯底里地哭喊。我手足无措，想到了离开。但林小丹的哭声使我改变了方向，朝楼上走去。

军伟的房门虚掩，透过门缝，我看到摔碎的暖瓶，一地纸片。林小丹头发散乱，满脸是泪。她对着军伟咆哮，捶打军伟的胸膛，每一拳都捶得很凶。军伟站在那，任她在他身上发泄，一动也不动。

又一个暖瓶碎了，碎片顺着热水静静地流出，流到门外。林小丹失控地喊着为什么？！为什么你这样做？为什么！

因为我不想失去你。军伟抓住了林小丹的双手。

我恨你！林小丹咬着嘴唇，昂着头，恨恨地看着军伟。

四周顿时无限寂静，我这才听到屋子里竟然还有刘德华的歌声。林小丹蹲下身，发疯似的捡着满地纸屑。已经湿了水的纸片也被她紧紧地攥在手中，污水渗出指缝，沿着胳膊，滴落在她洁白的裙子上。军伟尝试着去拉她，她反手打在军伟的脸上，骂他滚。

让我意想不到的一幕发生了：军伟粗鲁地抱起林小丹，把她重重地摔在床上，压在她身上狂乱地吻着。林小丹这才反应过来，她开始挣扎，尖叫着，求军伟放开她。

林小丹不断地哀求着，声音里充满了绝望。我的视线盯在军伟粗暴解着林小丹上衣的手上。我想别过头去，可林小丹的哭声让我仿佛植根这里，寸步难移。

夏日午后的风吹过，门开得更大了些。

林小丹在军伟的身下不断挣扎。军伟在她脖间狂乱地吻着，林小丹头一偏，忽然就睁开了一直紧闭的双眼。又是那双眼睛，又一次与我无措地目光对视。她就那么看着我，不躲。

汗水浸透了我的衣服。我虚弱极了。一伸手，那扇门就被我彻底撞开。

剧烈的碰撞声后是军伟的怒骂。我似乎听到他骂了声滚。看着他恼羞成怒的样子，我只是傻傻地站着，不动，也无法动。

猛然间，林小丹推开了伏在她身上的军伟，光着脚，含泪从我身边奔出。

屋子里只剩我和军伟两个人了。军伟死死地看着我，我像个犯了错的孩子，歪着头，搓着手。军伟转过身，我看到的是他宽大的后背。军伟举起正在播放的录音机，奋力朝我站的地方砸了过来，机子砸碎在我身后的墙上，零件四溅，有血从我的脸上流出。

12

那天以后，很长一段时间，我都没有再见过林小丹，一次也没有。直到高考前两三天，林小丹来找了我，给了我一封厚重的有质感的信，一个字也没多说。信封上没有收信人的地址，但我知道我应该转给谁收。

天黑之前，我赶到军伟屋外的阳台，趁着落日的余光把信交给他看。他毫不惊奇地拆开，从看第一页开始，笑就贴在他的嘴边。只是越往后看，笑也就变得越假。最后一页合上，军伟的脸不自然的难看。他努力地冲我笑，无所谓地像没发生什么。他把信给了我，转身趴在凉台上，凝视着正被夕阳吞噬的远方，两眼无光。我粗略地翻看完长达十页的信，似乎也懂得了林小丹想表达的意思。我把信装回在信封里，小心地交还给军伟。他整齐地对折后，慢慢塞进上衣内侧的口袋。看他无助的样子，我心中不好受却也找不到合适的词吾说给他。看着欲言又止的我，军伟苦笑一下，甩甩手，又轻摇着头，把放在凉台上的空酒瓶奋力地掷向空中，没有摔碎的回音。

喝酒去吧，军伟说，你陪我。

13

是在我们常去的那家小酒馆，军伟点了许多菜却没动几次筷子。他一口一杯地喝着，不接我的话，也不听我的劝。

我理解她，也接受她的选择，军伟说，她林小丹是谁？我是谁？这点自知之明我张军伟还是有的，不过我就是想不通，真像她说的那样，考不上好大学，就没好的前途？那我和三宝他们连高中都没上过，现在不也有吃有喝，活得好好的？我就不明白，高考比什么都重要？考不好能死啊？

军伟越说越激愤，近乎失控地喊叫。邻桌的男女频频回头看向军伟，却又被满地的空瓶和军伟凶狠的眼神吓得缩了回去。我仔细地看着军伟涨红的双眼，想对他说高考对某些人确实很重要，比生命还要重要。可话没出口，就随着满满一杯酒咽回肚中。

从小酒馆出来已是午夜，我说军伟你喝醉了。他自尊地打掉我上前要搀扶他的手驳斥着说没醉。他像是要证明他的清醒，站到路沿上，表演着走直线给我看。他掉下去又站到起点，双臂想保持平衡却又像失重的天平一高一低，他又一次掉下去，却又一次从头走来，不停地说：你看着啊，你看着……我放肆地取笑他，他不服输一遍遍地重复着。无声无息的马路延伸着，路灯下走不成直线的军伟和身后笑到狂野的我像是两个无家可归的流浪汉。

我们跌跌撞撞地走穿一条街，军伟惊喜地听见了他最爱的那首歌的前奏。他几乎是冲进那个围满路人的露天卡拉 OK 摊。

我唱五十首，刘德华，刘德华的歌。

军伟一首首地高吼着，嘶吼声渗进这条街每个角落，传进每一只耳朵。围看的路人却并不在意军伟唱得是否好听，每张脸带着看戏的坏笑盯着电视里穿泳衣卖弄风骚的女人，津津有味地咽着口水，豪放地吐着痰。军伟兴奋地躁动，他脱掉外衣，拉着我合唱。而我的歌声却完全消融在他过于卖力的吼叫中。军伟并不在意，他大声地唱着每一句。他对那些歌曲熟悉的程度让观众们赞叹。他闭上眼，几首歌唱完，一句歌词也没有唱错。军伟唱得更加投入，他开始把自己幻想成正在开演唱会的天王刘德华，他时而向众人招手示意，时而鞠躬飞吻，一首歌的前奏响起，他都会说这首献给我的歌迷们，你们好吗？一曲结束，军伟失态地高呼：我爱你们！

还剩最后一首。军伟清了清嗓子，忽然压低了声音：最后这首歌，我唱给一个女孩，她不会听到的。第一个音符响起，军伟闭紧双眼深情地演唱，听得出他唱得很用情。最后一个音符落下，军伟单膝跪地，头埋在怀里，把话筒高高地举向上空，拉了一个长长的尾音。他睁开眼，满脸都是泪。那些围看的众人，终于不再无动于衷，像是有人在指挥，对着圈中的军伟使劲地鼓掌、叫好。军伟拿手背胡乱抹去眼泪，用粤语、普通话、方言，甚至还有英语，转着圈，笑对着四周被他歌曲打动的听众，真诚地说着不同版本的谢谢。

14

每个城市都会有个美得不属于它的女子，比如林小丹。

日光下，树冠莫名壮大的射影拼凑成一幅立体抽象画，丝般的画卷上流过的是我和军伟那一圈圈咿咿呀呀的车轮。仲夏闷热的天气对于此时的我们只是可有可无的陪衬。强光晃得我睁不开眼，我乖顺地把眼眯上，只露出一线细缝用来看路、看人。眉目和汗水纠结得变形，表情严肃得像是去送葬。前方四十五度角的军伟比我要自在得多，他双手插进裤兜，一脚深、一脚浅地把玩着车镫，无所事事地张望路两边同样也无精打采的行人和那些毫无生气随时都会倒闭的小店。

在去往林小丹姑妈家的路上，军伟买了一包烟，抽了四根，买了两瓶难喝的汽水，分给我一瓶。他回了一个电话，留心看了录像厅今天的放映单，在拐弯处有人热情又亲切地喊了他的小名。他们理所应当地拥抱，在将近半小时的叙旧中，他们兴高采烈，唾沫横飞，完全遗忘我的存在，那包满满的烟，在军伟的手中迅速缩小，不见。

插曲再精彩，它也只是插曲。尽管我们花费了多于往常两倍的时间，但我们终究还是到达了终点站。

几幢旧楼已化成尘土，林小丹所住的那幢楼垂死地屹立在废墟中，忠贞得如同明日黄花的老处女。

那棵古老的榕树成了唯一的风景，浓密的树荫掩盖了其他的不美好。

我先于军伟把车停放在树下，系着衣扣，整理着头发，等着他的召唤。

你去吧。军伟把纸袋递向我，那里面装有林小丹曾送给他、他很珍惜的物品，还有那封让他受伤的信。

不是说好一起去的吗，怎么？听到军伟突如其来的改变，我猝不及防地失声。

叫你去你就去，我不想见她。军伟蹲到树下，白色的袜子刺眼地显露在黑色的皮鞋上。他轻描淡写地说着，就好像不是让我去还东西给林小丹而是去买包烟那么简单。我提着纸袋踌躇不前，还在用眼神期盼军伟能按原定的计划进行。可是军伟已点着了烟，摆着手示意我前行。

四楼左拐，西边那家。军伟出奇地平淡，你把东西给她就行，别多说，更别说我。

虽然对他让我一人前去的决定深感不满，可我脸上却没有不悦的表情，只是觉得他的变化过于突然和自私，不去考虑我的感受，我该如何尴尬而又唐突地面对已和他没有关系的林小丹。

我遵循着军伟的嘱咐站到了四楼最西边的那扇门前。我没去敲门，因为门是敞开的，只有一扇门帘隐约挡住了门里的景象。我鼓足勇气，怯声地叫林小丹的名字，没有回应。我提高了声音再次叫她的名字，声音仍然很轻，像是怕把谁吵醒。我掐着纸袋，徘徊着，转身离开，却听见慵懒的拖鞋声。林小丹拨开门帘，带着睡意问是谁？我不说话，她看见紧张出汗的我有些惊讶却又很快恢复了矜持的平静。

有事吗？她绑着乱了的长发。

有东西给你。我把纸袋举到她的眼前。

干吗？林小丹警觉着并未接过去。

那谁让我给你的。我没有讲出军伟的名字。

进来吧。林小丹漠然欠过身，掩住门。

她说坐吧，我坐在了离门很近的椅子上。她走进里屋，留我坐在光线很差的客厅。这房间拥挤得零乱，摆设陈旧却还算干净，可我没找到符合林小丹年龄的物品，而林小丹的从容却又让我看不出她只是暂住在这里。

林小丹从里屋走出，怀中抱了一堆东西，倒在了我面前的桌上。我才看清那一盘盘熟悉的磁带，一张张揉曲的照片，一个精美的日记本，一盒没有拆开的巧克力，一条洗得很白的裙子。

都给他。林小丹带着怨气对我说。

我诧异地望着她，在她愤愤的眼中，我看见我无知的影子。我默不出声地把纸袋里的东西一件件往外拿着，再打算把桌上那些曾经带给林小丹甜蜜的礼物装回军伟给我的纸袋中。

你别拿出来，我不要。林小丹大声地制止我。

可是……

我说我不要。林小丹厉声尖叫，她的愤怒把我吓倒。

我慌乱地把桌上所有的物品硬塞在早已饱和的纸袋里，纸袋臃肿地扭曲。我提着沉重的纸袋转身想走，却又转回来。

这有封信……

不看。林小丹头摇得很坚决。

我也没敢多说，狼狈地朝门口逃窜。

你等一下。林小丹快声地命令我。我回头，看到林小丹的嘴角狠狠地向上抽搐着。

她在解上衣的扣子，从上到下，飞快地解着，两手按着衣角朝外张开，上衣滑落在身后，耀眼的纯白膨胀着我的眼。

我迷失了，千万种声响混在一起，穿梭在我的耳边：我听见军伟酒醉后的情歌，伤心的哭声，林小丹的小提琴声，摄人心魄的笑声。

我感到林小丹的呼唤，她说，你过来。我中了她的毒，催眠般地靠近她。我看她向上眨动的睫毛，我不均匀的呼吸热浪般喷在她带笑的脸庞。手中的纸袋知趣地向下落，繁乱的东西纷纷砸在坚硬的地面，支离破碎的响声震回了我那出壳的灵魂。

我平静下来，悬在身前的手软化地垂在腿边，我清醒地看见林小丹涌出眼眶，滑落在嘴边的泪水。

林小丹在笑，林小丹在古怪地笑，林小丹古怪的笑穿透了我的眼睛，穿破了我的知觉，穿得我千疮百孔，遍体鳞伤。残缺不齐的我站在林小丹回旋的笑声中，我惊悚地看懂了林小丹冰冷的笑脸，看透她那勾魂摄魄的笑中藏匿的内容。浓烈的复仇感从林小丹的眼，林小丹的嘴，林小丹的笑中，一滴一滴地渗透淤出，没过我的眼，我的嘴，我的汗，没向我身后那未知莫测的门外。

林小丹射出的光影照亮了颤抖的军伟。我绝望地笑给站在门边的军伟。这样的剧情讽刺得无懈可击。最初我只是个可笑的配角，而此刻我却已成为万人瞩目的主角。我没有台词，也不用彩排。我的作用只是供人摆布的道具。

林小丹带着复仇后的快感挑衅般地扬头冲军伟冷笑。军伟缓缓地舒展开紧握的拳头。他垂下头，干笑了几声，掏空后的背影冲动地奔出门外，炸开的门帘左右撞击着。

我紧迫了出去，林小丹夺命的笑声一刀刀地杀在我火烫的后背。我只能拼命地向前飞奔，只要回头，我就会死得很惨。

军伟急速晃动的身影让我惊慌，我连跑带蹦地下着楼，高声地向下喊着：军哥，军哥。军伟根本不理会我，用比我还要快的速度跑下楼。在每个拐角处，我看到的都是他稍纵即逝的侧脸。

在刺眼的日光中，军伟快步地冲向树下的单车。我知道这时的解释他是不会听的，可还是拼命地跑向他，伸手拉他的肩：军哥，你误会了，我……

滚开！咆哮的军伟像嗜血的野兽，他回身一拳把我砸倒。军伟在我眼中剧烈地摇晃着，一切安静极了。他怒视着趴在地上的我，粗重的喘气声是我唯一听到的声音。废墟上的拾荒者摘下草帽，扇着热风，指点着我们，互相说笑着。几个脑袋，从窗户里探出，好奇地望向我和军伟，谩骂地起着哄。我委屈地仰视着军伟，他的肩已不再抖，脸也平静了许多。他把手递向我，我愣了下，还是握住他的手，他用力把我拉起。两个人紧挨在一起，谁也没开口，只是静静地看着对方的眼睛。

把那封信给我。军伟低声说。

我取出没交给林小丹的信，军伟接过，一道道地撕碎，揉成纸团粗鲁地塞进我的鼻中。军伟用拇指抹去我唇边的血，把剩余的碎片撒进风中。

那个未被我带走的纸袋从天而降，狠狠地摔落在我们身旁。那些爱的证物在重重的关窗声中孤独地滚着。军伟失神地盯着碎在地上的刘德华，无力地笑了。

走吧，他低头开着车锁，沉沉地说。

我们的青春，在这个命中注定的下午彻底地死去了。

我埋着头骑在军伟车后，青春逝去的我们，连影子都那么哀伤。而那扇窗也不再会有琴声飘出，有的只是挂在阳台上林小丹那白色的胸衣，傲视着我们木然地离去。

15

那个荒诞的下午，至今都是让我不能接受的现实。那天发生的一切都应该是林小丹精心策划好的：她早已料到军伟会还她东西，也看到了我和军伟的到来。她断定军伟会上楼偷听她和我对话，所以利用我报复军伟对她的伤害……当然，这只是我凭空的猜测，毫无根据。至于林小丹和军伟之间还有过多少故事和细节，我不知道，我也永远不会知道。从开始到结束，从年少轻狂到渐渐成熟。一路走来，多少人像我一样幼稚地想去弄清楚青春的真相，而到头来却被青春诱人的外表拖着走。

那个夏天仓皇地过去，我没有在学校的录取榜上找到林小丹的名字。后来听说她已回到属于她的小镇，不再读书，准备找工作，嫁人，育子，变老，等死。而我的大哥张军伟，话也越来越少，沉默地忧郁。

秋天，我坐进了林小丹曾待过的教室读高三。高考的压力不容我再频繁地和军伟相聚。我逃课去找过他几次，但都没见到他。三宝说：军伟每天早出晚归，几乎不再和他们说话，看样子像是在外跟人学技术活。只是他这个样子让人怪不适应的，有空你来和他好好聊聊，他爱见你，你的劝，他会听。我点头，看到桌上已落了一层灰的刘德华的磁带，心中莫名的伤感。

军伟走得很突然。那天雨很大，他是在我上学的路上叫住了我，他剪短了头发，伞下的他笑得很平淡。他说他明天就要去南方当兵了。这意外的消息让我震惊。我问他怎么临走才告诉我？他轻摇着头，说这没什么好说的。我说晚上把大伙叫齐，为你送行吧。军伟说不用，你安心地上课吧，我还有些事没办，再说，又不是不见了，两三年就又回来了。

我们不再说话，陷入完完全全的沉默。最后，军伟给了我一个拥抱，说：去上课吧，别迟到了。我对着他的背影大声说：明早我去车站送你。军伟边过着马路边回头朝我摆手：再说吧，再说。

第二天早自习刚下，我就赶往车站。但遗憾的是没送成军伟。荒凉的站台上，还残留着被雨打落的黄叶，而军伟坐凌晨的那趟专车，悄然离去。

我是我们三个人中最后一个离开小城的。军伟走后不久，胖子就去了南方打工。我考上西部一个二流大学。临走的那天，我骑着孤独的单车向见证了我们成长的地方告别。那间曾带给我们无限快乐的出租屋，现在也许又换了新的主人。不知墙上帅气的刘德华有没有被人摘去？也不知那刻在墙角的情话和誓言是否还是那样的清晰？初次遇见林小丹的榕树下依然有爱情在游荡，依然有倔强的少年承受着致命的忧伤。我点燃一根烟，坐到路边慢慢地抽着。在没有了军伟和胖子的日子里，我早已习惯了一个人的孤单。我常常想他们想到笑。我想他们的笑，想他们说话的语气，想曾和他们一起走过的日子里，那些经典的往事。我甚至感谢他们，感谢他们和我一路走来，用另一种方式陪伴我一同成长。那是一种近乎残酷的方式，残酷到我的父母永远不会知道，他们的孩子彻底地背叛了他们的骄傲，他们眼中那一个个健康的孩子是用另一种他们无法想象的方式蜕变成人。

　　大学毕业后，我去了北京。在北京混的这几年，浑浑噩噩，麻木得没有方向。小心翼翼地认识了新的朋友，努力付出了许多，却又不知拥有的是不是最初想要的。再没有像军伟那样的大哥带着我去做刻骨铭心的事情，也记不清已有多久没有听到他爽朗的笑声，那醉了酒后的真心话。在现实过于残忍的压力下，我甚至渐渐淡忘了多年没有联系的军伟。偶尔想起的只有他过马路时瑟瑟的背影，抽烟时微扬的嘴角，忧郁的轮廓。

　　在拥挤的公车上昏沉睡去的上班族中，在繁华的街道用异地方言叫卖的小贩中，在风雪中坚定毅然的保安和在酒醉后的深夜高唱情歌的打工者中……这一幕幕情景都会让我很快地想起一个人，却又很快地把他忘记。